SATIRE

SATIRE

Radoje Domanović

Globland Books

SADRŽAJ

Ukidanje strasti

Mi smo Srbi, hvala milostivom bogu, svršili sva svoja posla, pa sad možemo, onako tek u dokolici, zevati do mile volje, dremati, leškariti i spavati, pa kad nam se i to dosadi, možemo, šale radi, naviriti, da vidimo šta se radi po drugim nesrećnim zemljama. Kažu — bože nas spasi svake bede i napasti i daleko im lepa kuća! — kako ima zemalja gde se ljudi jednako krve i kavže oko nekakvih prava, oko nekakve slobode i lične bezbednosti. Koža se naježi čoveku kad pomisli na takve nesrećnike što još nisu raspravili svoje domaće stvari, a mi stigli čak da uređujemo Kinu i Japan. Svakim danom idemo sve dalje od svoje zemlje, i ako potraje ovako, naši će novinari početi donositi dopise s Marsa, Merkura, ili, u krajnjem slučaju, s Meseca.

———

I ja sam član ovog srećnog naroda, pa, eto, hoću, ne bi li zadovoljio modu, da vam pričam o nekoj dalekoj, mnogo dalekoj vanevropskoj zemlji, i šta je u njoj bilo davno, vrlo davno.

Ne zna se tačno gde je bila ta zemlja, kako se zvao narod u njoj, ali po svoj prilici nije u Evropi, a narod se mogao zvati ma kojim imenom, samo ne Srbima. U tome se slažu svi stariji istorici, a novi će možda tvrditi obratno. Uostalom, to naš posao i nije, te ja ostavljam tu stvar, pa ako ću se i ogrešiti o običaj da treba govoriti i o onome što ne razumemo i raditi onaj posao za koji nismo.

Zna se pouzdamo da je taj narod bio veoma pokvaren i nevaljao, prepun poroka i rđavih strasti, te ću vas time i pozabaviti ovom pričicom.

Naravno, dragi čitaoci, vi ne možete verovati na prvi mah da je moglo ikad postojati tako pokvarenih ljudi, ali znajte da sam ja sve ovo radio prema starim zapisima, koje imam u rukama.

Evo, u tačnom prevodu, nekoliko dostava raznim ministrima:

Zemljodelac N. N. iz Kara, danas je posle oranja svratio u mehanu, te pio kafu i strasno čitao novine u kojima se napada na današnje ministre...

Učitelj T... iz Borka, čim iziđe iz škole, skuplja oko sebe seljake i nagovara ih da osnuju pevačku družinu. Sem toga, ovaj učitelj igra klisa sa šegrtima, a sa svojim učenicima dugmića, te je tako vrlo štetan i opasan. Nekim seljacima je čitao knjige i nudio im da kupuju. Ovo se zlo ne može trpeti, jer razvraća celu okolinu i podmeće mirnim i poštenim građanima kako traže slobodu, a u samoj stvari on neprestano govori kako je sloboda slađa od svega. Puši strasno i pljucka kad puši...

Sveštenik Đ... iz Sora, posle službe u hramu, išao je na politički zbor u obližnji grad...

Eto, vidite, kakve bruke u svetu nije bivalo!

Pazite dalje:

Sudija S... danas je glasao za opštinsku upravu. Ovaj sramni sudija prima opozicioni list i strasno ga čita. Usudio se da u sudu kaže kako nije ništa kriv jedan seljak koji je optužen za uvredu i protivstajanje vlasti, što je pred svedocima kazao kako neće ništa pazariti u dućanu kmeta Gabora. Osim toga, taj isti sudija izgleda zamišljen, a to je jasan dokaz da je pun poroka i sigurno smišlja kakvu krupnu zaveru protiv današnjeg režima. Treba ga optužiti za uvredu gospodara, jer on i inače ne može biti prijatelj dinastije, kad ide na kafu kod Mora kafedžije, a Morov deda je bio dobar poznanik sa pobratimom Leonovim, koji pokrete onaj metež u Jambu protiv doglavnika na dvoru dede današnjeg vladara!...

Imalo je još i gorih ljudi u toj nesrećnoj zemlji. Čitajte samo ovu dostavu:

Advokat iz Tula zastupao je nekog siromaška čijeg su oca ubili lanjske godine. Taj advokat strasno pije pivo i ide u lov, a, što je još najgore, osnovao je neku družinu za potpomaganje sirotinje u našoj okolini. To je taj drski izrod, koji govori da su državni špijuni najgori ljudi!...

Profesor T... danas je trčao po gradu s raznom belosvetskom dečurlijom i krao od piljara kruške a juče je praćkom gađao golubove i razbio prozor na jednoj državnoj zgradi. To bi mu se moglo i oprostiti, ali on ide na političke zborove, glasa na izborima, razgovara s građanima, čita novine, govori o državnom zajmu, i kakve još pokore ne čini na štetu nastave!...

Seljani iz Vara počeli su praviti novu školu i, kako izgleda, tim će se porokom zaraziti cela okolina. Treba što pre suzbiti tu gadnu struju, štetnu za državu!...

Zanatlije iz Vara osnivaju čitaonicu i skupljaju se svako veče u istoj. Ta strast je uhvatila dubok koren, naročito kod mlađih, a stariji se nose mišlju da se sem čitaonice osnuje — zanatlijski penzioni fond. Ovo se ne može trpeti u našem kraju, jer služi na sablazan sviju poštenih ljudi, koji ne grde ministre!... Jedan zanatlija čak hoće podelu rada!... Grozne strasti!...

Seljaci iz Padoa traže opštinsku samoupravu!...

Građani u Troji hoće slobodu izbora...

Mnogi ovdašnji činovnici rade savesno svoj posao, a jedan sem toga svira u flautu i zna note!...

Pisar Miron strasno igra na zabavama i jede slano semenje uz pivo. Treba ga oterati — da bi se izlečio od tih strasti...

Učiteljica Hela kupuje cveće svakog jutra, te tako sablažnjava okolinu. Ne može se trpeti, jer će nam pokvariti omladinu...

———

Ko bi još mogao izređati sve gadne strasti tog nesrećnog naroda? Dovoljno je reći da *bejaše samo deset valjanih i čestitih ljudi u celoj zemlji*, a sve ostalo, i muško i žensko, i staro i mlado, pokvareno, štono vele, iz temelja.

Šta mislite, kako je moglo biti ovoj desetorici dobrih i čestitih ljudi u ovoj pokvarenoj zemlji?... Teško, vrlo teško, a najviše zbog toga što moradoše gledati propast svoje rođene zemlje, koju tako žarko ljubljahu. Nisu spavali ni dnevi ni noći od brige: kako će popraviti svoje grešne sugrađane, kako će zemlju spasti od propasti?

Puni žarkog rodoljublja, puni vrlina i plemenitosti, bejahu u stanju podneti sve žrtve za sreću otadžbine svoje. I jednoga dana stegoše junačko srce, prikloniše glavu pred voljom gorke sudbine, koja im dosudi težak teret, i postadoše ministrima, uzevši na sebe plemeniti zadatak da zemlju očiste od greha i strasti.

Učeni su ljudi, ali, tek, nije bilo lako izvesti tako teško preduzeće.

Najzad, jednom, što bejaše najgluplji (to je u tom narodu značilo najduhovitiji), kresnu kroz glavu misao da treba pozvati Narodnu skupštinu, ali da u njoj rešavaju stranci. Prihvatiše svi tu divnu ideju i uzeše o državnom trošku, pod najam, dve stotine ljudi, a toliko pohvataše nekih stranaca koji su se slučajno zatekli u toj zemlji zbog trgovine. Branili se ovi, otimali, ali sila boga ne moli!

Tako se sleže četiri stotine stranaca da budu poslanici i da rešavaju razne stvari za sreću zemlje, da budu izraz narodnih želja.

Kad tako svršiše posao i nađoše dovoljan broj ljudi koje naimenovaše za narodne predstavnike, odmah posle raspisaše i izbore narodnih poslanika. Nemojte se tome čuditi, jer je takav običaj vladao u toj zemlji.

Otpočnu skupštinske sednice. — Rešava se, govori se, debatuje se... Nije lako svršiti tako važan posao. Sve je bilo lako i ide brzo, ali čim se dođe na strasti, odmah se naiđe na teškoće. Dok se neko ne nađe, te predloži da se donese rešenje, kojim se ukidaju sve strasti u zemlji.

— Živeo govornik, živeo! — prolomi se u skupštinskoj dvorani radosni usklik iz sviju grla.

Svi prihvatiše oduševljeno predlog i donese se odluka:

Narodno predstavništvo, uviđajući da strasti smetaju napretku narodnom, nalazi se pobuđeno da donese još i ovu tačku u novom zakonu, koja će glasiti: „Od danas strasti prestaju i ukidaju se kao štetne po narod i zemlju."

———

Nije prošlo ni pet minuta otkako je zakon o ukidanju strasti potpisan, i za njega znađahu samo poslanici, a da vidite što se dešavalo po narodu, u svim krajevima bez razlike.

Dovoljno je da vam navedem samo u prevodu jedno mesto iz nečijeg zapisnika.

Evo od reči do reči tog zapisnika:

Pušio sam strasno. Čim se probudim, odmah za cigaru. Jednog dana se probudim i uzmem kutiju s duvanom, te zavijem (po običaju) cigaru. Nekako mi neprijatno (tada je baš onaj poslanik predlagao), dok odjednom osetih kako mi ruka sama zadrhta, a cigara pade; pogledam je, pa sa odvratnošću pljunem...

„Više neću pušiti", pomislim, a duvan mi se učini gadan, pa ne mogu da ga gledam očima. Čudim se šta to bi odjednom i izađem u dvorište. Kad tamo, imam tek šta videti! Pred vratima moj sused, jedna drevna pijanica, koji nije mogao bez vina ni časa; stoji čovek trezan, a gleda preda se i češka se po glavi.

— Evo vino, doneh — reče mu momak i pruži bocu, kao i obično.

Moj sused dohvati bocu, pa je tresnu o zemlju i ona pršte na sto komada.

— Uh, gadne stvari! — viknu on s gnušanjem, gledeći prosuto vino.

Ćuti zatim dugo, pa zaiska slatko i vodu.

Doneše mu, te se posluži, pa ode na posao.

Njegova se žena zaplaka od radosti kad vide kako joj se muž naglo popravi.

Jedan, opet, moj drugi sused, što strasno čitaše novine, sedi kraj otvorena prozora, pa i on nešto preobražen i čudno izgleda.

— Jeste li dobili novine? — pitam ga ja.

— Ne bih pogledao više novine, tako mi nešto odvratne! Sad baš mislim da uzmem čitati arheologiju ili grčku gramatiku!... — odgovori ovaj, i ja prođoh, te iziđem na ulicu.

Čitava se varoš preobrazila. Jedan strastan političar bejaše pošao na politički zbor. Ide čovek ulicom, pa se tek odjednom okrete i potrča natrag, kao da ga ko juri.

Začudih se šta mu bi, te ga upitam što se tako naglo vrati?

— Pođoh na zbor, pa mi tek odjednom pade na um da je bolje ići kući, te poručiti kakvu knjigu iz poljoprivrede i domaće industrije, pa čitati i usavršavati se u radu. Šta ću na zboru? — veli ovaj, pa otrča kući, da izučava ratarstvo.

Nisam se mogao načuditi čudu šta se počini odjednom, pa se vratim kući, te uzmem preturati psihologiju. Hteo sam da pročitam mesto o strastima.

Naiđem na list gde piše „Strasti". Ostao samo naslov, a ono sve drugo pobelelo, pa kao da nikad ništa nije ni pisano!...

— O, šta je sad ovo, za ime boga?!

U celom gradu nigde ne možeš naći rđavog i strasnog ma u čemu, pa čak i stoka postade pametnija!

Tek sutradan čitamo u novinama skupštinsku odluku da se sve strasti ukidaju.

— A, ha, to je daklem! — viče svako. — Čudimo se mi šta bi s nama, a ono vidiš, Skupština ukinula strasti!

Ovaj zapisnik dovoljan je da objasni šta je bivalo u narodu kad se u Skupštini donosio zakon o ukidanju strasti.

Posle već bejaše znano svima i svakome, i čuđenje prestade, a nastavnici su u školama predavali svojim učenicima o strastima ovako:

Nekad je bilo u dušama ljudskim i strasti, i to je bio jedan od najzapletenijih i najtežih delova iz psihologije; ali rešenjem skupštinskim strasti su ukinute, te tako sad nema te partije u psihologiji, kao god ni u duši ljudskoj. Strasti su ukinute datuma toga i toga, godine te i te.

— Hvala bogu, kad ih ne moramo učiti! — šapuću đaci, zadovoljni tom odlukom skupštinskom, jer za idući čas treba samo da nauče:

Toga i toga datuma, godine te i te, rešenjem skupštinskim ukinute su sve strasti, i tako ih više nema kod ljudi!...

Čim to izgovori bez pogreške, dobije odličnu ocenu.

Eto, tako se naglo spase taj narod od strasti, popravi se, pa od toga naroda, po nekim predanjima, postadoše anđeli!...

Demon

I

Slatki su dani detinjstva, slatki su snovi mladosti. Blago onome ko se nikada i nije budio i poznao svu gorčinu jave i života.

Naši dani teku brzo, vreme leti, i događaji jure pored nas munjevitom brzinom, pa u čudnom tom vrtlogu prilika i događaja ne može se ni sanjati; moraš se probuditi, pa ako nisi prospavao i najslađe snove najsrećnijih dana mladosti.

———

Naš se junak još u dvadeset prvoj godini svojoj upoznao sa javom života, i to još kao đak Velike škole.

Nastao je školski odmor, i Đorđe ode svojoj kući da provede leto uživajući u divnom šumovitom mestu svoga rođenja, u zagrljaju svojih roditelja!

Prvo jutro po dolasku svome iziđe uskom putanjom kroz šumu, što vodi izvoru na vrhu brega, sa koga je divan izgled na celu okolinu.

Seo na klupu koju je sam napravio pod lipom kraj izvora, pa sluša žuborenje, napaja se mirisom i svežim dahom letnjega jutra. Gleda šume, staze i livade, po kojima je toliko puta detetom trčkarao. Gleda bele kućice svojih seljana, što proviruju iz voćnjaka i šumovitih brežuljaka. U duši se njegovoj budi čitav roj najdražih uspomena detinjstva.

Čini mu se da ga u tom kraju sve poznaje, sve voli, pa ga i sunce ljupkije greje, i vetrić nežnije pirka i kao da ga sva priroda tihim šapatom kroz romor vrela i tajanstveno šuškanje lišća pozdravlja: „Dobro nam došao!"

Hiljadama najlepših stihova kružilo mu je po pameti, i on ih zanosno izgovaraše, te time kao da je hteo naći pomoći da izrazi svoje osećanje.

Vratio se kući svež i veseo. Lice mu blista i odsjajuje od unutarnje sreće i zadovoljstva.

Po doručku leže na jedan divančić i uze u ruke Ljermontova. To je njegov najmiliji pesnik, možda i zato što ga sad tek čita, ili i inače.

U kujni sedi njegov otac i još dva-tri seljanina, pa razgovaraju o cenama žita i ostalog berićeta.

Đorđe je čitao i nije slušao šta govore, iako su vrata od sobe što vode u kujnu slučajno otvorena.

Prekidoše razgovor i Đorđe prekide čitanje, pa pogleda na tu stranu.

Neko nazva boga i ču se zveckanje sablje.

Seljaci poustajaše i skidoše kape.

„Mora biti da je sreski pisar”, pomisli Đorđe ravnodušno i produži čitanje.

Stari Jakov, Đorđev otac, odmah se pohvali pisaru kako mu je došao sin s nauke i pun sreće i ponosa uvede ga u sobu.

Đorđu kao da ne bi baš pravo što ga uznemiriše, prekide čitanje, te se pozdravi sa pisarom.

— Čitate nešto, a mi vas uznemirismo! — veli pisar kad sede, skide policijsku kapu i zagladi pažljivo kosu.

— Ništa, ništa! Ja rado čitam, ali mi je i društvo još milije! — govori Đorđe.

— Pa da, mi školovani uživamo u tome! Ja veoma mnogo čitam, pročitao sam, da ne slažem, punu onoliku korpu knjiga! — reče pisar ponosno i pokaza korpu za veš pod stolom u sobi.

Starac Jakov stao uz vrata, pa i ne diše čisto od silne pažnje uživajući kako njegov sin ume da govori sa velikom gospodom.

Seljaci stoje u kujni kod sobnih vrata, slušaju pažljivo i kao da očekuju nešto novo i dobro za njih, kao o porezu ili drugom čemu.

Đorđe uze preturati po knjizi lišće.

— Šta gospodin čita, ako smem pitati? — prekide pisar ćutanje.

— Ljermontova — odgovori Đorđe.

— Ta...a...a...a...ko...c! Baš mi je milo, to je divan roman, ja sam ga pre negde čitao! Koju svesku vi čitate?

— To je pesnik! — kaže Đorđe.

— Da, da pesma, kud sam se ja prebacio! Uh, tako poznata stvar! — izgovori živo pisar i udari se rukom po kolenu, a zatim se nasmeja, čuknu se prstom po glavi i odmahnu rukom kao da ismeva sebe kad zaboravlja stvar koja mu je poznata kao i ime svoje što zna. — Koja je sveska velite izišla?... Mislim i ja sam kupovao do pete sveske!

— Ovo su skupljeni spisi, a ne izlazi u sveskama!

— A, ja, ja pravo, uprav tako, kud sam ja pomislio na jednu dramu od Branka Radičevića, baš će tako biti... Koje mesto baš sad čitate?

— Sad čitam *Demona*. Stvar vanredna, a stihovi zvučni ne mogu lepši biti! — veli Đorđe.

Najedared pisar ućuta i stade trljati čelo mršteći se kao kad se čovek nečega seća.

„Čini mi se da je to zabranjena knjiga!", misli u sebi i odjednom uze pozituru vlasti. Htede da skoči i zgrabi knjigu, a Đorđu da vikne: „Napred u ime zakona!"

Uzdržao se, jer ne beše siguran da li će baš to biti, pa se reši da to vešto policijski isledi kako Đorđe neće ni primetiti kud ga on šiba i da odmah ode i referiše o svom važnom otkriću.

Opet se stade smeškati i najljubaznijim glasom reče:

— Gospodin će biti dobar da mi pročita neko lepo mesto. Ja vrlo rado slušam takve stvari!

— S drage volje — veli Đorđe, a i on rad što će čitati, samo da ne bi s njim razgovarao, jer mu gotovo već i dosadilo. Seti se da pisar ne zna ruski, pa ga i ne pita, već uze Zmajev prevod *Demona* i poče s početka.

Tužni demon duh izgnanja!
leteo je brzim letom,
a nad ovim grešnim svetom
u mukama očajanja.

Pisaru nekako nejasno, pa baš veli da u tom i leži opasnost.

„Čekaj da ga malo zakačim ovako!", pomisli u sebi, pa prekide Đorđa rečima:

— Vrlo lepa stvar!

— Divota! — kaže Đorđe.

— Al' nekako da nije samo protiv postojećeg stanja u zemlji!

Đorđe ga i ne sasluša pa, i ne znajući šta ovaj hoće, produži dalje čitati. Čita on, a pisar sluša i tek poneka reč izazove kod njega grozne slike pune strahote.

„To je, to je!", misli u sebi, al' ipak nekako mu sumnja u duši zbog Tamare! „Koja je to i otkud Tamara! A, ha!", priseća se on u sebi objašnjavajući na svoj način, „znam koja je!"

Crni duše, ko je tebe
u po noći zvao amo?!...
Ovde nije tvoje mesto,
Tu su čiste duše samo!

„E to je!", pomisli pisar u sebi i ustade. Sad je više verovao no što je sumnjao.

— Lepa, lepa stvar, baš divota! — veli i smeška se, pa se ljupko izvini kako mora ići, i baš mu je žao jer se prijatno proveo.

„Sad ćeš videti tvoje veselje, ribice mala!", mislio je pun pakosti kad je izišao iz kuće.

II

Veliki zaranci. Zapad se rumeni, a šume kao da gore plamenom najlepših boja.

Đorđe sve dotle čitao, pa tek izišao u baštu da se odmori i da uživa najlepše doba dana.

Sećao se Turgenjevljevih opisa takvih lepota u prirodi, pa uze razmatrati svaki oblačak, svaku nijansu čarobnih boja zapada, šumu, nebo, što se ovde-onde vidi kroz šumu, kao i sunce, što gde jače, gde slabije prodire zracima i izgleda kao da iza šume teče neka usijana krvava masa. Gleda čak i grančice što ih vetar lagano nija, pa i listak što treperi.

Čini mu se kao da cela priroda ima dušu, neizmernu, silnu, pa da se duša njegova s njom stopila, pa se predala tihoj, slatkoj čežnji i tajanstvenoj, velikoj, veličanstvenoj tišini i miru.

Odjednom se začu bahat konjski i on pogleda uz put. Dva konjanika dojuriše u oblaku prašine i odjahaše pred njegovom kućom.

Opet jedan pisar iz sreza sa žandarmom.

— Dobar dan! — procedi pisar kroz zube naduveno i gordo, gledeći Đorđa gotovo preko ramena, pa i ne čekajući otpozdrav upita još zvaničnim oštrijim tonom: — Jeste li vi Đorđe Andrić, filozof?

— Jesam — veli Đorđe i gleda začuđeno u pisara i žandarma što još važnije napućen šetka tamo-amo kraj njega.

— Vi proturate po narodu nekakve knjige koje govore protiv postojećeg stanja u zemlji i današnje vlade?! — govori pisar autoritetom vlasti.

— Ja?! — pita Đorđe uprepašćen tako neočekivanim pitanjem i čisto čovek ne veruje da se to sve zbiva.

Žandarm se malo nakašlja, ali tako važno kao da hoće reći: „Pripazi, i ja sam u uniformi i svoj sili i veličini svojoj pred tobom!"

— Izvol'te u kuću! — naredi pisar, a žandarm priđe bliže i isprsi se.

— Ali ja ne znam šta vi hoćete, ja upravo vas ne poznajem!...

— Upoznaćeš me sad! — dreknu pisar i mahnu glavom na žandarma.

Žandarm ga uhvati za ruku, gurnu napred i izgovori još važnije:

— Ulazi kad ti se govori, šta se benaviš! — pokazujući rukom vrata.

Đorđe uđe.

U kući mu bila samo mati i sinovčić od tri godine, a ostali ukućani otišli na rad, pa će na njivi i ostati da vetrenjaju celu noć.

Kad pisar uđe, sirota starica se prikloni i priđe smireno da se pozdravi, ali je ovaj i ne pogleda, već uđe u sobu za Đorđem.

Žandarm istom nadutošću za njima.

Nastade pretresanje. Kupe svaku knjigu i harticu. Smrče se. Zapališe sveću pa preriše i zgrade i podrum, pa čak i ikone podizaše, da nema čega pod njima.

————

Mesec obasjao i zvezde izgrejale. Lupaju vetrenjače a preljske pesme bruje sa sviju strana. Milina čoveku pogledati divote oko sebe.

Starica sama pred kućom plače i moli se Bogu, a mali Ivica sedi na pragu, i igra se razmotavajući klube iz bakine kotarice.

Đorđe je tad koračao pred žandarmom, daleko od kuće.

Nije imao kad zamišljen i potresen čudnim događajem da uživa u najmilijoj mu preljskoj pesmi.

Sjaj meseče, sjaj lade!

Tek mlad sanjalica može osetiti težinu Đorđevih misli i osećanja.

Neki seljak tera pred njima kola puna žita. Medenice na volovima udaraju jasno kako volovi korače, a seljak peva naglas:

Tamna noći puna ti si hlada,
srce moje još punije jada!

Nikad Đorđe nije tako živo i jako osetio i razumeo tu pesmu, koju boli iskresaše iz grudi narodnih.

————

Sutradan, pošto je tu noć milošću kapetanovom noćio pod nadzorom u kafani, stajao je gologlav, bled i iznuren od čudnih misli i nespavanja, naš Đorđe pred g. kapetanom.

Kapetan pita, a jedan praktikant piše.

— Kako se zoveš?

— Đorđe Andrić.

— Čime se zanimaš?

— Učim školu.

Kapetan mu je sigurno to računao u otežavajuću okolnost.

— Koliko ti je godina?

— Dvadeset i jedna.

— Jesi li kažnjavan?

— Ostao sam u zatvoru, kad sam učio prvi razred gimnazije.

— Zbog čega?

— Zvao sam jednog druga Šiljom!

Kapetan se nešto zamisli, pretura po knjigama, pa tek promrmlja za se:

— Dakle, uvreda časti! Ko te kaznio?

— Razredni starešina!

Kapetan se trže i kao da ga bi sramota samog sebe.

— Je li te građanski sud kadgod kaznio?

— Kako će me kazniti kad sam još đak?!

Kapetan opet ućuta, misli, misli, pa tek promrmlja:

— Ovo je krivica hitne prirode — i produži ispit pošto se iskašlja, ispuši celu cigaru i popi čašu vode, kao kad se čovek sprema da preduzme nešto krupnije. — Šta ste čitali juče?

— *Demona*!

— Piši tamo! — ciknu kapetan.

— Jeste li još kome čitali?

— Nisam, ali bih je preporučio svakom kao vrlo lepu stvar.

— Razmislite dobro jer ste pred vlašću, i ponovite da je to lepa, vrlo lepa stvar!

— Vrlo lepa!

— Smete da kažete?! Piši tamo da je čitao i da još tvrdi protivno zakonima građanskim da je lepo ono što se zabranjuje.

— Za ime boga, gospodine, šta je to strašno reći za Ljermontovljevog *Demona* da je lepa stvar i zar zakoni to zabranjuju?

— Šta iskrećeš? Ko te pita za Ljermontova? Pazi da te ne odnese đavo, ti misliš da teraš sprdnju s kapetanom!?

— Pa to je to o čemu me pitate!

— O čemu?!

— Pa o Ljermontovljevom *Demonu* da li je lepa stvar?!

— Pa?!

— Ja velim da je to genijalan pesnik i da je proslavljen.

— Nemojte vi meni govoriti gluposti kojekakve, već mi kažite šta se vama dopada u toj knjizi, to ja hoću, to ja hoću, razumi! — viče kapetan i lupa nogama o pod, sve se trese.

Đorđe se našao u čudu, ali mora da citira, uze slučajno stihove:

Kunem ti se zorom ranom,
prvenčetom božjeg stvora,
kunem ti se belim danom
što po redu doći mora.

— Dosta! Nemoj ti mene praviti ovde ludakom da mi pričaš i gluposti! — viknu kapetan i tresnu besno rukom po stolu.

— Pa vi to tražite!

— Znam ja šta tražim, nego govori dok nisi video šta ja umem.

Ćata čačka zube i gleda izbečeno u kapetana i đaka čudeći se čudu šta se radi.

— Ja vas uveravam, da je to *Demon*! — govori Đorđe a sav se uznojio od jeda.

Kapetan se stade misliti, pa tek upita:

— Daklem, to je u pesmi?!

— Jeste, Ljermontov je pesnik!

— Ti opet izvrćeš!

— Pa to je on pisao!

— Ko?

— Ljermontov.

Kapetan zazvoni u zvono i naredi da se Ljermontov potraži u Policijskom glasniku.

— Prevod je Zmajev!

— Kakav prevod?

— Pa te knjige.

— Šta je taj Ljermontov?

— Rus.

— A, ha, dakle to je Rus?! — veli kapetan i izbeči se od čuda ne znajući šta da kaže sada.

Vrati se ćata i veli da nema toga u Policijskom glasniku.

Kapetan posle još dugog objašnjavanja se urazumi da se pesnici ne slikaju u Policijskom glasniku i da je to javna knjiga svakome pristupačna.

Naredio je čak da se donese iz knjižare jedna *Pevanija* Zmajeva da se uveri da toga ima tamo.

Naposletku uze mekši i gotovo ljubazan ton:

— Dobro, dobro, gospodine, mi ćemo već videti; ja ću zadržati, znate, za slučaj onu rusku knjigu, dok je pregledam! Naš je posao, eto vidite, težak. Zameramo se ljudima i to sve zbog zvaničnog posla. Ljudi posle ne razumeju, misle, to ja tako hoću.

— Zbogom.

— Zbogom, pozdravite kod kuće, mi vas baš namučismo!

———

Ovo je možda bilo negde, nekada u nekoj čudnoj zemlji, a možda i nije bilo nigde na Zemlji, ako slučajno na Mesecu ima ljudi. Što je najpre verovati, ovo je moj san. Slatko mi je sanjati i ne želim da se razočaram kao Đorđe. On sad već malo drugojačije misli, a ne sanja samo pesme.

Ne razumem

Došlo vreme da služim vojsku, a ne traži me niko. Obuze me neko patriotsko osećanje, pa mi ne da mira ni danju ni noću. Idem ulicom, pa samo stežem pesnice; a kad koji stranac prođe pored mene, ja škripnem zubima, pa mi čisto dođe volja da se zaletim i opalim čoveku šamar. Legnem da spavam, pa svu noć sanjam kako koljem neprijatelje, prolivam krv za rod svoj i svetim Kosovo. Jedva čekam da me pozovu, ali zaman čekah.

Gledam kako mnoge hvataju za jaku i vuku u kasarnu, pa im čisto zavidim.

Jednog dana dođe poziv jednom starcu koji se slučajno zvaše mojim imenom. Kako još strog poziv, u kome se veli, da odmah predstane komandi kao vojni begunac!...

— Kakav begunac — veli starac — kad sam tri rata izdržao i bio ranjen, evo ovde: poznaje se i sada!

— Sve je to lepo, ali se mora ići komandantu; takav je red.

Otišao starac, i komandant ga izjurio napolje.

— Ko je tebe zvao, drtino matora?! — dreknu, i umalo što ne beše i batina.

Uostalom, da starca na takav način ne izjuriše, ja, u svom zanosu i silnoj ljubavi prema kasarni, bejah gotov da pomislim kako je moć protekcije daleko doterala!

Od silne čežnje lepo padoh u očajanje. Zalud sam, čak i kad prođem pored oficira ulicom, lupao nogama o zemlju tako jako da me tabani zabole, samo, kao velim, ne bi li pao u oči kao valjan vojnik — ali ništa od svega toga: mene nikako ne pozivaju u vojsku.

Dodija mi to, i ja jednoga dana sednem, pa napišem molbu komandi da me izvoli primiti u vojnike. Izlijem u njoj sav svoj rodoljubivi žar i na završetku kažem:

Ah, gospodine komandante, da znate kako mi srce bije i krv kipi u žilama, očekujući davno željeni čas kad ću se nazvati braniteljem krune i otadžbine svoje, braniteljem slobode i oltara srpskog, kada ću i ja ući u redove osvetnika kosovskih!

Nakitio sam molbu, svaki bi rekao da je lirska pesma, i bejah zadovoljan pri pomisli da mi veće preporuke ne treba.

Sav blažen tako od silne nade, dignem se, pa pravo komandi.

— Mogu li pred gospodina komandanta? — upitam vojnika što stoji pred vratima.

— Ne znam — reče vojnik nemarno, i sleže ramenima.

— Pitaj ga; reci: došao jedan, hoće da služi vojsku! — kažem mu ja, misleći da će se ovaj ljubazno nasmešiti na mene i odjuriti komandantu da javi o dolasku jednog novog vojnika i da će komandant izleteti čak na vrata, potapšati me po ramenu i uzviknuti: „Tako, sokole; amo hodi!"

Mesto svega toga vojnik me pogleda sa sažaljenjem, kao da mi pogledom htede reći: „E, moj ludače, i ti još žuriš! Imaćeš kad i da se kaješ!"

Nisam tada taj pogled razumeo, pa se čudim što me onako gleda.

Čekao sam dugo pred vratima. Šetkao sam, pušio, sedeo, pljuckao, gledao kroz prozor, zevao, razgovarao s nekim seljacima što takođe čekahu, i šta još nisam činio od duga vremena.

U svima se kancelarijama radi živo; čuje se žagor, graja i psovka. Neprestano se izdaju naredbe i samo bruji hodnik od uzvika: „Razumem!" Čim se nekoliko puta ponovi: „Razumem!", a to je naredba, od višega nižem, došla do najmlađeg, i tek pogledam, a vojnik protrči kroz hodnik iz jedne kancelarije i upadne u drugu. Sad opet u toj drugoj nastane graja, i opet se čuje gromko nekoliko puta: „Razumem!", izgovoreno raznim glasovima, i opet vojnik istrči: ide u drugo odeljenje.

Zvoni u komandantovoj kancelariji.

Vojnik uđe.

Nastade neko potmulo mumlanje unutra, a posle toga se vojnik prodera: „Razumem!”

Onda iziđe sav zajapuren, i čisto odahnu od nekog straha što je tako srećno svršio.

— Ulazite, ko hoće gospodinu komandantu — reče i obrisa znoj s čela. Uđem ja prvi.

Komandant me dočeka sedeći za stolom, a pušaše cigaru na ćilibar.

— Dobar dan! — pozdravim ga pri ulasku.

— Šta je? — reče on tako strašnim glasom, da mi se odsekoše noge; čisto osetih kako se ljuljam.

— Zašto vičete, gospodine?! — počeh ja, pošto se malo priberem.

— Zar ćeš ti mene učiti!? Napolje se vuci! — viknu on još jače, i tresnu nogom o pod.

Osetih kako me podiđoše žmarci, a moj patriotski žar kao da neko poli vodom, ali se ipak nadah da će drugojačije biti kad mu kažem šta hoću.

— Ja sam došao da služim vojsku! — rekoh pun ponosa, ispravljen, a gledam ga pravo u oči.

— A, vojni begunac! Čekaj ti malo, takve mi i tražimo! — viknu i zazvoni u zvono.

Otvoriše se jedna vrata s leve strane od njegova stola, i pojavi se narednik. Ispravio se, digao glavu, izbečio oči, ruke priljubio uz butine, korača bliže njemu i lupa tako jako da uši zagluhnu; zaustavi se, tresnu nogom, i u propisnom stavu, kao okamenjen, izgovori glasno:

— Zapovedajte, gospodine pukovniče!

— Ovoga ovde vodi odmah, ošišaj ga, obuci, i zatvori u fioku!

— Razumem!

— Evo molbe, molim vas!... Ja nisam begunac, već hoću da služim vojsku — velim ja, a sav se tresem.

— Nisi begunac? Pa šta hoćeš s tom molbom?

— Hoću da budem vojnik!

On se isturi malo natrag, zažmuri na jedno oko i zajedljivim tonom izgovori:

— Dabome, hoće čovek u vojsku!... Hm, ta-ako, dakle!... To ovako tek sa sokaka, pa hajd' u kasarnu da čas pre odsluži, kao da je ovde neka jurija!...

— Sad mi je rok.

— Ne poznajem te i neću da čujem... — poče komandant, a utom uđe jedan oficir s nekakvim aktom. — Vidite tamo u spisku regrutovanih kad je ovaj upisan! — reče on oficiru i pokaza rukom na mene, pa, pogledav me, upita: — Kako se zoveš?

Ja pružim molbu.

— Šta će mi te tvoje trice!? — viknu i udari rukom molbu, te pade na pod. „Uh, onako kitnjast stil!", pomislih i zaboravih da kažem ime od neke tuge.

— Kako se zoveš, što ne govoriš?! — dreknu on.

— Radisav Radosavljević.

— Vidite u spisku regrutovanih — naredi oficiru.

— Razumem! — izgovori ovaj, i uđe u svoju kancelariju, pa zapovedi jednom od mlađih oficira: — Vidite u knjizi regrutovanih nalazi li se neki Radisav?

— Razumem! — viknu taj drugi oficir i iziđe u hodnik, pa dozva narednika i zapovedi to isto.

— Razumem! — odazva se gromkim glasom.

Narednik to isto zapovedi podnaredniku, ovaj kaplaru, a kaplar jednom vojniku.

Samo se čuje kako pucaju koraci, zaustavi se jedan pred drugim, i sve se završi sa: „Razumem!"

— Spisak, spi-i-i-sa-a-ak! — začu se po celom nadleštvu, i počeše luparati, skidajući silne prašljive denjkove s polica. Šušte listovi, traži se revnosno.

Dok se sve to dešavalo, ja sam stajao u jednom ćošku komandantove kancelarije, ne smejući ni da dišem: tako me neki strah obuzeo. Komandant sedi i puši, preturajući neke listove na beležniku.

Istim redom kako je izdata naredba dođe otprilike i odgovor, samo što je sad pošlo od najmlađeg i došlo do narednika.

Uđe narednik komandantu.

— Čast mi je izvestiti gospodina pukovnika da je taj vojnik koga smo tražili u spisku — umro.

Ja se obneznanih i čisto bejah gotov u onoj zabuni i strahu čak i to poverovati.

— Taj je vojnik umro!... — reče komandant.

— Ali ja sam živ! — viknem uplašeno, kao da se zbilja otimam od smrti.

— Hajd', idi! Ti si za mene mrtav; ne postojiš na svetu, dok te opština ne uputi!

— Ja vas uveravam da sam ja taj... Nisam mrtav, evo me!

— Napolje, zar u spisku kaže: „mrtav", a ti da me uveravaš!?...

Šta sam znao uraditi, nego iziđem.

———

Otišao sam kući (živeo sam u drugom mestu) i za nekoliko dana nisam mogao doći sebi. Nije mi više na um padalo da pišem molbe.

Nisu prošla ni tri meseca od tog vremena, a stiže akt od komande u naše mesto da me opština uputi u roku od dvadeset i četiri časa.

— Ti si vojni begunac — reče mi jedan kapetan kome me odvede jedan vojnik.

Ja mu ispričam celu stvar: šta se desilo kad sam se javljao komandantu.

— Dobro, onda idi — dok se stvar raspravi.

Ja odoh.

Tek što sam stigao natrag u svoje mesto, a stiže poziv od neke druge komande.

Zovu me tamo da odmah predstanem svojoj komandi, jer sam tamo pogrešno ušao u njihov spisak.

Ja odem u svoju komandu i kažem kako me poziva komanda m...ačka da mi saopšti da predstanem ovoj ovde.

— Pa što si ovamo došao?

— Pa što ću ići tamo kad će me ovamo uputiti, a pošto sam tu... — počeh razlagati kako bi bilo glupo da idem tamošnjoj komandi.

— Ti si došao da nekom objašnjavaš?... Ne može to tako; svud se zna red!...

Šta ću! Nisam imao kuda, već odem iz K... u M... da mi se tamo saopšti da dođem u K..., odakle i polazim.

Javim se, dakle, tamošnjoj komandi.

Opet — naređivanje, koraci, „Razumem!" — i rekoše mi naposletku da me nije niko ni zvao..

Vratim se natrag kući. Tek danuh dušom, a eto opet akta iz M... u kome se veli da je to drugi poziv i da se stražarno uputim i kaznim za nedolazak na vreme.

Potrčim opet bez duše. Saopštiše mi.

Eto tako, malo docnije, stupim ja u kasarnu i odslužim dvogodišnji rok.

——

Prođe od tog vremena pet godina. Ja gotovo i zaboravio da sam bio vojnik.

Jednog dana pozvaše me u opštinu.

Odem. Kad tamo, a ono neki glomazan svežanj akata od komande: ima u svežnju deset kilograma. Nešto ušiveno, prisajužavano jedno s drugim, dok se nije načinio toliko veliki da su ga morali predvojiti u dva dela.

— Naređuje mi se da vas uputim u komandu — reče mi kmet.

— Zar opet?! — dreknuh ja od čuda.

Uzmem ona akta. Na njima hiljadama nekih potpisa, naređenja, izjašnjenja, optuženja, odgovora, pečata svešteničkih, kapetanskih, načelničkih, školskih, opštinskih, divizijskih, i čega još ne. Pregledam sve to i vidim da se zvanično utvrdilo da sam živ, i zovu me odmah da odslužim svoj rok u stalnom kadru.

Danga

Snio sam strašan san. Ne čudim se samom snu, već se čudim kako sam imao kuraži i da sanjam strašne stvari, kad sam i ja miran i valjan građanin, dobro dete ove namučene, mile nam majke Srbije, kao i sva druga deca njena. Ajde, da rečem da ja pravim izuzetak od ostalih, ali ne, brate, već sve na dlaku radim što i drugi, a ponašanja sam tako pažljiva da mi nema ravna. Jedared sam video na ulici otkinuto sjajno dugme od policijske uniforme, zagledah se u njegov čarobni sjaj i taman htedoh proći, pun nekih slatkih misli, dok mi odjednom zadrhta sama ruka pa pravo kapi; glava se sama prikloni zemlji a usta mi se razvukoše na prijatan osmeh, kojim obično svi mi starijeg pozdravljamo.

„Baš mi krv u žilama plemenita, i ništa drugo!", pomislih u tom trenutku i s prezrenjem pogledah na jednog prostaka što baš u taj mah prođe i u nepažnji nagazi ono dugme.

— Prostak! — izgovorim jetko i pljunem pa mirno produžim dalje šetati, utešen mišlju da su takvi prostaci u vrlo malom broju, a neobično mi beše prijatno što je meni Bog dao fino srce i plemenitu, vitešku krv naših starih.

Eto, sad vidite kako sam krasan čovek, koji se baš ništa ne razlikuje od ostalih valjanih građana, pa ćete se i sami čuditi otkud baš meni u snu da dođu strašne i glupe stvari na um.

Toga dana mi se nije ništa neobično desilo. Večerao sam dobro i po večeri čačkao zube, pijuckao vino, a zatim, pošto sam tako kuražno i savesno upotrebio sva svoja građanska prava, legao u postelju i uzeo knjigu da bih pre zadremao. Ubrzo mi je knjiga ispala iz ruke, pošto je, naravno, ispunila moju želju, i ja sam zaspao kao jagnje s mirnom savešću, jer sam potpuno izvršio sve svoje dužnosti.

Odjednom se obretoh kao na nekom uskom, brdovitom i kaljavom putu. Hladna, mračna noć. Vetar jauče kroz ogolelo granje i čisto seče gde dohvati po goloj koži. Nebo mračno, strašno i nemo, a sitan sneg zavejava u oči i bije u lice. Nigde žive duše. Žurim napred i klizam se po kaljavu putu, to levo, to desno. Posrtao sam, padao, i najzad zalutao. Lutao sam tako bogzna kuda, a noć nije bila kratka, obična noć, već kao nekakva dugačka noć, kao čitav vek, a ja neprestano idem, a ne znam kuda.

Išao sam tako vrlo mnogo godina i otišao nekud tako daleko, daleko od svog zavičaja u neki nepoznati kraj, u neku čudnu zemlju za koju valjda niko živ i ne zna, i koja se sigurno samo u snu može sanjati.

Vrljajući po toj zemlji stignem u neki veliki, mnogoljudni grad. Na prostranoj pijaci toga grada iskupio se silan narod i podigla se strašna graja da uši čoveku zagluhnu. Odsednem u jednu gostionicu baš prema pijaci i upitam mehandžiju što se skupio toliki svet.

— Mi smo mirni i valjani ljudi — otpoče mi on pričati — verni smo i poslušni svome kmetu.

— Zar je kod vas kmet najstariji? — prekidoh ga pitanjem.

— Kod nas upravlja kmet, i on je najstariji; posle njega dolaze panduri.

Ja se nasmejah.

— Što se smeješ?... Zar ti nisi znao?... A odakle si ti?

Ja mu ispričam kako sam zalutao i da sam iz daleke zemlje, Srbije.

— Slušao sam ja o toj čuvenoj zemlji! — prošaputa onaj za sebe i pogleda me s rešpektom, zatim mi se obrati glasno: — Eto, tako je kod nas! — produži on. — Kmet upravlja sa svojim pandurima.

— Kakvi su to panduri kod vas?

— E, pandura, znaš, ima raznih i razlikuju se po rangu. Ima viših i nižih... Dakle, mi smo ti ovde mirni i valjani ljudi, ali iz okoline dolaze ovamo svakojaki probisveti te nas kvare i uče zlu. Da bi se raspoznavao svaki naš građanin od ostalih, kmet je juče izdao naredbu da svi ovdašnji građani idu pred opštinski sud, gde će svakom udariti žig na čelo. Eto zato se narod iskupio, da se dogovorimo šta ćemo raditi.

Ja se stresoh i pomislih da što pre bežim iz te strašne zemlje, jer se ja, iako sam plemeniti Srbin, nisam navikao baš na toliko viteštvo, i bi mi zazorno!

Mehandžija se dobrodušno nasmeja i tapnu me po ramenu pa će oholo reći:

— He, stranče, ti se već uplašio?!... Međer nema naše kuraži daleko!...

— Pa šta mislite da radite? — upitam stidljivo.

— Kako: šta mislimo! Videćeš ti samo naše junaštvo! Nema naše kuraži nadaleko, kažem ti. Prošao si mnogi svet, ali sam siguran da većih junaka nisi video. Hajdemo tamo zajedno! Ja moram požuriti.

Taman mi da pođemo, kad se pred vratima ču pucanj biča.

Provirim napolje, kad al' imam šta videti: jedan čovek sa nekom trorogljastom, sjajnom kapom, a u šarenom odelu, jaše jednog drugog čoveka u vrlo bogatu odelu običnog, građanskog kroja, i zaustavi se pred mehanom te se skide.

Mehandžija iziđe i pokloni se do zemlje, a onaj čovek u šarenom odelu uđe u mehanu i sede za naročito ukrašen sto. Onaj u građanskom odelu ostade pred mehanom čekajući. Mehandžija se i pred njim duboko pokloni.

— Šta ovo znači? — upitam mehandžiju zbunjeno.

— Pa ovaj što uđe u mehanu, to je viši pandur, a ovo je jedan od najuglednijih građana, naš veliki bogataš i patriota — prošaputa mehandžija.

— Pa što dopušta da ga jaše?

Mehandžija mahnu na mene glavom, te odosmo malo u stranu. Nasmeja se nekako prezrivo i reče:

— Pa to se kod nas smatra za počast koje se retko ko udostoji!...

On mi pričaše još vazda stvari, no ja ga od uzbuđenja nisam razabrao. Ali sam poslednje reči dobro čuo:

— To je usluga otadžbini koju ne može i ne ume svaki narod da ceni!

Stigosmo na zbor gde je već otpočet izbor časništva zborskog.

Jedna grupa istakla kao kandidata za predsednika nekog Kolba, ako se dobro sećam imena; druga grupa nekog Talba, treća, opet, svoga kandidata.

Napravi se grdan metež; svaka grupa želi da proturi svoga čoveka.

— Ja mislim da od Kolba nemamo boljeg čoveka za predsednika tako važnog zbora — govori jedan iz prve grupe — jer njegove su građanske vrline i kuraž svima nama dobro poznate. Ja mislim da nema nijednog među nama koga su velikaši češće jahali no njega.

— Šta ti govoriš — čiči jedan iz druge grupe — kad tebe nije ni praktikant nikad uzjahao!

— Znamo mi vaše vrline! — viče neko iz treće grupe. — Vi niste nijedan udarac biča otrpeli a da ne zakukate.

— Da se sporazumemo, braćo! — poče Kolb. — Mene su, istina, jahali često naši velikodostojnici još pre deset godina i udarali bičem, pa nisam jaukao, ali opet može biti da ima još zaslužnijih ljudi. Ima možda mlađih i boljih.

— Nema, nema! — dreknuše njegovi birači.

— Nećemo da čujemo za te stare zasluge! Kolba su jahali još pre deset godina! — viču iz druge grupe.

— Sad se javljaju mlađe snage, a za stare nećemo da znamo više — viču iz treće grupe.

Najedanput se utiša graja; narod se rasklopi te učini prolaz, na kome ugledah mlada čoveka oko svojih tridesetak godina. Kako on naiđe, sve se glave duboko prikloniše.

— Ko je ovo? — šapnuh mehandžiji.

— To je prvak u građanstvu. Mlad čovek, ali mnogo obećava. U svoje mlado doba dočekao je da ga je i sam kmet već tri puta dosad jahao. Stekao je više popularnosti nego iko dosada.

— Možda će njega izabrati?... — upitam.

— Više nego sigurno, jer ovo dosad što je kandidata, sve su stariji, i posle toga i vreme ih već pregazilo, a ovoga je juče kmet projahao.

— Kako se zove?

— Kleard.

Učiniše mu počasno mesto.

— Ja mislim — prekide Kolb tišinu — da nam boljeg čoveka za ovo mesto ne treba tražiti od Klearda. Mlad je, ali mi stariji ni izbliza nismo mu ravni.

— Tako je, tako je!... Živeo Kleard!... — zaori se iz svih grla.

Kolb i Talb ga odvedoše da zauzme predsedničko mesto.

Svi se opet prikloniše duboko, zatim nastade tajac.

— Hvala vam, braćo, na ovako visokoj pažnji i počasti koju mi danas jednodušno ukazaste! Vaše nade koje su položene na mene i suviše su laskave. Teško je rukovoditi narodnim željama u ovako važne dane, ali ja ću uložiti sve svoje sile da poverenje vaše opravdam, da vas svuda iskreno zastupam i da svoj ugled i dalje visoko održim. Hvala vam, braćo, na izboru!

— Živeo, živeo, živeo! — osu se sa sviju strana.

— A sada, braćo, dozvolite da sa ovoga mesta progovorim nekoliko reči o ovom važnom događaju. Nije lako pretrpeti muke i bolove koji nas očekuju; nije lako izdržati da se vrelim gvožđem stavi žig na naše čelo. Jest, to su muke koje ne može svaki podneti. Neka kukavice drhte i blede od straha, ali mi ni za trenutak ne smemo zaboraviti da smo potomci vrlih predaka, da kroz naše žile teče plemenita, junačka krv naših đedova, onih div-vitezova što ni zubom ne škripnuše umirući za slobodu i dobro nas, njihovih potomaka. Ništavne su ove muke prema onim mukama, pa zar da se mi pokažemo trulim i kukavičkim kolenom sada, u svakom dobru i izobilju? Svaki pravi rodoljub, svaki koji želi da se pleme ne obruka pred svetom, podneće bol junački i muški.

— Tako je! Živeo, živeo!

Još se javi nekoliko vatrenih govornika koji su hrabrili zastrašeni narod i govorili otprilike to isto što i Kleard.

Javi se za reč jedan bled, iznemogao starac, smežurana lica, bele kose i brade kao sneg. Noge mu klecaju od starosti, leđa povijena, a ruke drhte. Glas mu je trepereo a u očima se svetle suze.

— Deco! — otpoče on, a suze se skotrljaše niz blede smežurane obraze i padoše na belu bradu. — Meni je teško i skoro ću umreti, ali mi se čini da je bolje ne dopustiti takvu sramotu. Meni je stotinu godina i živeo sam bez toga... Pa zar sada da mi se na ovu sedu iznemoglu glavu udara žig ropski?...

— Dole s tom matorom rđom! — dreknu predsednik.

— Dole s njim! — viču jedni.

— Matora kukavica! — viču drugi.

— Mesto da mlađe kuraži, a on još plaši narod! — viču treći.

— Sram ga bilo one sede kose! Naživeo se, pa ga još strah nečega, a mi mlađi junačniji! — viču četvrti.

— Dole s kukavicom!

— Da se izbaci napolje!

— Dole s kukavicom!

Razdražena masa mladih, junačnih građana jurnu na iznemoglog starca te ga u jarosti počeše udarati i vući.

Jedva ga pustiše zbog starosti, inače bi ga kamenjem zasuli.

Svi se zakleše i zaveriše da će sutra osvetlati obraz svoga narodnog imena i da će se junački držati.

Zbor se rasturi u najboljem redu. Pri izlaženju se čuli glasovi:

— Sutra ćemo videti ko smo!

— Videćemo sutra mnoge hvališe!

— Došlo je vreme da se pokažemo ko vredi, a ko ne, a ne da se svaka rđa razmeće junaštvom!

———

Vratio sam se natrag u hotel.

— Jesi li video ko smo mi? — upita ponosno mehandžija.

— Video sam — odgovorim mehanično, a osećam kako me snaga izdala i glava buči od čudnih utisaka.

Još tog istog dana sam čitao u novinama njihovim uvodni članak ove sadržine:

Građani, vreme je da jednom prestanu dani prazne hvale i razmetanja ovoga ili onoga od nas! Vreme je da se jednom prestanu ceniti prazne reči kojima mi izobilujemo ističući svoje neke uobražene vrline i zasluge; vreme je, građani, da se jednom i na delu oprobamo i da se stvarno pokažemo ko vredi, a ko ne! Ali držimo da među nama neće biti sramnih kukavica, koje će vlast sama morati silom doterivati na određeno mesto gde će se žig udarati. Svako, koji u sebi oseća i trunku viteške krvi naših starih, grabiće se da što pre mirno i s ponosom podnese muke i bol, jer je to bol sveti, to je žrtva koju otadžbina i opšte dobro sviju nas zahteva. Napred, građani, sutra je dan viteške probe!...

Moj mehandžija je toga dana legao da spava odmah posle zbora da bi sutradan što pre stigao na određeno mesto. Mnogi su, opet, otišli odmah pred sudnicu da uhvate što bolje mesto.

Sutradan otidem i ja pred sudnicu. Sleglo se sve iz grada, i malo i veliko, i muško i žensko. Neke majke ponele i malu decu u naručju da i njih žigošu ropskim, odnosno počasnim žigom kako bi docnije imali preča prava na bolja mesta u državnoj službi.

Tu je guranje, psovanje — u tom pomalo liče na nas Srbe, pa mi bi milo — otimanje ko će pre doći do vrata. Neki se čak i pogušaju.

Žigove udara naročiti činovnik u belom, svečanom odelu i blago ukoreva narod:

— Polako, zaboga, doći će svaki na red, niste valjda stoka da se tako otimate!

Počelo žigosanje. Neko jaukne, neko samo zastenje, ali niko ne održa bez ikakva glasa dok sam ja bio.

Nisam mogao gledati dugo to mučenje, već odem u mehanu; kad tamo, neki već zaseli te mezete i piju.

— Prebrinusmo i to! — govori jedan.

— More, mi i ne kukasmo mnogo, ali Talb se dere kao magarac... — reče drugi.

— A, eto ti tvoga Talba, a juče ga hoćete da predsedava na zboru!

— E, pa ko ga znao!

Razgovaraju, a stenju od bola i uvijaju se, ali kriju jedan od drugoga jer svakog sramota da se pokaže kukavicom.

Kleard se obruka, jer je zastenjao, a istakao se junaštvom neki Lear koji je tražio da mu se dva žiga udare i nije glasa pustio. Ceo grad je samo o njemu govorio s najvećim poštovanjem.

Neki su utekli, ali su bili prezreni od sviju.

Posle nekoliko dana šetao je onaj sa dva žiga na čelu ispravljene glave, dostojanstveno i oholo, pun slave i ponosa, i kud god prođe, sve se živo klanja i skida kape pred junakom svojih dana.

Trče ulicama za njim i žene i deca i ljudi da vide velikana narodnog. Kud god pređe, prostire se šapat pun strahopoštovanja:

— Lear, Lear!... To je on! Ono je taj junak što nije jauknuo ni glasa od sebe dao dok su mu dva žiga udarili!

Novine su pisale o njemu i obasipahu ga najvećom hvalom i slavom.

I zaslužio je ljubav narodnu.

———

Slušam te hvale na sve strane, pa se tek i u meni probudi junačka krv srpska. I naši su stari junaci, i oni su umirali na kolju za slobodu. I mi imamo junačku prošlost i Kosovo. Svega me obuze narodni ponos i sujeta da osvetlam obraz svoga roda, i jurnem pred sudnicu pa poviknem:

— Šta hvalite vašeg Leara?... Vi još niste ni videli junake! Da vidite šta je srpska, viteška krv! Udarajte deset žigova, a ne samo dva!

Činovnik u belom odelu prinese mom čelu žig, ja se trgoh... Probudim se iza sna.

Protarem čelo u strahu i prekrstim se čudeći se šta sve čoveku ne dođe u snu.

„Umalo ja ne potamneh slavu njihovog Leara!", pomislim i okrenem se zadovoljno na drugu stranu, a bi mi pomalo krivo što se ceo san nije završio.

Vođa

— Braćo i drugovi, saslušao sam sve govore, pa vas molim da i vi mene čujete. Svi nam dogovori i razgovori ne vrede dokle god smo mi u ovom neplodnom kraju. Na ovoj prljuši i kamenu nije moglo rađati ni kad su bile kišne godine, a kamoli na ovakvu sušu, kakvu valjda niko nikad nije zapamtio.

— Dokle ćemo se mi ovako sastajati i naprazno razgovarati? Stoka nam polipsa bez hrane, a još malo pa će nam i deca skapavati od gladi zajedno s nama. Mi moramo izabrati drugi način, bolji i pametniji. Ja mislim da je najbolje da mi ostavimo ovaj nerodni kraj, pa da se krenemo u beli svet tražiti bolju i plodniju zemlju, jer se ovako ne može živeti.

Tako je govorio nekad, na nekom zboru, iznemoglim glasom jedan od stanovnika nekog neplodnog kraja. Gde je i kad je ovo bilo, to se, mislim, ne tiče ni vas, ni mene. Glavno je da vi meni verujete da je to bilo negde i nekad u nekom kraju, a to je dosta. Ono, doduše, nekad sam držao da sam celu ovu stvar ja sam odnekud izmislio, ali, malo-pomalo, oslobodih se te strašne zablude i sad tvrdo verujem da je sve ovo što ću sad pričati bilo i moralo biti negde i nekad, i da ja to nikad i ni na koji način nisam ni mogao izmisliti.

Slušaoci, bleda, ispijena lica, tupa, mutna, gotovo besvesna pogleda, sa rukama pod pojasom, kao da oživeše na ove mudre reči. Svaki je već sebe zamišljao u kakvom čarobnom, rajskom predelu, gde se mučan i trudan rad plaća obilnom žetvom.

— Tako, tako je!... — zašuštaše iznemogli glasovi sa sviju strana.

— Je li b..l..i..z..u..? — ču se razvučen šapat iz jednog ugla.

— Braćo! — otpoče opet jedan govoriti malo jačim glasom. — Mi moramo odmah poslušati ovaj predlog, jer ovako se više ne može. Radili smo i mučili smo se, pa sve uzalud. Odvajali smo i od usta svojih te sejali, ali naiđu bujice pa snesu i seme i zemlju sa vrleti, i ostane go kamen. Hoćemo li mi večito ovde ostati i raditi od jutra do mraka pa opet biti i gladni i žedni, i goli i bosi?... Moramo poći i potražiti bolju, plodniju zemlju, gde će nam se mučan trud nagrađivati bogatim plodom.

— Da pođemo, odmah da pođemo, jer se ovde živeti ne može! — zašušta šapat, i masa pođe nekud, ne misleći kuda.

— Stanite, braćo, kuda ćete? — i opet će onaj prvi govornik. — Moramo ići, ali se tako ne može. Mi moramo znati kuda idemo, inače možemo propasti gore, mesto da se spasemo. Ja predlažem da izaberemo vođu, koga svi moramo slušati i koji će nas voditi pravim, najboljim i najprečim putem.

— Da izaberemo, odmah da izaberemo!... — ču se sa sviju strana.

Sad tek nastade prepirka, pravi haos. Svaki govori i niko nikog niti sluša, niti može čuti. Zatim se počeše odvajati u grupice; svaka šuška nešto za se, pa i grupice prskoše i uzeše se za ruke sve dva i dva, te jedan drugom govori i dokazuje, vuče jedan drugog za rukave i meće ruku na usta. Opet se sastanu svi, i opet svi govore.

— Braćo! — ističe se odjednom jedan jači glas i nadmaši ostale promukle, tupe glasove. — Mi ovako ne možemo ništa učiniti. Svi govorimo i niko nikog ne sluša. Biramo vođu! Pa koga bi to između nas i mogli izabrati? Ko je između nas putovao i zna putove? Mi se svi dobro znamo, i ja prvi se ne bih smeo sa svojom decom poveriti nijednome ovde na ovom zboru. Nego, kažite vi meni koji poznaje onoga putnika tamo, što od jutros sedi u hladu kraj puta?...

Nastade tišina, svi se okretoše nepoznatome i uzeše ga meriti od glave do pete.

Čovek onaj, srednjih godina, mrka lica, koje se gotovo i ne vidi od duge kose i brade, sedi, ćuti kao i dotle, i nekako zamišljeno lupka debelim štapom po zemlji.

— Juče sam ja video ovoga istog čoveka sa jednim dečkom. Uhvatili se za ruke i idu ulicom. Sinoć onaj dečko otišao nekud kroza selo, a ovaj sam ostao.

— Ostavi, brate, te sitnice i ludorije, da ne gubimo vremena. Ko je, da je, on je putnik izdaleka, čim ga niko od nas ne zna, te sigurno zna dobro najpreči i najbolji put da nas povede. Kako ga ja cenim, izgleda da je vrlo pametan čovek, jer neprestano ćuti i misli. Drugi bi se, brzoplet, već deset puta dosad umešao među nas, ili počeo ma s kim razgovor, a on toliko vremena sedi sam samcit i samo ćuti.

— Dabogme, ćuti čovek i misli nešto. To ne može biti druge, nego je vrlo pametan — zaključiše i ostali, pa uzeše opet zagledati stranca, i svaki na njemu i njegovu izgledu otkri poneku sjajnu osobinu, poneki dokaz njegove neobično jake pameti.

Ne provede se mnogo razgovora, i svi se saglasiše da bi najbolje bilo da umole ovog putnika, koga im je, kako vele, sam Bog poslao da ih povede u svet da traže bolji kraj i plodniju zemlju, da im bude vođ, a oni da ga bezuslovno slušaju i pokoravaju mu se. Izabraše iz svoje sredine desetoricu koji će otići strancu, te mu izneti pobude zbora i svoje bedne prilike, i umoliti ga da se primi za vođu.

Otidoše ona desetorica, pokloniše se smerno pred mudrim strancem, i jedan od njih uze govoriti o neplodnom zemljištu njihova kraja, o sušnim godinama o bednom stanju u kome se nalaze, i završi ovako:

— To nas nagoni da ostavimo svoj kraj i svoje kuće, pa da pođemo u svet tražiti bolji zavičaj. I baš sad kada padosmo na tako srećnu misao, kao da se i Bog smilova na nas, te nam posla tebe, mudri i vrli stranče, da nas povedeš i spaseš bede. Mi te u ime svih stanovnika molimo da nam budeš vođ, pa kud god ti, mi za tobom. Ti znaš putove, ti si svakako i rođen u srećnijem i boljem zavičaju. Mi ćemo te slušati i pokoravati se svakoj naredbi tvojoj. Hoćeš li, mudri stranče, pristati da spaseš tolike duše od propasti, hoćeš li nam biti vođa?

Mudri stranac za sve vreme tog dirljivog govora ne podiže glavu. Ostade do kraja u istom položaju kako ga i zatekoše: oborio glavu, namršten, ćuti, lupka batinom po zemlji i — misli. Kad se govor završi, on, ne menjajući položaj, kratko i lagano procedi kroza zube:

— Hoću!

— Možemo li, dakle, poći s tobom tražiti bolji kraj?

— Možete! — produži mudri stranac ne dižući glave.

Sad nastade oduševljenje i izjave zahvalnosti, ali na to mudrac ne reče ni reči.

Saopštiše zboru srećan uspeh, dodajući kako tek sad vide kakva velika pamet leži u tom čoveku.

— Nije se ni makao s mesta, niti glave podiže bar da vidi ko mu govori. Samo ćuti i misli; na sve naše govore i zahvalnosti svega je dve reči progovorio.

— Pravi mudrac!... Retka pamet!... — povikaše veselo sa sviju strana, tvrdeći kako ga je sam Bog kao anđela s neba poslao da ih spase. Svaki bejaše tvrdo uveren u uspeh pored takvog vođe, da ga ništa na svetu ne bi moglo razuveriti.

I tako na zboru bi sad utvrđeno da se krenu još sutra zorom.

———

Sutradan se iskupi sve što imaše odvažnosti da pođe na daleki put. Više od dve stotine porodica dođe na urečeno mesto, a malo ih je još i ostalo da čuvaju staro ognjište.

Tužno je pogledati tu masu bednog stanovništva, koje ljuta nevolja nagoni da napusti kraj u kome su se rodili i u kome su grobovi predaka njihovih. Lica njihova koštunjava, iznemogla, suncem opaljena; patnja je dugim nizom mučnih godina ostavljala traga na njima i izrazu dala sliku bede i gorkog očajanja. Ali se u ovom trenutku u njihovim očima ogledaše prvi zračak nade, ali i tuge za zavičajem. Ponekom starcu se slila suza niz smežurano lice, uzdiše očajno, vrti glavom s puno neke slutnje, i radije bi ostao da priče ka još koji dan, pa da i on ostavi kosti u tom kršu, negoli da traži bolji zavičaj; mnoge od žena glasno nariču i opraštaju se sa umrlima, kojima grobove ostavljaju; ljudi se otimaju da se i sami ne bi raznežili i viču: „Dobro, hoćete li da i dalje gladujemo u ovom prokletom kraju i da živimo po ovim udžericama?" A i oni bi sami čisto hteli da ceo taj prokleti kraj i one bedne kućice ponesu, da se može kako, sobom.

Graja i galama kao u svakoj masi. Uznemireni i ljudi i žene, a i deca što ih majke nose na leđima, u ljuljkama, udarila u ciku; uznemirila se nekako čak i stoka. Stoke malo i imaju, ali, tek, tu je poneka kravica, poneko mršavo, čupavo ključe s velikom glavom i debelim nogama, na koga su natovarili vazda nekih ponjava, torbi, ili po dve vreće preko samara, pa se siroto povodi pod teretom, a opet se drži u sili, pa zarže pokadšto; neki, opet, natovarili magare; dečurlija vuku pse o lancima. Tu je, dakle, razgovor, vika, psovka, kuknjava, plač, lavež, rzanje, pa čak je i jedan magarac dva-tri puta njaknuo, ali vođa ni reči da progovori, kao da ga se cela ta masa i vreva ništa ne tiče. Pravi mudrac!

On jednako sedi oborene glave, ćuti i misli, i ako tek pljucne pokatkad, to mu je sve. Ali mu je baš zbog takvog držanja popularnost narasla tako, da je svaki bio u stanju skočiti, što kažu, za njim i u vatru i u vodu. Među mnogima mogao se čuti otprilike ovakav razgovor:

— More, srećni smo te naiđosmo na ovakva čoveka, a da smo bez njega pošli, ne dao bog, zlo i naopako, propali bismo! To je pamet, moj brate! Samo ćuti, reči još nije progovorio! — reći će jedan, pa pogleda sa strahopoštovanjem i ponosom u vođu.

— Šta ima da govori? Ko govori taj malo što misli. Mudar čovek, razume se, pa samo ćuti i nešto misli!... — dodade drugi, pa i on sa strahopoštovanjem pogleda vođu.

— Pa, ono, nije ni lako voditi ovoliki svet! I mora da misli kad je primio na sebe toliku dužnost! — opet će prvi.

———

Dođe vreme polasku. Čekali su malo ne bi li se još ko prisetio da pođe s njima, ali, kako nikog ne beše, nije se moglo dalje oklevati.

— Hoćemo li se krenuti? — pitaju vođu.

On ustade bez reči.

Uz vođu se odmah grupisaše najodvažniji ljudi da mu se nađu u nesrećnu slučaju i da ga čuvaju da mu se ne bi desila kakva opasnost.

Vođa svojski namršten, oborene glave, koraknu nekoliko puta, mašući dostojanstveno štapom ispred sebe, a masa krete za njim i viknu nekoliko puta: „Živeo!" Vođa koraknu još nekoliko koraka i udari u plot od opštinske zgrade. Tu, naravno, stade on, stade masa. Vođ izmače malo i lupi dva-tri puta štapom po plotu.

— Šta ćemo? — pitaju.

On ćuti.

— Šta: šta ćemo? Obaljuj plot! To ćemo! Vidiš da čovek daje štapom znak šta treba raditi! — viknuše oni što su uz vođu.

— Eno vrata, eno vrata! — viču deca i pokazuju vrata, koja su ostala na protivnoj strani.

— Pssst, mir, deco!

— Budite bog s nama, šta se čini! — krste se neke žene.

— Ni reči, on zna šta treba. Obaljujmo plot!

Za tili časak puče plot, kao da ga nije ni bilo.

Prođoše.

Nisu makli ni sto koraka, a vođa zapadne u neki veliki trnjak, i zastade. S mukom se iščupa natrag i uze štapom udarati to levo, to desno. Stoje svi.

— Pa šta je sad opet? — viču oni pozadi.

— Da se probija trnjak! — viknuše opet oni uz vođu.

— Evo puta iza trnjaka! Evo puta iza trnjaka! — viču deca, pa i mnogi ljudi iz pozadine.

— Eto puta, eto puta! — rugaju se gnevno oni uz vođu. — A ko li zna kud on vodi, slepci jedni? Ne mogu svi zapovedati. On zna kud je bolje i preče! Provaljujmo trnjak!

Navališe provaljivati.

— A jaoj! — zavapi poneko kome se zabije trn u ruku ili ga šine ostruga po licu.

— Nema, brajko, ništa bez muke. Valja se i pomučiti ako mislimo uspeti — odgovaraju na to najodvažniji.

Probiše posle mnogih napora trnjak i pođoše dalje.

Išli su neko kratko vreme i naiđoše na neke vrljike.

Obališe i njih, pa pođoše dalje.

Malo su prešli toga dana, jer su još nekoliko manjih, sličnih prepona morali savlađivati, a uz mršavu hranu, jer neko je poneo suva hleba i nešto malo smoka uz hleb, poneko samo hleba da bar ovda-onda zalaže glad, a poneki ni hleba nije imao. Dao bog još letnje vreme, te se bar gdegde nađe koja voćka.

Prvi dan, tako, pređoše malo, a osećahu mnogo umora. Opasnosti velike ne ukazaše se, pa i nesrećnih slučajeva ne beše. Naravno da se pri tako velikom preduzeću ovo mora računati u sitnice: jednu ženu ošinuo trn po levom oku, te je privila vlažnu krpu; jedno dete udarila vrljika preko nožice, pa hramlje i jauče; jedan starac se sapleo na ostrugu, pao i uganuo nogu, previli su mu tucan crni luk, a on junački trpi bol i ide dalje odvažno za vođom, oslanjajući se na štap. (Mnogi su, doduše, govorili da čiča laže kako je uganuo nogu, već se samo pretvara, jer je rad da se vrati natrag.) Najzad, malo ko da nema trn u ruci, ili da nije ogreben po licu. Ljudi junački trpe, žene proklinju čas kad su pošle, a deca, kao deca, plaču, jer ne pojme kako će se bogato nagraditi ta muka i bol.

Na preveliku sreću i radost sviju, vođi se ništa nije desilo. Ono, ako ćemo pravo, njega najviše čuvaju, ali tek, tek — ima čovek i sreće.

Na prvom konaku se pomoliše i zahvališe Bogu što su prvi dan srećno putovali i što im se vođi nije nikakvo, pa i najmanje zlo dogodilo. Zatim će uzeti reč jedan iz one grupe najodvažnijih. Preko lica mu stoji masnica od ostruge, ali se on na to ne osvrće.

— Braćo! — poče on. — Evo smo, hvala bogu, već jedan dan prevalili srećno. Put nije lak, ali moramo savladati junački sve prepone, kad znamo da nas ovaj mučni put vodi sreći našoj. Neka nam Bog milostivi sačuva vođu od svakog zla da bi nas i dalje ovako uspešno vodio...

— Sutra ću izgubiti, ako je tako, i ovo drugo oko!... — progunđa ljutito ona žena.

— A jaoj noga! — prodera se čiča, oslobođen tom primedbom ženinom.

Deca već stalno kenjkaju i plaču, i jedva ih majke utišavaju da bi se čule reči govornikove.

— Jest, izgubićeš drugo oko — planu govornik — pa neka oba izgubiš. Ništa to nije da jedna žena izgubi oči za ovako veliku stvar. To je sramota! Misliš li na dobro i sreću svoje dece? Neka polovina nas propadne za ovu stvar, pa ništa. Čudna mi čuda jedno oko. Šta će ti oči, kad ima ko za nas da gleda i vodi nas sreći? Valjda ćemo zbog tvoga oka i čičine noge napustiti ovo plemenito preduzeće.

— Laže čiča! Laže čiča, pretvara se samo da se vrati! — čuše se glasovi sa sviju strana.

— Kome se, braćo, ne ide — opet će govornik — neka se vrati, a ne da kuka i buni druge ljude. Što se mene tiče, ja ću za ovim mudrim vođom ići dok me traje.

— Svi ćemo, svi za njim dok nas traje.

Vođ je ćutao.

Ljudi ga opet uzeše zagledati i šaputati:

— Samo ćuti i misli!

— Mudar čovek!

— Gle, kakvo je njemu čelo!

— I namršten jednako.

— Ozbiljan!

— Kuražan je, vidi se po svemu.

— Kuražan, mani ga: plot, vrljike, trnjake, sve to skrši. Samo tek namršten onako lupi štapom i ne govori ništa, a ti onda gledaj šta ćeš.

———

Tako prođe prvi dan, a sa istim uspehom prođe još nekoliko dana. Ništa od veće važnosti, same sitnije prepone: stropoštaju se u jendek, u jarugu, udare na vrzinu, na ostrugu, na bócu, slomi po nekoliko njih nogu, ili ruku, razbije poneko glavu, ali se sve te muke podnose. Neki su starci propali, ali su stari i bili. „Pomrli bi da su i u kući sedeli, a kamoli na putu!", rekao je onaj govornik, te ohrabrio svet da ide dalje. Nekoliko manje dece od godine-dve dana propalo je, ali stegli su srce roditelji, jer tako je Bog hteo, a i žalost je manja što su deca manja: „To je manja žalost, a ne dao bog da roditelji čekaju da gube decu kad prispeju za udaju i ženidbu. Kad je tako suđeno, bolje što pre, jer manje i žalosti!", tešio je opet onaj govornik. Mnogi hramlju i gegaju, neki zavili marame preko glave i hladne obloge metnuli na čvoruge, neki nose ruku o marami: svi se podrpali i pocepali, pa im vise dronjci s odela, ali ipak se ide srećno dalje i dalje. Sve bi to lakše podnosili, ali ih je i glad često mučila. Ali, napred se mora.

Jednog dana se desi nešto važnije.

Vođa ide napred, uz njega najodvažniji (manje dvojica. Za njih se ne zna gde su. Opšte je mišljenje da su izdali i pobegli. Jednom je prilikom onaj govornik i govorio o njihovom sramnom izdajstvu. Malo ih je koji drže da su propali u putu, ali ćute i mišljenje ne kazuju, da se svet ne plaši), pa onda redom ostali. Najedared se ukaza grdno velika i duboka kamenita jaruga — pravi ambis. Obala tako strma, da se nije smelo ni koračiti napred. I odvažni zastadoše i pogledaše vođu. On, oborene glave, namršten i zamišljen ćuti i odvažno korača napred lupkajući štapom pred sobom to levo, to desno, po svom poznatom običaju, a to ga je, kako mnogi vele, pravilo još dostojanstvenijim. Nikoga on ne pogleda, ništa ne reče, na njegovom licu nikakve promene, ni traga od straha. Sve bliže ambisu. Čak i oni najhrabriji od najhrabrijih došli u licu bledi kao krpa, a niko ne sme ni reči da primeti pametnom, oštrom i odvažnom vođi. Još dva koraka, pa je vođa do ambisa. U smrtnom strahu, razrogačenih očiju, stukoše svi, a najodvažniji taman da zadrže vođu, pa makar se ogrešili o disciplinu, a on utom koraknu jedanput, drugi put, i strmeknu u jarugu.

Nastade zabuna, kuknjava, graja, ovlada strah. Neki čak počeše bežati.

— Stanite, kuda ste nagli, braćo! Zar se tako drži zadata reč? Mi moramo napred za ovim mudrim čovekom, jer on zna šta radi; nije valjda lud da sebe upropasti. Napred za njim! Ovo je najveća, ali možda i poslednja opasnost i prepona. Ko zna da još tu iza te jaruge nije kakva divna plodna zemlja, koju je Bog nama namenio. Napred samo, jer bez žrtava nema ničega! — tako izgovori onaj govornik i koraknu dva koraka napred, te ga nestade u jaruzi. Za njim oni najodvažniji, a za ovima jurnuše svi.

Kuknjava, stenjanje, kotrljanje, ječanje po strmoj obali one grdne rupčage. Bi se zakleo čovek da niko živ, a kamoli zdrav i čitav, izići ne može iz tog ambisa. Ali tvrd je čovečji život. Vođa je imao retku sreću, te se pri padu zadržao, kao i uvek, na nekom žbunu, te se nije povredio, a uspeo je da se polako iskobelja i iziđe na obalu.

Dok se dole razlegaše kuknjava i lelek, ili se čujaše potmulo stenjanje, on seđaše nepomičan. Ćuti samo i misli. Neki dole ugruvani i rasrđeni počeše ga i psovati, ali se on ni na to ne osvrtaše.

Koji su se srećnije skotrljali i zaustavili se gde na žbun, ili drvo, počeše s mukom izaziti iz jaruge. Neko slomio nogu, neko ruku, neko razbio glavu, pa ga krv zalila po licu. Kako ko, tek niko čitav, sem vođe. Gledaju vođu mrko, popreko, i stenju od bola, a on ni glave da digne. Ćuti i misli, kao svaki mudrac!

———

Prošlo je još vremena. Broj putnika sve manji i manji. Svaki dan odnese po nekog; neki su napuštali takav put i vraćali se natrag.

Od velikog broja putnika zaostade još dvaestak. Svakom se očajanje i sumnja ogleda na mršavu, iznemoglu licu od napora i gladi, ali niko ništa više ne govori. Ćute kao i vođa, i idu. Čak i onaj vatreni govornik maše očajno glavom. Težak je to put bio.

Iz dana u dan se i od ovih poče broj smanjivati i ostade desetak druga. Lica još očajnija, a celim putem se, mesto razgovora, čuje kukanje i ječanje.

Sad više behu nakaze nego ljudi. Idu na štakama, obesili ruke o marame što su vezane oko vrata. Na glavi sila od prevoja, obloga, tiftika. I ako bi baš i hteli prinositi nove žrtve, nisu mogli, jer na telu gotovo i ne beše mesta za nove rane i uboj.

Izgubili su već i veru i nadanje i oni najodvažniji i najčvršći, ali idu ipak dalje, to jest miču se na neki način sa teškim naporima uz kukanje i stenjanje od bola. Pa i šta bi, kad se natrag ne može. Zar tolike žrtve, pa sad napustiti put?!

Smračilo se. Gegaju tako na štakama, dok tek pogledaše, a vođe nema pred njima. Još po jedan korak, pa svi opet u jarugu.

— A jaoj, noga!... A jaoj, majko moja, ruka!... A jaoj! — razleže se kuknjava, a zatim samo krljanje, ječanje i stenjanje. Jedan je potmuo glas psovao čak i dičnog vođu, pa umuče.

———

Kad je svanulo, a vođa sedi onako isto kao i onoga dana kad ga izabraše za vođu. Na njemu se ne opažaju nikakve promene.

Iz jaruge izbaulja onaj govornik, a za njim još dvojica. Obazreše se oko sebe onako nagrđeni i krvavi da vide koliko ih je ostalo, ali samo je još njih trojica. Smrtni strah i očajanje ispuni njihovu dušu. Predeo nepoznat, brdovit, go kamen, a puta nigde. Još pre dva dana su prešli preko puta i ostavili ga. Vođa je tako vodio.

Pomisliše na tolike drugove i prijatelje, na toliku rodbinu, koja propade u tom čudotvornom putu, pa ih obuze tuga, jača od bola u osakaćenim udovima. Gledahu rođenim očima svojim rođenu propast.

Onaj govornik priđe vođi i poče govoriti iznemoglim, ustreptalim glasom, punim bola, očajanja i gorčine:

— Kuda ćemo?

Vođa ćuti.

— Kuda nas vodiš i gde si nas doveo? Mi se tebi poverismo zajedno sa svojim porodicama i pođosmo za tobom, ostavivši kuće i grobove naših predaka, ne bi li se spasli propasti u onom neplodnom kraju, a ti nas gore upropasti. Dve stotine porodica povedosmo za tobom, a sada prebroj koliko nas je još ostalo.

— Pa zar niste svi na broju? — procedi vođa, ne dižući glave.

— Kako to pitaš? Digni glavu, pogledaj, prebroj koliko nas ostade na ovom nesrećnom putu! Pogledaj kakvi smo i mi što ostadosmo. Bolje da nismo ni ostali nego da smo ovakve nakaze.

— Ne mogu da pogledam!...

— Zašto?!

— Slep sam!

Nastade tajac.

— Jesi li u putu vid izgubio?

— Ja sam se i rodio slep.

Ona trojica oboriše očajno glave. Jesenji vetar strahovito huči planinom i nosi uvelo lišće; po brdima se povila magla, a kroz hladan, vlažan vazduh šušte gavranova krila i razleže se zloslutno graktanje. Sunce sakriveno oblacima, koji se kotrljaju i jure žurno nekud dalje, dalje.

Ona se trojica zagledaše u smrtnom strahu.

— Kuda ćemo sad? — procedi jedan grobnim glasom.

— Ne znamo!

Kraljević Marko po drugi put među Srbima

Saleteli mi Srbi, pa više od pet stotina godina kukaj: „Jao, Kosovo!”…
„Kosovo tužno!”… „Kuku, Lazo!”… Plakasmo tako preteći kroz plač
dušmanima: „Mi ćemo ovako, mi ćemo onako!” Plačemo mi junački i
pretimo, a dušman se smeje. A mi se dosetismo u jadu Marka i uzmemo
zivkati čoveka da ustane iz groba, da nas brani i sveti Kosovo. Zivkaj danas,
zivkaj sutra, zivkaj svaki čas, za svašta: „Ustani, Marko!”… „Dođi, Marko!”…
„Pogledaj, Marko, suze!”… „Kuku, Kosovo!”… „Šta čekaš, Marko?”… I tako to
zivkanje pređe u bezobrazluk. Napije se neko u mehani, pa se tek kad potroši
pare ražali za Kosovom, obuzme ga neko junačko čuvstvo pa odmah: „Jao,
Marko, gde si sad?” I to, brate, nije malo, nego je to trajalo tako pet stotina
leta. Na Kosovu već čitava baruština srpskih suza, a Marko se preturao po
grobu, preturao, pa se već i mrtvu čoveku dosadilo.

I jednoga dana, pravo — pred božji presto.

— Šta je, Marko? — pita ga Gospod blago.

— Pusti me, Bože, da vidim šta rade dole oni moji slepci! Dosadi mi
njihova kuknjava i zivkanje!

— E, Marko, Marko — uzdahnu Gospod — sve ja znam; ali kad bi im
se moglo pomoći, ja bih im prvi pomogao.

— Samo mi, Gospode, povrati Šarca i oružje i daj mi staru snagu, pa me
pusti da ogledam mogu li šta učiniti!

Bog sleže ramenima i mahnu zabrinuto glavom.

— Idi kad želiš — reče — ali nećeš dobro proći.

———

I odjednom, nekim čudnim načinom, Marko se na svom Šarcu obrete na zemlji.

Okreće se oko sebe, razgleda predeo, ali nikako da se razabere gde je. Gleda Šarca. Jest, Šarac onaj isti. Gleda topuz, sablju, naposletku odelo. Sve isto, sumnje nema. Maši se tulumine. I ona tu, puna vina; tu su i laki brašnjenici. Sve ga uverava da je on onaj stari Marko, ali nikako da razazna gde je. Kako mu se teško bejaše odlučiti šta da sad na zemlji preduzme, on najpre odjaši Šarina, veza ga za jedno drvo, skine tuluminu i uze piti vino, da bi, ko veli, tako na dokolici o svemu dobro promislio.

Pije tako Marko i obazire se ne bi li zapazio koga poznatog, dok tek prozvižda pored njega jedan na velosipedu i uplašen od Markova čudna konja, odela i oružja potera što brže može osvrćući se da vidi koliko je već daleko od opasnosti. Marko se, opet, najviše prepade od čudna načina putovanja i pomisli da je kakva utvara; ali se ipak reši da se s tim čudovištem pusti u borbu. Popi još jedan legen vina i dođe krvav do očiju, jedan dade Šarcu da popije, pa onda vrže tuluminu u travu, samur-kapu namače na oči i uzjaši Šarca koji već beše od pića krvav do ušiju. Vrlo se junak rasrdio i reče Šarcu:

— *Ako l' mi ga, Šaro, ne dostigneš,*
slomit ću ti noge sve četiri!

Kad sasluša Šarac ovako strahovitu pretnju na koju se već odvikao na onom svetu, poteče kao nikad dotle. Kako je silan polegao, sve kolenima briše prašinu po drumu, a bakračlije tuku crnu zemlju. Beži i onaj pred njime kao da krila ima i sve se okreće. Gonili se tako dva puna sata, pa niti onaj da uteče, niti da se dade Marku stignuti ga. Dognaše se tako blizu jedne putničke mehane. Kad to vide Marko, poboja se da mu sasvim ne uteče u kakav grad, a i beše mu se već dosadilo juriti se, pa mu utom pade na um topuzina. Izvadi je iz terkija i viknu srdito:

— *Da si vila, pa da imaš krila,*
il' da su te vile odojile,
pa da si mi lani pobjegnuo,
danas bi te Marko uhvatio!

Reče to pa zaljulja topuzinom pokraj sebe i pusti je.

Onaj pogođen, pade, ali ga ni zemlja ne dočeka živa. Dopade Marko do njega, izvadi sablju te mu odseče glavu, metnu je Šarcu u zobnicu pa se pevajući uputi onoj putnoj mehani: a onaj ostade kopajući nogama kraj one vraške sprave. (Zaboravih reći da je i nju Marko isekao sabljom, onom istom što su je kovala tri kovača sa tri pomagača svoja, te je za nedelju dana udesili u oštricu da može seći kamen, drvo, gvožđe, jednom rečju svaku amajliju.)

Pred mehanom bilo puno seljaka, pa kad videše šta se učini i sagledaše srdita Marka, dreknuše od straha i prsnuše kud koji. Osta sam mehandžija. Trese se od straha kao u najžešćoj groznici, klecaju mu noge, razrogačio oči, a prebledeo kao mrtvac.

— *Oj, boga ti, neznani junače,*
čij' su ovo prebijeli dvori?

— pita ga Marko. Neznani junak muca od straha i jedva objasni da je to putnička mehana i da je on glavom mehandžija. Marko se kaza ko je i otkud je i kako je došao da osveti Kosovo i da ubije sultana turskog. Mehandžija samo shvati reč: „da ubijem sultana", i još više ga strah obuzimaše što Marko dalje pričaše i zapitkivaše kuda je najpreči put do Kosova i kako će doći do sultana. Govori Marko, onaj dršće od straha i samo mu u pameti: „da ubije sultana!" Najzad Marko oseti žeđ pa zapovedi:

— *Mehandžija, donesi mi vina,*
da ja junak žećcu poutolim,
jera mi je grdno dodijala!

Tu Marko odjaši Šarca, veza ga pred mehanu, a mehandžija uđe da donese vino. Vrati se otud noseći malu čašu od „deci" na poslužavniku. Tresu mu se ruke od straha, te se pljuska vino iz one čaše, i tako priđe Marku.

Kad vide Marko onu malu čašu, bednu, ispljuskanu, pomisli da onaj zbija s njime šalu. Rasrdi se jako i ošinu mehandžiju dlanom po obrazu. Udario ga je tako lako da mu je pomerio tri zdrava zuba.

Odatle Marko opet pojaha Šarca pa pođe dalje. Međutim oni seljaci što se razbegoše odjuriše pravo u srez policiji da jave za strahovito ubistvo; a ćata otprati depešu novinama. Mehandžija privije na obraz hladne obloge, uzjaha konja pa pravo lekaru te uzme uverenje za tešku povredu; ode zatim advokatu, te ga ovaj detaljno ispita o svemu; uze pare i napiše krivičnu tužbu.

Načelnik sreski naredi odmah jednom pisaru da sa nekoliko naoružanih žandarma pođe u poteru za zlikovcem, a depešom pošalje raspis po celoj Srbiji.

Marko i ne sanja šta mu se sprema i kako su već stigle dve-tri strašne tužbe „snabdevene propisnom taksom" i navodima paragrafa za ubistvo, za tešku povredu, za uvredu časti; pa onda tu je već: „pretrpljeni bolovi", „troškovi oko lečenja", „toliko i toliko naknade za prekinuti rad u mehani, danguba, pisanje tužbe i takse". A već za prenošenje obespokojavajućih glasina o ubistvu sultanovu javljeno je odmah ministarstvu šifrom, i otud dođe brz odgovor: „Neka se ta skitnica odmah uhvati i najstrože kazni po zakonu; a najrevnosnije neka se motri da se takvi slučajevi ne ponavljaju, jer to zahtevaju interesi naše zemlje, koja je sad u prijateljskim odnosima s turskom carevinom".

Munjevitom brzinom raznese se glas nadaleko o strašnom čoveku sa čudnim ruhom i oružjem i još čudnijim konjem.

Marko se uputio drumom od one mehane. Šarac ide hodom, a Marko se naslonio rukama na oblučje pa se čudi kako se sve to izmenilo: i ljudi, i okolina, i adeti, sve, sve. Bi mu teško što je ustajao iz groba. Nema njemu onih starih drugova, nema s kim da pije vino. Svet radi po okolnim njivama. Sunce pripeklo da mozak provri, radnici se povili, rade i ćute. On stade kraj druma pa ih dovikne, u nameri da pita za Kosovo; a radnici kad ga ugledaju, dreknu od straha pa prsnu kud koji iz njive. Sretne se s nekim u putu, a onaj stukne i stane kao ukopan, izbeči oči od straha, obazre se levo-desno, pa kao smušen smukne preko jendeka ili vrzine. Što ga Marko više priziva da se vrati, onaj sve žešće beži. Naravno da svaki od poplašenih odjuri pravo u sresku kancelariju i tuži za „pokušaj ubistva". Pred sreskom kućom zakrčio narod da se ne može proći. Vrište deca, kukaju žene, uzbunili se ljudi, pišu advokati tužbe, kucaju se depeše, tumaraju policajci i žandarmi, po kasarnama trube dreče na uzbunu, zvone crkvena zvona, drže se po crkvama molepstvija da se ta beda otkloni od naroda. Prostruja glas kroz masu da se povampirio Kraljević

Marko, te se od te strahote poplaše i policajci i žandarmi, pa i sami vojnici. Kuda ćeš se, brate, boriti s Markom živim, a kamoli još sad kad je vampir!

Jaše Marko lagano i čudi se čovek što Srbi beže od njega, kad su ga toliko zvali i toliko mu pevali. Ne može da se načudi čudu. Najzad pomisli da još i ne znaju ko je on, pa kad doznadu, zamišlja zadovoljno kako će ga divno dočekati, kako će on iskupiti sve Srbe pa se krenuti na sultana. Idući tako ugleda kraj druma divan hlad od velika hrasta, pa sjaši sa Šarca, veza ga, skide tuluminu i uze da pije vino. Pio tako i razmišljao, pa se junaku malo pridrema. I Marko se nasloni glavom bez ikakva uzglavlja i leže da boravi san. Taman ga san poče hvatati, dok tek Šarac, pripazivši neke ljude koji Marka opkoljavaju, poče nogom tući o zemlju. To beše sreski pisar s deset žandarma. Skoči Marko kao pomaman, prigrte ćurak izvrnuvši ga naopako (bio ga skinuo zbog vrućine), uzjaše Šarca, uze u jednu ruku sablju, u drugu topuzinu, a dizgin od Šarca drži u zubima, pa tako učini juriš među žandarme. Ovi se prepadnuše, a Marko, onako srdit iza sna, uze jednog po jednog darivati: kog sabljom, kog buzdovanom. Nije se ni triput okrenuo, a već svih sedam s dušom rastavi. Pisar kad vide šta bi, zaboravi na izviđaj i paragrafe, već dade pleća pa stade da beži. Marko se naturi za njim i podviknu:

— *Stani, kujo, neznana delijo,*

da te Marko kucne topuzinom!

To reče pa zaljulja topuzinu i pusti za „neznanim delijom". Malo ga dohvati samo sapom od topuza, i onaj pade kao sveća. Zveknuše prazne bakračlije. Marko dopade do njega, ali ga ne htede pogubiti, već mu ruke sveza naopako. Zatim ga obesi svome Šarcu o unkaš i vrati se svojoj tulumini, pa kad uze piti, reče onom bedniku:

— *Hodi, kujo, da pijemo vino!*

Onaj samo stenje od bola, previja se i praća onako obešen o unkašu, a to Marku dođe nešto za smeh, pa se uze smejati kako onaj sitno cvili. „Kao mače!", pomisli Marko, pa opet u smeh; lepo se čovek uhvatio za trbuh od smeha, a sve mu suze na oči, krupne kao orasi.

Uze onaj kroz plač moliti da ga pusti, a obećava da neće činiti krivični izviđaj.

Marku se još više dade na smeh, pa lepo da pukne čovek; i od silnog smeha nemade kad da govori desetercem, već pogreši te će reći prozom:

— Pa koji te vrag, jadniče u Boga, nagna amo?

Ali ipak je Marko žalostiva srca. Ražali se čovek pa taman da priđe da odreši onoga, kad pogleda, a druga desetorica sa jedanaestim, poglavicom, svi isto onako odeveni kao i oni prvi, opet ga opkolili.

Marko dopade do Šarca, zbaci onoga u travu (te se onaj nekako otkotrlja nizbrdicom u jendek kraj druma i zaječa). A Marko uzjaha Šarca pa onako isto učini juriš. Opet, dok se okrenu dva-tri puta, svih deset žandarma s dušom rastavi, a pisar, opet, stade bežati, te Marko i njega stiže sapom od topuzine. Veza ga i obesi o unkaš, pa onda ode da izvadi onog prvog iz jendeka. Onaj sav kaljav i mokar, pa se cedi voda s njega. Marko ga jedva od silna smeha donese do Šarca pa i njega obesi s druge strane o unkaš. Oba se koprcaju i stenju, cvile nemoćno i pokušavaju da se spasu, a Marko sve više i više u smeh, te čak jednom uzviknu:

— E, vala, samo zbog ovog smeha ne žalim što sam dolazio s onog sveta!

Ali gde je sreće, tu uvek ima i nesreće. Tako i sad. Taman Marko zadovoljan da se vrati tulumini te, kao veli, da dokusuri i onaj ostatak vina, dok se tek iz daljine čuše trube i doboši. Sve bliže i bliže. Šarac počne uznemireno frktati na nos i streljati ušima.

— Po-moooć! — zacviliše ona dvojica.

Sve bliže i bliže, trube i doboši sve jasnije se čuju, tutnji zemlja pod teškim topovima, grunuše plotuni pušaka. Šarac izbeči oči i uze skakati kao pomaman; zakreštaše ona dvojica i uzeše se praćati. Šarac sve uznemireniji. Marko se prilično zbuni od tog čuda, ali se prekrsti, naže legen s vinom, iskapi, pa pođe Šarcu govoriti:

— *Davor, Šaro, davor, dobro moje,*
evo ima tri stotine leta
kako sam se s tobom sastanuo,
još se nikad nisi poplašio!
Bog će dati, te će dobro biti.

Grunuše topovi, preznu i sam Marko, Šarac skoči kao da pobesne. Sletoše ona dvojica s njega i otkotrljaše se u jendek s kuknjavom. Marko se od sve muke nasmeja i jedva uspe da uzjaši Šarca.

Kad se izbliza već čuše puške i topovi, stušti Šarac preko onog jendeka kao besan, pa jurnu preko njiva i useva, preko trnja i jaruga. Ne može Marko da ga zaustavi. Povio se po konju, zaklonio rukom lice da ga ne izgrebe trnje; spao mu samur-kalpak, odskače sablja od bedara, a Šarac gazi sve pod sobom i juri kao besomučan. Taman iziđe na čistinu, a kad tamo vide da je opkoljen vojskom. Ječe trube, biju doboši, gruvaju puške, grme po okolnim visovima topovi. Pred njim vojska, za njim vojska, levo, desno, svuda. Šarac se prope pa jurnu pravo; Marko dokopa topuz i kidisa u gomilu, koja bivaše sve gušća oko njega. Teraše se više od dva sata, dok Šarac poče bacati krvavu penu, a i Marko se već umorio udarajući onom teškom topuzinom. Puške mu ne mogahu lako dodijati jer je na njemu oklop od gvožđa, ispod njega pancir-košulja ispletena od čelika, a povrh toga tri kata odela, pa tek ćurak od kurjaka. Ali koje puške, koje topovi, koje masa udaraca, savladaše Marka. Oduzeše mu konja, oduzeše oružje, vezaše ga i stražarno ga povedoše u srez na isleđenje.

Pred njim deset vojnika, za njim deset, i tako isto s obe strane po deset s punim puškama i bajonetima na njima. Ruke mu vezane naopako, pa udarene lisice; na noge metnuli teške okove od šeset oka. Kao glavna straža je bataljon vojnika napred, puk gura pozadi, a za pukom gruva divizija, koju završuje divizijar opkoljen generalštabom, a sa strane otud i otud tutnje divizioni artiljerije po visovima. Sve to spremno kao u ratno doba. Šarca vode dvanaest vojnika, po šest sa svake strane, a i njemu metnuli jake ćusteke i mrežu na usta da koga ne ujede. Marko se namrštio, u obrazima došao setan, neveseo, opustio brkove te pali po ramenima. Svaki mu brk koliko jagnje od po godine, a brada do pojasa, kao jagnje godišnjače. Usput kud ga sprovode, penje se svetina po vrljikama, plotovima i drveću samo da bi ga videla, a on i inače sve one oko sebe za čitavu glavu, i više, nadvisio.

Dovedoše ga u sresku kuću. U svojoj kancelariji sedi sreski načelnik, mali žurav čovečić upalih grudi, tupa pogleda, kašljuca pri govoru, a ruke mu kao štapići. S leve i desne strane stola njegova po šest pandura sa zapetim pištoljima.

Izvedoše okovana Marka preda nj.

Kapetan se uplaši od okovana Marka, dršće kao u groznici, izbečio oči pa ne može da progovori. Jedva se pribra i kašljucajući poče promuklim glasom pitati:

— Kako se zovete?

— Marko Kraljević! — jeknu glasina, i kapetan se strese i ispusti pero. Oni panduri stukoše nazad, a svetina zaglavi vrata.

— Molim vas, govorite tiše jer stojite pred vlašću! Ja nisam gluh! Kad ste rođeni?

— 1321.

— Odakle ste?

— Iz Prilepa, grada bijeloga.

— Čime se zanimate?

Marko se nađe u čudu kad ga ovo upita.

— Pitam: jeste li činovnik, trgovac, ili radite zemlju?

— *Nije meni ni babo orao,*

pak je mene hljebom othranio!

— Kakvim ste poslom došli onda?

— Kako: kakvim poslom? Pa zovete me iz dana u dan već pet stotina godina. Jednako me pevate u pesmama i kukate: „Gde si, Marko? Dođi, Marko! Kuku, Kosovo!", pa mi se već u grobu dodijalo, i zamolih Boga da me pusti da dođem ovamo.

— O, brate slatki, glupo si uradio! Koješta, ta to se samo tako peva. Na pesmu, da si bio pametan, ne bi ni polagao, niti bismo sad imali toliku nevolju i mi s tobom i ti s nama. Da si zvanično, pozivom, pozvat, e to je već drugo. A ovako nemaš olakšavajuće okolnosti... Koješta, kakva posla ti ovde možeš imati... — završi kapetan nervozno, a u sebi pomisli: „Idi do vraga i ti i pesma! Izmotavaju se ljudi te pevaju koješta, pa sad mene ovde hvata groznica!"

— Oj davori, to Kosovo ravno,

šta li si me dočekalo tužno,

poslije našeg čestitoga kneza

da car turski sad po tebi sudi!

— govori Marko za svoj račun, a zatim se obrati načelniku sreskom:

— Ja ću poći, ako niko neće,

hoću poći makar doći neću,

otići ću gradu Carigradu,

pogubit ću cara od Stambola...

Kapetan poskoči s mesta.

— Dosta, to je nova krivica. Vi nam time činite grdnu nesreću jer sad je naša zemlja u prijateljskim odnosima s turskom carevinom.

Marko zinu od čuda. Kad ču to, umalo ne pade u nesvest. „U prijateljstvu s Turcima!... Pa koga me vraga zivkaju?", misli u sebi i ne može da se pribere od čuda.

— Nego molim vas, vi ste počinili silne krivice, za koje ste optuženi:

1. 20. ovog meseca izvršili ste grozno ubistvo nad Petrom Tomićem, trgovcem koji se šetao na velosipedu. Ubistvo ste izvršili s predumišljajem, što svedoče navedeni u tužbi: Milan Kostić, Sima Simić, Avram Srećković i drugi. Pokojnog Petra ste, prema tačnom uviđaju i lekarskom pregledu, ubili tupim, teškim oruđem, a zatim ste mrtvacu odsekli glavu. Hoćete li da vam pročitam tužbu?

2. Napali ste istog dana na Marka Đorđevića, mehandžiju iz V..., u nameri da ga po svojoj svirepoj prirodi ubijete, ali je on srećno umakao. Tome uvaženom građaninu, koji je bio i poslanik narodni, izbili ste tri zdrava zuba. Prema lekarskom uverenju to je teška povreda. On je podneo tužbu i traži da se kaznite po zakonu i da mu platite odštetu, dangubu i sve parnične troškove.

3. Izvršili ste ubistvo nad dvadeset žandarma i teško ste ranili dva sreska pisara.

4. Ima preko pedeset tužbi za pokušaje ubistva.

Marko ne ume da progovori od čuda.

— Mi ćemo ovde stvar islediti, a dotle ćete biti u zatvoru ovde, pa ćemo stvar posle sprovesti sudu. Tada možete uzeti koga advokata da vas brani.

Marko se seti pobratima Obilića pa pomisli kako bi ga on tek branio! Dođe mu nešto teško, proli suze od očiju i jeknu:

— *A moj pobro, Obilić Milošu*
zar ne vidiš il' ne haješ za me,
u kakve sam jade zapanuo,
hoću rusu izgubit' glavu,
a na pravdi boga istinoga!

— Vodite ga sad u zatvor! — reče kapetan bojažljivo i promuklo se nakašlja.

———

Stvar je, naravno, dalje išla svojim pravilnim tokom. Pošto policija učini uviđaje na licu mesta, detaljno isledi krivice, sprovede sva akta na dalji rad.

Sud je određivao pretrese, pozivao svedoke, činio suočenja. Državni tužilac, razume se, tražio je da se Marko osudi na smrt; Markov advokat, opet, vatreno dokazuje da je Marko nevin i traži da se pusti u slobodu. Marka izvode na suđenje, saslušavaju, vraćaju opet natrag u zatvor. I on se nekako zbunio od čuda što se sve čini s njime. Najgore mu bejaše što je morao piti vodu, a on na nju nije navikao. Sve bi on lako podneo, junak je, ali osećaše da mu voda veoma škodi. Poče se sušiti i venuti. Ni onaj Marko, ni daj bože; lepo dođe čovek kao biljka, vise haljine na njemu kao da nisu njegove, a kad ide, čisto se povodi. Često bi u očajanju jeknuo:

— Ah, bože, ta ovo je gore od proklete azačke tamnice!

Naposletku sud donese presudu u kojoj, imajući u vidu zasluge Markove za srpstvo i mnoge olakšavajuće okolnosti, osudi Marka na smrt i da plati odštete i sve parnične troškove.

Stvar ode apelaciji, i ona smrtnu kaznu zameni večitom robijom, jer uze Markove krivice kao delo političke prirode, a kasacija nađe nepravilnosti i vrati akta sudu tražeći da se još neki svedoci ispitaju i zakunu.

Dve godine je tako trajala ta sudska procedura, i naposletku i kasacija osnaži preinačenu presudu kojom se Marko osuđuje na deset godina robije u teškom okovu, a da plati sve krivične i sudske troškove, ali ne kao politički krivac, jer je dokazano da ne pripada nijednoj političkoj partiji.

Naravno da se za ovakvu presudu imalo na umu da je to veliki narodni junak Kraljević Marko i da je ovo suđenje jedinstven slučaj. Najzad, nije ni bila laka stvar. Našli su se u zabuni i najveći stručnjaci. Kako ćeš osuditi na smrt nekog koji je i inače pre tolikog vremena umro, pa se nanovo pojavio s onog sveta.

I tako Marko na pravdi boga dopade tamnice. Kako se sudski i krivični troškovi nisu iz čega drugog imali naplatiti, to se javnom licitacijom odredi prodaja Markova Šarca, odela i oružja. Oružje i odelo odmah otkupi država na veresiju za muzej, a Šarca kupi tramvajsko društvo za gotove pare.

Marka ošišaju, obriju, okuju u teške okove, obuku u belo odelo i sprovedu u grad beogradski. Tu je Marko mučio muke kakve nikada nije ni mislio da može podnositi. Ispočetka je vikao, ljutio se, pretio, ali se postepeno svikne i mirno preda sudbini. I, razume se, da bi ga za to vreme izdržavanja kazne naučili čemu i spremili za društvo u kome treba, po izdržanoj osudi, da dela kao koristan član, počeše ga malo-pomalo privikavati korisnim poslovima: nosio je vodu, zalivao bašte i plevio luk, a docnije poče učiti da pravi britvice, četke, kudelje i vazda stvari.

A siromah Šarac vuče tramvaj jutrom i večerom, bez prestanka. I on oronuo. Zavodi se kad ide, a čim ga ustave, zadrema i sanja možda srećno doba kad je pio iz čabra rumeno vino, nosio u grivi zlatne pletenice, na kopitama srebrne potkovice, na prsima zlatna silambeta, a uzdu pozlaćenu — kada je na sebi nosio u ljutim bojevima i megdanima svoga gospodara i pod njim stizao vile. Sad je omršao: samo koža i kosti, broje mu se rebra, a o kukove možeš torbe obesiti.

Marku je najteže bilo kad se desi slučaj te ga sprovode nekuda na rad, i vidi svoga Šarca tako propala. Više ga je to bolelo nego svi njegovi jadi. Često bi, kad vidi Šarca tako bedna, prolio suze i s uzdahom počeo:

— *Davor, Šaro, davor, dobro moje!*

Šarac se onda okrene i bolno zarže, ali utom zazvoni kondukter, i tramvaj krene dalje, a stražar učtivo opomene Marka da produži put, jer mu imponovaše snaga i rast Markov. Tako i ne dovrši rečenicu.

Tako je siromah Marko mučio muke za rod svoj deset godina ne napuštajući ideje o osveti Kosova. Tramvajsko društvo je Šarca škartiralo, te ga kupi neki baštovandžija da mu okreće dolap.

Prođe i tih deset godina muka. Pustiše Marka.

Imao je nešto ušteđena novca što je zaradio prodajući razne stvarčice koje je sam izrađivao.

Prvo ode u mehanu te zovnu dva berbera da ga izmiju i obriju, zatim naruči da mu se ispeče ovan od devet godina i da mu se primakne dosta vina i rakije.

Hteo je najpre da se tako dobrom hranom i pićem malo ponačini i da se oporavi od tolikih muka. Posedi tako više od petnaest dana, dok malo oseti da se povratio, pa onda počne smišljati šta da preduzme.

Mislio, mislio, i najzad smislio jedno. Preruši se da ga niko ne može poznati i pođe da prvo potraži Šarca, da i njega izbavi nevolje, pa da onda stane ići od Srbina do Srbina i da razabere koji su to što su ga toliko zvali, da li su ovo Srblji što ga zatvoriše, i kako će se najbolje osvetiti Kosovo.

Čuje Marko da je njegov Šarac kod nekog baštovandžije i da tamo okreće dolap, pa se uputi tamo gde mu rekoše da će ga naći. Otkupi ga jeftino, jer ga je onaj i sam hteo dati Ciganima, pa ga odvede jednom seljaku i pogodi se s njim da ga hrani detelinom i da ga neguje ne bi li se Šarac povrnuo. Zaplakao Marko kad je video jadnog Šarca kako čudno izgleda. Onaj seljak beše neki dobar čovek te se smiluje i primi Šarca na hranu, a Marko pođe dalje pešice.

Naiđe idući tako na jednog siromašnog seljaka na njivi gde radi i nazove mu boga.

Marko sta s njime razgovarati o ovome, o onome, dok tek uz razgovor reče:

— Kako bi bilo kad bi sad ustao Marko Kraljević pa da dođe k tebi?

— To već ne može da bude — veli seljak.

— Al' baš kad bi došao, što bi ti radio?

— Zvao bih ga da mi pomogne da okopam ovaj kukuruz — našali se seljak.

— Al' kad bi te on pozvao na Kosovo?

— More, ćuti, brate slatki, kakvo te Kosovo snašlo! Nemam kad da odem u čaršiju da kupim soli i opanke deci. A, vidiš, nema se čim ni kupiti.

— Dobro, brate, ali znaš li ti da je na Kosovu propalo naše carstvo, pa treba Kosovo osvetiti?

— Propao sam i ja, moj brate, gore ne može biti. Vidiš da idem bos?... A dok me stegne plaćanje poreza, neću znati ni kako mi je ime, a jadno ti mi Kosovo!

Naiđe Marko na kuću jednog imućnog seljaka.

— Pomozi bog, brate!

— Bog ti dobro dao! — odgovori ovaj i gleda ga sumnjivo... — A otkud si ti, brate?

— Izdaleka sam, pa bih rad da prođem ovuda da vidim kako žive ovdašnji ljudi.

I ovome Marko uz razgovor pomene kako bi bilo kad bi se Marko Kraljević opet pojavio i pozvao Srbe da osvete Kosovo.

— Slušao sam da se neki ludak pre desetak godina izdavao za Marka Kraljevića i učinio neka zločinstva i krađe, te ga osudili na robiju.

— Jest, slušao sam i ja to; nego što bi ti radio se javi pravi Marko pa da te pozove na Kosovo?

— Dočekao bih ga, dao mu dosta vina da pije i ispratio ga lepo.

— A Kosovo?

— Kakvo Kosovo na ove oskudne godine?! Košta to mnogo! Veliki je to trošak, moj brate!...

Ostavi Marko njega i pođe dalje. Po selu svud tako. Neki se povili za motikom pa samo prime boga i ne govore dalje ništa. Ne mogu ljudi da dangube; treba okopati i svršiti poslove na vreme, ako se hoće da dobro urodi žito.

I tako se Marku dosadi u selu, pa se reši da ode u Beograd da tamo pokuša neće li moći šta da učini za Kosovo i obavestiti se otkuda onoliki silni pozivi, iskreni, od srca, a ovakav doček.

Dođe u Beograd. Kola, tramvaji, ljudi, sve to juri, žuri, ukršta se, susreće se. Činovnici žure u kancelariju, trgovci poslom trgovačkim, radnici za svojim radom.

Sretne jednog uglednog, lepo obučenog gospodina. Priđe mu Marko i pozdravi se. Onaj, malo zbunjen, stuče natrag, a i bi ga stid od Markova loša odela.

— Ja sam Marko Kraljević. Došao sam amo da pomognem svojoj braći! — reče Marko i ispriča sve, kako je došao, zašto je došao, šta je sve bilo s njim i šta misli dalje raditi.

— Ta-ko. Milo mi je što sam vas upoznao, gospodine Kraljeviću! Baš mi je milo! Kad mislite u Prilep?... Milo mi je, verujte; ali, izvinite me, žurim u kancelariju. Servus, Marko! — reče onaj i ode žurno.

Marko sretne drugog, trećeg. Koga god sretne, tako se mahom svrši razgovor sa onim: „Žurim u kancelariju! Servus, Marko!"

I tako Marko, razočaran, stade očajavati. Ide ulicama, ćuti, namrštio se, brkovi mu pali na ramena; ne zaustavlja nikog, ne pita nikog ništa. A i kog će više pitati? Koga god vidi, žuri u kancelariju. Kosovo baš niko i ne pominje. Naravno, kancelarija je preča od Kosova. Marko postade pored sve jačine svojih živaca nervozan na tu prokletu kancelariju koja po njegovu mišljenju tako s uspehom konkuriše Kosovu. Najzad mu poče postajati sve dosadnije i dosadnije sred te gomile ljudi, koji kao da ništa ne rade, već samo žure u kancelariju. Seljaci se, opet, žale na nerodne godine i kmetove, žure na njive, rade vazdan i nose pocepane opanke i dronjave čakšire. Izgubi Marko svaku nadu u svoj uspeh te niti više koga šta pitaše, niti se s kim sastajaše. Jedva je čekao da ga Bog opet pozove na onaj svet da se više ne muči, jer svaki Srbin bejaše zauzet prečom svojom brigom i poslom, a Marko se osećaše savršeno izlišan.

Jednog dana tako iđaše setan, neveseo, a i pusta blaga mu već bejaše ponestalo te ni vina nije su čim imao piti, a krčmarica Janja je davno i davno u grobu — a ona bi mu još dala da pije vino veresijom. Ide tako ulicom oborene glave, a gotove mu suze udarile, kad se seti dobrog doba i drugova, a naročito lepe vatrene Janje i njenog hladnog vina.

Kad odjednom primeti pred jednom velikom mehanom mnogo sveta i ču iznutra veliku graju.

— Šta je ovo ovde? — upita jednog, naravno prozom, jer je i on od muke batalio u stihovima razgovarati.

— Ovo je patriotski zbor! — reče mu onaj i promeri ga od glave do pete, kao sumnjivu osobu, i odmače se malo od njega.

— A šta se čini tamo? — opet će Marko.

— Idi, brate, pa vidi! — reče onaj ljutito i okrete leđa Marku.

Marko uđe, umeša se u gomilu i sede ukraj na jednu stolicu da ne pada u oči njegov veliki rast.

Ljudi dupke puno, a svi razdraženi vatrenim govorom i debatom, te Marka niko i nije primetio.

Na počasnom mestu tribina, i na njoj sto za predsedništvo i jedan sto za sekretara.

Cilj je zbora bio da se donese rezolucija kojom će se osuditi varvarsko ponašanje Arnauta na Kosovu, pa i u celoj Staroj Srbiji i Makedoniji, i zulumi koje Srbi trpe od njih na svom rođenom ognjištu.

Kod ovih reči, kad je predsednik govorio objašnjavajući cilj zbora, Marko se preobrazi. Oči mu sinuše strašnim žarom, uzdrhta celo telo, pesnice se, gotove za boj, počeše stezati, a zubi škrguću.

„Jedva jednom nađoh prave Srbe koje sam tražio. Ovi su mene zvali!", pomisli Marko veseo i uživaše kako će ih obradovati kad im se javi. Vrtio se na stolici od nestrpljenja da se umalo nije sva izlomila. Ali ne htede odmah, čekao je najzgodniji trenutak.

— Ima reč Marko Marković! — obrati se predsednik i lupi o zvono.

Svi se utišaše da čuju najboljeg govornika.

— Gospodo i drugovi! — poče ovaj. — Neprijatno je za nas, ali me same prilike, samo osećanje nagoni da počnem svoj govor Jakšićevim stihovima:

Mi Srbi nesmo, mi ljudi nesmo!
...
Ta da smo Srbi, ta da smo ljudi,
ta da smo braća, oh bože moj!

Ta zar bi tako s Avale plave
gledali ledno u ognjen čas?
ta zar bi tako, oh braćo draga,
ta zar bi tako prezreli vas?!

Nastade tajac. Niko ne disaše. Tišinu samo za trenutak prekide škrgut Markovih zuba i škripa one stolice na kojoj je sedeo, te ga mnogi okolo pogledaše sa gnevom i prezrenjem što kvari tu svetu, patriotsku tišinu. Govornik produži:

— Jest, drugovi, strašan prekor velikog pesnika na ovo naše meko koleno. Izgleda, zbilja, kao da nismo ni Srbi ni ljudi. Mi mirno gledamo kako pada svakog dana po nekoliko srpskih žrtava od krvavog handžara arnautskog, gledamo kako se pale srpske kuće u prestonici Dušanovoj, kako se beščaste srpske kćeri i narod trpi muke najveće tu, u krajevima gde beše stara srpska slava i gospodstvo! Da, braćo, iz tih krajeva, pa i iz Prilepa, postojbine našeg najvećeg junaka Kraljevića, čujte ropske uzdahe i zvuk lanaca koje bedni potomak Markov još vuče; a Kosovo tužno još se i sad svakim danom zaliva srpskom krvlju, još čeka osvetu, još žedni za krvlju neprijateljskom, koju traži pravedna krv Lazareva i Obilićeva! I mi i danas, nad tim tužnim razbojištem, nad tim svetim grobljem naših div-vitezova, nad tim poprištem slave besmrtnoga Obilića, možemo jeknuti uz onaj tužni jek gusala što ga narod poprati pesmom, u kojoj naš veliki junak Kraljević, kao predstavnik tuge narodne, proliva suze od očiju i govori:

Davor, zdravo, ti Kosovo ravno,
što li si mi dočekalo tužno!

Marku se kod tih reči skotrljaše suze kao orasi, ali se ne hte javljati. Čekao je šta će se dalje uraditi. A u duši mu dođe tako milo da je zaboravio i oprostio sve muke što ih dosad podnese. Bi za ovakav trenutak dao i svoju rusu glavu sa ramena. Beše čak gotov poći na Kosovo, pa ma opet dopao robije.

— Za srce ujedaju ove reči svakog Srbina, tu s Markom plače ceo narod naš; ali sem tih plemenitih suza velikog viteza našeg treba nam još i mišica Kraljevića i Obilića! — produžuje sve vatrenije govornik.

Marko, krvav do očiju, strašna pogleda, đipi i sa stegnutim pesnicama dignutim više glave jurnu ka govorniku kao razjareni lav. Mnoge obali i pogazi nogama, te nasta kuknjava. Predsednik i sekretari pokriše lice rukama i u strahu se zabiše pod sto, oduševljeni Srbi pozaglavljivaše vrata sa strašnom, očajnom drekom.

— Pooomoooć!

Govornik prebledeo, klecaju mu noge, dršće kao u groznici, pogled se ukočio, usne modre. Upinje se da proguta pljuvačku te pruža vratom i požmuruje. Marko stiže do njega i zamlatara rukama više njegove glave a viknu strahovitim glasom:

— Evo Marka, ne bojte se, braćo!

Govornika obli znoj, dođe u licu kao čivit, zanija se i pade kao sveća.

Marko stuče natrag, zagleda se u onog onesvešćenog bednika, spusti ruke i s izrazom neobična čuđenja obazre se oko sebe. Sad se tek skameni od čuda kad vide kako su Srbi zaglavili vrata i prozore i viču očajno:

— Pomoć! Policija!... Zlikovac!

Marko se, malaksao od čuda, spusti na jednu stolicu i zaroni glavu među svoje kosmate, krupne ruke.

Sad mu bejaše najteže, jer posle tako silne nade u siguran uspeh i tolikog oduševljenja nastade nagli obrt situacije.

Dugo je Marko sedeo tako, u istom položaju, ne mičući se, kao okamenjen.

Malo-pomalo poče se kuknjava utišavati, te mesto one malopređašnje strašne dreke nastade mrtva tišina, u kojoj se lepo moglo čuti dosta teško disanje onog onesveslog govornika koji se počeo malo povraćati. Ta čudna, neočekivana tišina učini da predsednik zbora, potpredsednik i sekretari počeše bojažljivo, oprezno podizati malo-pomalo glavu. Gledaju prestravljeno jedan drugog s čudnim izrazom pitanja na licima: „Šta je sve ovo, ako ko boga zna?" Zatim počeše s većim čudom razgledati oko sebe. Sala gotovo ispražnjena, samo sad spolja vire mnoge rodoljubive glave kroz otvorena vrata i prozore. U sali Marko, kao kamen, sedi na stolici, s laktovima na kolenima i glavom naslonjenom na ruke. Ne miče se, ne čuje se ni disanje. Oni se izgaženi odvukli pobauljke za ostalima napolje, a onesvesli govornik se povraća, gleda i on bojažljivo oko sebe, pita se, gleda u predsednika i sekretara, pa i on njih i oni njega, kao da sa čuđenjem, u strahu pitaju jedno drugo: „Šta bi ovo s nama? Jesmo li zaista ostali živi?" S najvećim čuđenjem im se svima zaustavljaju pogledi na Marku, a posle opet između sebe izmenjuju poglede koji sa izrazima lica kao da pitaju i odgovaraju: „Ko je ovo strašilo!?... Šta da se radi?! — Ne znam!"

I na Marka ova neočekivana tišina uticaše da podigne glavu. I na njegovom licu beše gotovo isti izraz čuđenja: „Šta bi ovo odjednom, ako ko boga zna, braćo moja!?"

Najzad Marko nežno, meko, koliko je on to mogao, oslovi onoga govornika s pogledom punim milošte:

— Što ti bi, brate slatki, te pade?

— Udario si me pesnicom! — reče ovaj prekorno i pipnu se rukom po temenu.

— Ta nisam te se ni dotakao, tako mi višnjega Boga i svetog Jovana! Ti si lepo govorio, i veliš da Srbima treba Markova desnica, a ja sam glavom Kraljević Marko pa ti se samo javih; no ti si se prepanuo.

Svi se prisutni još gore zbuniše i počeše uzmicati od Marka.

Marko sad propriča šta ga je nagnalo da umoli Boga da ga pusti da dođe među Srbe, i šta je sve s njim bilo, i kakve je muke podneo, i kako su mu oružje i odelo i tuluminu oduzeli, i kako je Šarac propao vukući tramvaje i okrećući dolap baštovandžijski.

Sad se govornik malo povrnu te reče:

— Ej, brate, baš si ludo uradio!

— Dosadi mi vaša kuknjava i neprestano zivkanje. Preturah se u grobu, preturah se više od pet vekova, pa baš se ne mogaše više trpeti!

— Ama, to pesme pevaju, brate slatki! To se samo tako peva. Ti ne znaš za poetiku!

— Lepo, molim te, peva se, ali tako ste i govorili! Eto, ti sad baš tako isto govoraše!

— Nemoj biti prostodušan, molim te, brate, nije to sve tako kao što se govori. To se tako govori da je stil lepši, kitnjastiji! Vidi se da ni retoriku ne znaš. Starinski si ti čovek, brate slatki, pa ne znaš mnoge stvari! Nauka je, dragi moj, daleko doterala. Govorim, razume se; ali ti treba da znaš da po pravilima retorike govornik treba da ima lep, kitnjast stil, da ume da oduševi slušaoce, da pomene i krv i nož i handžar i ropske lance i borbu! Sve je to samo lepote stila radi, i niko ne misli ozbiljno kao to ti da treba odmah zasukati rukave, pa dede, udri se istinski. Tako isto i u pesmi se baca fraza: „Ustani, Marko...” i tako dalje, ali je to lepote radi... Ne razumeš, brate, glupo si uradio, vidi se da si prost čovek, starog kova! Primaš još reči u bukvalnom značenju, a ne znaš da literarni stil nastaje tek pojavom tropa i figura.

— Pa šta ću sad? Niti me Bog poziva natrag, niti ovde mogu opstati.

— Zaista nezgodno! — umeša se predsednik kao zabrinuto.

— Vrlo nezgodno! — rekoše istim tonom i ostali.

— Šarac mi je kod jednog seljaka na ishrani, odela i oružja nemam, a ponestalo mi i blaga! — reče Marko u očajanju.

— Vrlo nezgodno! — ponovi svaki od prisutnih po jedanput.

— Kad biste imali dobre žirante, pa da nekako uzmete novaca na menicu! — reći će govornik.

Marko ne razumede.

— Imate li dobrih prijatelja ovde u mestu?

— *Nemam ovde nikoga do boga,*

nema ovde pobratima moga,

pobratima Obilić Miloša,

pobratima Toplice Milana,

pobratima...

Htede Marko još ređati, ali ga ovaj govornik prekide:

— Dosta bi bila dvojica! Ne treba više!

— Nego mislim na nešto... — poče predsednik zamišljeno, važno i zastade trljajući čelo rukom a posle kraćeg ćutanja obrati se Marku s pitanjem: — Jesi li pismen?... Umeš li čitati i pisati?

— Umem i čitati i pisati — veli Marko.

— Mislim se nešto, kako bi bilo da nekako podneseš molbu za neku službicu? Mogao bi negde moliti da te postave za praktikanta.

Jedva se Marko objasni s njima što je to praktikant, i na kraju krajeva pristade jer mu rekoše da će na godinu imati po šeset-sedamdeset dukata, a on junak ne imađaše ni dinara.

Napisaše mu molbu, dadoše mu pola dinara za marku i pola dinara da se njemu nađe u nevolji ako bi mu što bilo do nevolje, i uputiše ga u ministarstvo policije da preda molbu.

Okolina utiče na čoveka, pa i Marko morade unekoliko podleći tom uticaju te poče i on zajedno sa svojim vrlim potomcima šetkati, pljuckati i gurati se pred ministarskim vratima s molbom u ruci, čekajući da iziđe pred ministra i da moli malo državne službice — koliko tek da se hrani hlebom, naravno belim.

Razume se da to džonjanje pred vratima nije trajalo kratko vreme, i posle nekoliko dana mu rekoše da molbu preda u arhivu da se zavede.

Markova molba zadala je ministru velike muke.

— O, brate, šta da radim s ovim čovekom? Poštujemo ga, recimo; sve, sve, ali nije trebalo da dolazi. Nije čovek za ovo vreme.

Najposle mu da, imajući u vidu njegov veliki glas i ranije zasluge, za praktikanta u jednom zabačenom srezu u unutrašnjosti.

Sad Marko jedva izmoli da mu povrate oružje i dadu u ministarstvu jednu celu platu, te ode da iskupi Šarca.

Šarac pored dobre hrane ipak nije ni izdaleka izgledao kao pre, oronuo mnogo. Ali i Marko je bio lakši bar trideset oka.

I tako Marko obuče odelo, pripasa oružje, opremi Šarca, napuni tuluminu vinom, obesi je o unkaš, uzjaši Šarca, prekrsti se i pođe na dužnost drumom kuda mu rekoše. Mnogi su ga savetovali da ide železnicom, ali on ne hte ni za živu glavu.

Kud god Marko skita, sve pita za taj srez i kazuje ime sreskog načelnika.

Posle dan i po hoda stiže. Uđe u avliju sreske kancelarije, odjaha, priveza Šarca za jedan dud, skide tuluminu i sede pod oružjem da u hladu pije vino.

Panduri, praktikanti, pisari izviruju kroz prozore s čuđenjem; a svet daleko obilazi junaka.

Dolazi kapetan, kome je javljeno da Marko dolazi u njegov srez.

— Pomoz' bog! — reče.

— Bog pomogao, neznani junače! — odgovori Marko. Čim se on dokopa oružja, konja i vina, zaboravi sve muke i odmah se poče po starinski ponašati i govoriti stihom.

— Jesi li ti novi praktikant?

Marko se kaza, a zatim kapetan reče:

— E, pa ne možeš ti biti u kancelariji s tim tulumom i oružjem.

— *Ovakav je adet u Srbalja,*

prek' oružja mrko piju vino,

pod oružjem i sanak borave!

Kapetan mu stade objašnjavati da mora skinuti oružje ako misli ostati u službi i primati platu.

Vide Marko da mu nema druge, jer šta će čovek, mora živeti, a blaga mu ponestalo; ali se doseti te zapita:

— Ima li neka služba gde se nosi oružje da bih ja mogao u njoj biti?

— Ima pandurska služba.

— Šta radi pandur?

— Pa prati činovnike na putu s oružjem, ako bi ih ko napao, da ih brani; pazi na red, pazi da ko ne nanese kome štete, i takve stvari — reče kapetan.

— E, tako! To je lepa služba! — oduševi se Marko.

———

I tako Marko postane pandur. Ovo je opet uticaj okoline, uticaj vrlih potomaka sa vrelom krvlju i oduševljenjem da posluže svojoj otadžbini. Ali Marko ni u ovoj službi ne mogaše biti tako prilagođen i valjan ni izbliza kakav bi mogao biti i najgori njegov potomak, a kamoli drugi bolji.

Idući sa kapetanom po srezu vide Marko mnogu nevolju, a kad mu se učini jednog dana da ni njegov kapetan ne radi baš pravo, udari ga dlanom te mu izbije tri zuba.

Zbog toga Marka uhvate posle dugog bojnog okršaja i sprovedu u ludnicu na pregled.

Taj udar Marko ne mogaše podneti i presvisne, potpuno razočaran i namučen.

———

Kad iziđe pred Boga, a Bog se smeje, sve se tresu nebesa.

— Osveti li, Marko, Kosovo? — pita kroza smej.

— Namučih se, a jadno mi Kosovo, nisam ga ni video! Biše me, hapsiše me, pandurisah, i najzad me sprovedoše među lude! — žali se Marko.

— Znao sam ja da nećeš bolje proći... — veli Gospod blago.

— Hvala ti, Bože, te me oprosti muka; a više ni sam neću verovati kukanju mojih potomaka i plaču za Kosovom! A ako im treba pandura, bar za tu službu imaju dosta na izbor, sve boljeg od boljeg. Bože mi oprosti, ali mi se čini da i nisu moji potomci, iako mene pevaju, nego da su potomci onoga našeg Sulje Ciganina.

— Njega sam ja i hteo poslati da me nisi ti onako molio da ideš. A znao sam da im ti ne trebaš! — veli Gospod.

— I Sulja bi danas među Srbima bio najgori pandur! Svi su ga u tome pretekli! — veli Marko, i zaplaka se.

Bog uzdahnu teško i sleže ramenima.

Mrtvo more

Baš u trenutku kad sedoh da pišem ovu pripovetku, ukaza mi se pred očima slika moje pokojne strine. Ista onakva kao što, jadnica, beše za života. Na njoj žućkasta rekla od kalmuka, koja joj nije taman, kao da je za drugog skrojena, okratka suknja od istog kalmuka i plava kecelja, opet sa žutim cvetovima; na nogama joj štikovane papuče, razume se žutim vezom, a za čitavu šaku duže nego što treba. Ubrađena šamijom zatvorenožute boje. Lice joj tužno, puno bora, žuto; oči gotovo iste boje kao i lice, pogled izražava neku večito očajnu brigu; usne tanke, malo modrikaste, uvek spremne za plač, iako pokojnicu nikad nisam video da plače. Međutim je neprestano uzdisala, hukala i gunđala neku slutnju, bojazan za sve i svašta. Povijena malo u leđima, grudi joj uske, slabačke, upale; ruke metne pod pojas, pa tumara svuda po kući i dvorištu motreći na svaku sitnicu, a u svemu vidi neko zlo. Naići će čak na običan kakav kamen u dvorištu, pa i tu predvidi opasnost.

— Huuu!... Spotakne se dete, pa udari glavom u ovaj kamen, pa svu glavu razbije! — progunđa s očajanjem na licu, pa uzme kamen i iznese ga iz dvorišta.

Sednemo da ručamo, a ona bi, tek, meni:

— Polako jedi, možeš da progutaš kost, pa sva creva da ti provali!

Pođe ko iz kuće na konju, a ona ga ispraća i huče s rukama pod pojasom:

— Huuu! Pazi dobro! Đavo konj, pa samo dok prezne, a tebi pukne goč o ledinu!

Ako se ide na kolima, ona opet predvidi stotinu opasnosti, i sve to nabraja, gunđajući za svoj račun, ljutita, u strahu i brizi: „Huuu, vrdne konj u stranu, pa odoše kola u jarugu!... Neće da paze, no će tako negde da istrešte oči u jaruzi." Uzme dete drvo u ruke, a ona bi, grešnica, na to progunđala: „Padne s drvetom, pa, kako je drvo šiljato, istera oči". Ode ko iz kuće da se kupa, a ona čitav čas pre polaska gunđa po budžacima: „Prokopala negde voda pa, tek, samo dok se omakne u ambis, hajd', pa posle da bude kuku lele, al' dockan! Huuu!... Voda je gora od vatre. Povuče dubina, pa udavi začas." Sećam se kako sam toliko puta, još kao dete, stajao pred kućom, dok će, tek, strina huknuti i početi svoje zloguko gunđanje s rukama pod pojasom: „Huuu!... Eto gde stoji, a potegne ozgo ćeramida, ćok u glavu, pa ubi na mesto!" Pošlje me u našu seosku bakalnicu, koja je bila odmah pred kućom, da kupim što za pet para, soli ili bibera, pa će mi usput dati savete mudre i oprezne: „Pazi niz ove basamake, i kad ideš, nemoj da zevaš nego gledaj pred noge. Sapleteš se, pa mož' da padneš na mestu mrtav!... Kod ovog Turčina (tako je zvala bakalina, koji je inače bio vrlo dobar čovek, samo zato što je naše svinje jurio motkom iz svoje avlije što mu riškaju baštu) pazi se, nemoj da ti dâ što da jedeš. Metne otrov neki, pa tek zakovrneš kao ćure." Ma šta čovek radio, ili ne radio ništa, u svemu moja dobra pokojna strina mora naći neke opasnosti. Ako spavaš — hu! Ako piješ vodu — huuu!... Ako sediš — huuu, ako ideš, opet ono nesrećno i zloguko — huuu! Jedne nedelje pošao stric u crkvu.

— Huuu! — učini strina, s rukama pod pojasom.

— Šta ti je? — pita stric.

— Huuuuu! — beše njen odgovor.

— Valjda crkva nije rat, pa da mi tu hučeš i gledaš me kao da me ispraćaš na vešala, a ne u božji hram!

Strina nešto svojski gunđa, s rukama pod pojasom, gleda u strica pogledom punim zlokobne slutnje, gotovo očajno, pa, mesto odgovora, uzdahnu gorko i duboko.

— Šta ti je, jesi li ti luda žena?

— Može neki 'ajduk da iskoči iz šume, pa tek, samo krk nožem! — veli strina, zapinjući iz sve snage kad govori, a ipak šapatom. Tako je čudnovato ona uvek govorila. Bog da joj dušu prosti!

— Kakav 'ajduk usred bela dana kad u nas nije bilo 'ajduka ni noću, otkad ja znam za sebe?!

— Nije svaki dan Badnji dan... U'vate, odvuku u šumu, pa oderu kao jarca... Huuuu!

Stric se, siromah, baš se sećam kao da je juče bilo, prekrsti levom rukom, pa iziđe ljutito, a strina metnula ruke pod pojas, gleda za njim očajno, pogledom punim slutnje, pa tek zašišta na svoj način:

— Zakolju kô jagnje!... Huuuu!

Jest, takva je bila moja pokojna, dobra i pametna strina. Sad, kad ovo pišem, kao da je gledam očima i čujem ono njeno zloslutno gunđanje.

Da je živa, jadnica, ona bi, na svaki način, s iskrenim očajanjem našla hiljadama opasnosti u ovoj mojoj priči: u svakoj rečenici, u svakoj reči, u svakom slovu. Čisto je čujem kako mi sluti zlo i gunđa za se svojim naročitim glasom:

— Huuuuu!... Dotrči džandar, pa u'apsi začas!

„Huuuuu! U'apsi začas!", što rekla moja pokojna strina. Sećati se svojih pokojnih, milih i dragih, to je lepa stvar, i ja zaista zaslužujem u tom pogledu pohvalu, ali, na kraju krajeva, što rekao neko: kakve veze ima moja pokojna strina s ovom pričom?

Ako ćemo iskreno da govorimo, to se i ja čudim: kakve veze, do đavola, može imati moja strina i cela ova stvar? Kao što imaju veze Narodna skupština i Senat. Ali, eto tako, što se mora, mora, ko te, opet, pita šta ima veze i smisla. Bar kod nas je, hvala bogu, ako nigde na drugom mestu, pametan običaj da se sve radi naopačke, kako ne treba, bez smisla i pameti, pa kud bih ja onda mogao i pomišljati samo da u ovoj zemlji, gde je sve bez smisla, jedino ova moja priča ima, ko bajagi, nekog smisla. The, kad nam je takva divna sudbina, onda — nek ide kako ide.

„Huuuuu!", što rekla strina.

———

Ali, kad se čovek bolje razmisli (ako, to jest, uopšte ima ljudi koji se i takvim opasnim športom bave), mora mojoj pokojnoj strini dati dublji značaj.

Zamislite, samo, kakva se meni budalaština uvrtela u glavu.

U mnogome mi cela ova naša „mila nam i napaćena zemlja" liči na moju pokojnu strinu.

U detinjstvu me je, pre škole, vaspitala sirota strina, i to, razume se, kao pametna žena, bez batina, a posle sam išao u školu, gde su, od osnovne škole pa do najviše, programi tako divni da ja i dan-danji verujem da je moja strina bila, jadnica, u Prosvetnom savetu i imala najjači uticaj. Dakle, škola je produžila vaspitanje isto onako kao i strina, samo malo savršenije, batinama.

Škola mi je, moram priznati, bila mnogo gora i teža od strine. Odmah, još s bukvarom, počeše pouke kako se treba vladati:

„Dobro dete ide iz škole pravo kući, mirno, nogu pred nogu, gleda preda se, a ne zvera levo i desno. Kad dođe kući, ostavi pažljivo svoje knjižice, poljubi starije u ruku, pa sedne na svoje mesto."

„Kad polazi od kuće u školu, opet tako isto: ide mirno, nogu pred nogu, gleda preda se, i, čim dođe u školu, ostavi svoje knjižice i seda mirno na svoje mesto, a ručice opruži na klupi."

Vidite đače: mirno, slabačko, desnom rukom drži knjižice, a levu priljubilo uz butinu; lice mu smireno, glava mu povijena zemlji (pun klasić znanjca), gleda s tolikom pažnjom preda se da već lišce dobiva smešan izraz; ide, to jest pomiče nožicama po jedan santimetar, ne zvera ni levo ni desno, iako mimo njega vrvi svet na sve strane. Nikakav predmet ne sme, niti može, privući njegovu pažnju. Tako idu i druga deca; puna ih ulica, ali jedno drugo i ne vide. Ulaze tako, upravo umile nečujno u školu, sedaju svako na svoje mesto, ispruže ručice i sede tako mirno i takvog izraza lica kao da ih je fotograf spremio za slikanje. Tu tuve svaku reč učiteljevu, i opet na isti način izmile iz škole. Eto, takvi bismo mi izgledali da smo bili sasvim dobra deca. Strini se ta pouka mnogo dopadala, ali mi nismo mogli potpuno po njoj da se upravljamo. Svaki je od nas grešio, ko manje ko više, i zbog toga je, u stvari dobar, učitelj kažnjavao kog manje kog više.

— Molim, gospodine, ovaj trčao putem!

— Da kleči! — presudi učitelj.

— Molim, gospodine, ovaj gledao kroz prozor!

— Da kleči!

— Molim, gospodine, ovaj se razgovarao!

Pljus šamar.

— Molim, gospodine, ovaj skakao!

— Bez ručka!

— Molim, gospodine, ovaj pevao!

Opet šamar.

— Molim, gospodine, ovaj igrao lopte!

— Da stoji!

Ne samo što je naš stari, dobri učitelj bio tako pažljiv te je bodrim okom motrio da se predupredi svaki nesrećan slučaj koji bi se mogao desiti našom nesmotrenošću, već je uz njegove usmene šamare došla odmah i napismena, pametna lektira za mladež. Tu beše vazda: nekakav „Stručak" — uzbrao ga taj i taj, te „Kitica cveća" — nabrao je miloj deci taj i taj. Sve lepi naslovi i lepa poučna sadržina:

„Bilo jedno nestašno dete, pa se popelo na drvo i s drveta se omakne, padne i slomi nogu, i tako celog veka ostade bogalj."

„Bilo jedno nevaljalo dete, nije slušalo savete, već je trčalo ulicom, pa se jako oznoji, dohvati ga hladan vetar, te nazebe i padne u postelju od teške bolesti. Njegova sirota mati je mnoge noći bdila nad njim i plakala. Posle dugog bolovanja dete umre i ucveli svoje dobre roditelje. Tako ne rade dobra deca."

„Jedno, opet, nestašno dete šetalo po ulici, pa ga uhvati neka zverka i svega ga raščerupa."

Posle svake pročitane poučne pričice učitelj nam objasni i protolkuje pouku.

— Šta smo sad čitali? — pita.

— Mi smo sad čitali kako je bilo neko nevaljalo dete, pa šetalo samo po ulici, a iskrsne neka zverka i dete raščerupa.

— Čemu nas uči ta priča?

— Ta nas priča uči kako ne treba šetati.

— Tako je.

— A kakvo je to dete što je šetalo?

— Ono je nevaljalo i opako dete.

— A šta rade dobra deca?

— Dobra deca ne šetaju, pa ih vole roditelji i učitelj.

— Vrlo dobro!

„Bilo opet jedno dete, pa sedelo u sobi kraj prozora, ali drugo dete gađalo goluba kamenom iz svoje praćke, i ne pogodi ga. Golub odlete veselo, a kamen udari u prozor, razbije ga i pogodi ono prvo dete u oko, tako da mu oko iscuri i ostane doveka bez oka!"

— Kakvo je ono dete što je sedelo u sobi blizu prozora?

— Ono je nevaljalo i opako dete!

— Čemu nas uči priča?

— Priča nas uči da ne treba sedeti, jer to rade samo zla i nevaljala deca.

— A šta čine dobra deca?

— Dobra deca ne sede u sobi gde ima prozora!

Svaka se pričica tako lepo objasni i iz nje izvuče korisna pouka kako treba da se vladaju dobra i poslušna deca. Dobra deca ne idu, ne trče, ne razgovaraju, ne penju se na drveće, ne jedu voće, ne piju hladnu vodu, ne izlaze u šumu, ne kupaju se, i — već ko će sve to nabrojati. Nakratko rečeno, bili smo preplavljeni takvim mudrim i korisnim poukama, te smo se svi utrkivali ko će biti nepomičniji. Manje-više, svi smo bili dobra i poslušna deca i slušali smo i pamtili savete svojih starijih.

———

Sve je to u nas samo začetak dobra. Bili smo dobra i poslušna deca i, doduše, iz godine u godinu svaka je generacija sve više i više obećavala da će uskoro naša zemlja dobiti tako isto dobre i poslušne građane, ali ko zna da l' će doći to blaženo vreme da se naše težnje, upravo misli i ideali moje pokojne, genijalne strine, potpuno ostvare u ovoj namučenoj Srbiji, koju ovako žarko i iskreno ljubimo.

Ko zna da l' će ikada doći vreme da se ostvare naše želje i privede u delo ovaj naš idealni politički program:

Čl. 1.

Niko ne radi ništa.

Čl. 2.

Svaki punoletan Srbin ima početnu platu od 5.000 dinara.

Čl. 3.

Posle pet godina svaki Srbin (u kojoj kući nema Srbina, može i Srpkinja) ima prava na punu penziju.

Čl. 4.

Penzija ima periodske povišice od 1.000 dinara godišnje.

Čl. 5.

Mora se doneti odluka Narodne skupštine (a tu će se po izuzetku, iz patriotskih pobuda, sa Skupštinom složiti i sam Senat), i to će se smatrati kao naročita tačka Ustava, prema kojoj: voće, korisno bilje uopšte, pšenica i svi drugi usevi moraju uspevati basnoslovno dobro, i to dva puta preko godine, a ako se ukaže deficit u budžetu državnom, onda i tri, pa, razume se, po potrebi i više puta, kako to već finansijski odbor za shodno nađe.

Čl. 6.

Stoka, svaka moguća, bez razlike pola i uzrasta, napreduje, takođe po zakonskom naređenju, to jest po odobrenju oba doma, veoma dobro, i množi se vrlo brzo.

Čl. 7.

Stoka ne može ni u kom slučaju primati platu iz državne kase, izuzimajući vanredne državne potrebe.

Čl. 8.

Kazni se svaki onaj koji misli o državnim poslovima.

Čl. 9.

Ni o čemu se, naposletku, ne sme misliti, bez naročitog dopuštenja policijskog, jer mišljenje narušava sreću.

Čl. 10.

Na prvom mestu, policija ne sme apsolutno ništa misliti.

Čl. 11.

Ko bi se hteo, tek vica radi, baviti trgovinom, mora zaraditi vrlo mnogo: na dinar hiljadu.

Čl. 12.

Ženske haljine, ogrlice, naravno i žiponi, kao i druge potrebe, seju se i uspevaju vrlo brzo pod svakom klimom i na svakom zemljištu, svakog meseca, u raznim bojama i po najnovijoj francuskoj modi. Šeširi, rukavice i ostale sitnije stvari mogu se s uspehom gajiti i u saksijama (odnosno sve se po zakonskom naređenju samo gaji).

Čl. 13.

Deca se ne rađaju. Ako ih odnekud bude, da se odgajaju i vaspitavaju naročitim mašinama. Ako otadžbina treba što više građana, podići će se fabrika dece.

Čl. 14.

Porez ne plaća niko.

Čl. 15.

Plaćanje dugova i poreze strogo je kažnjivo, a to vredi za svakog, sem ako se utvrdi da je taj prestup učinila umno obolela individua.

Čl. 16.

Ukidaju se sve nepotrebne stvari, kao što su: tašte, svekrve, i glavna kontrola i sporedna, leteći državni i privatni dugovi, cvekle, pasulj, grčki i latinski jezik, truli krastavci, padeži svi mogući, s predlogom i bez predloga, žandari, svinjsko pitanje, pamet, zajedno s logikom.

Čl. 17.

Ko ujedini Srpstvo, da se smesta, u znak narodnog priznanja i ljubavi, uhapsi!

Divan program; to moraju priznati čak i politički protivnici, ako bi ovakav program uopšte i mogao imati protivnika. Sve uzaman, naše se plemenite želje ne mogu nikada ostvariti.

Ali što nismo mi dostigli i ostvarili, pored tolikog svog truda, to su uradili drugi, srećniji od nas.

———

Ja sam vrlo mnogo putovao po svetu. Neki to veruju, a mnogi ne veruju, već drže da sam ja to uobrazio. Čudnovato! Uostalom, što rekao neko, cela me se stvar ne tiče ništa. Glavno je da ja držim da sam vrlo mnogo putovao.

Putujući po svetu čovek vidi svašta, često što ni u snu nije snio, a kamoli budan mogao zamisliti. Čitao sam u jednim engleskim novinama kako je cela engleska štampa napala najoštrije nekog grešnog Engleza koji beše napisao nekakav putopis kroz Srbiju. Čitao sam i taj putopis, i izgleda mi dosta veran, ali mu niko od Engleza nije verovao ni da postoji čak neka zemlja Srbija, a kamoli ono što on piše o toj zemlji. Nazvali su ga zanesenjakom, pa čak i ludim čovekom. Eto, sad, neka vide kritičari da se u svetu sve može videti, pa da ne viču jednako: nije verno, ne odgovara prirodnosti; ličnosti kao da su pale s Meseca (a ne vide kako i pored njih i pored nas prolaze svakodnevno tolike individue koje su mnogo gore nego da su s Meseca pale), a već njihov stereotipni crven končić što se, ne znam, provlači kroz delo, kuda li, bez traga, izišao mi na vrh glave.

Eto, dakle, tako i ja, putujući, naiđem na jedno divno društvo, upravo mesto, državicu, šta li.

Prvo na šta naiđem u toj zemljici (hajde, baš da je tako klot zovemo) beše neki politički zbor.

„Lepo, bogami; kud ja da natrapam na to čudo!", pomislim u sebi, i bi mi neprijatno, jer sam se u Srbiji već odvikao od političkih zborova i učešća u javnim poslovima. Sve se to jedno s drugim grupisalo i izmirilo, pa nema čovek s kim ni da se čestito zavadi.

Iznenadio sam se. Zborom rukovodi predstavnik vlasti u tom kraju zemljice, valjda ga zovu okružni načelnik, a on je i sazivač političkog zbora.

Mnogi građani dremljivi, podbuli od spavanja, neki dremaju stojeći, usta im poluotvorena, oči zatvorene, a glava im klimata levo-desno, gore-dole; zanijaju se po dve građanske glave malo jače, udare se, preznu, oba političara pogledaju tupim pogledom jedan drugog, ne iznenade se ničemu, oči im se opet zatvore, i glave klimataju revnosno i dalje. Mnogi legli te spavaju, a hrkanje se razleže da je milina čuti. Mnogi su, doduše, budni, ali trljaju oči i zevaju slatko i glasno, te kao da pomažu, radi bolje harmonije, onima što hrču u horu. Pogledam, kad sa sviju strana panduri nose na leđima građane. Svaki uprtio po jednog pa ga nosi na zbor. Neki, mirni, ćute i gledaju ravnodušno oko sebe, neki zaspali, a nekolicina njih se praćaju i otimaju. Neke, uporne, doteruju vezane.

— Kakav je ovo zbor? — pitam jednog.

— Ko ti ga zna! — odgovori mi ravnodušno.

— Valjda nije opozicija?

— Opozicija! — odgovori opet ne gledajući ni ko ga pita.

— Pa zar vlast saziva opoziciju na zbor, i još ljude silom dovodi? — upitam.

— Vlast!

— Pa zar protiv sebe?

— Sigurno! — odgovori mi s dosadom, kao u nekoj nedoumici.

— Možda je zbor protivu naroda? — upitam.

— Možda — odgovori onaj na isti način.

— A šta ti misliš? — upitam.

On me pogleda tupo, bezizrazno, sleže ramenima i raširi ruke, kao da bi rekao: „Šta me se tiče!"

Ostavim ga i htedoh prići drugom, ali me njegovo lice bez ikakva izraza odvrati od tog ludog, bezuspešnog pokušaja.

Odjednom, čuh neki ljutit glas:

— Šta to znači? Niko živ neće u opoziciju! To se dalje ne može trpeti. Sve same pristalice uz vladu i vlasti, sve poslušno, sve mirno, pa to tako iz dana u dan, da se već čoveku zgadi i na tu poslušnost.

„To je divan i obrazovan narod!", pomislim u sebi i pozavidim toj idealnoj zemljici. Tu, valjda, ni moja pokojna strina ne bi huknula ni predvidela kakvu opasnost. Ljudi obrazovani i poslušni, mirniji mnogo više nego što je od nas kao dece i tražio onaj dobri, stari učitelj, jer njihov mir i dobro vladanje dosadi i obljutavi čak i samoj miroljubivoj policiji.

— Ako vi tako produžite i dalje — viče načelnik oštro, ljutito — onda umemo mi okrenuti drugi list, pa će vlada ukazom postavljati opozicionare. Čas posla, a toga, ako niste znali, ima u drugom svetu. Za vođu krajnje i oštre opozicije protiv današnjeg režima postavlja se taj i taj, s godišnjom platom od petnaest hiljada dinara. Za članove glavnog odbora opozicione stranke: taj i taj, taj i taj, taj i taj, pa hajd'. Pa, onda, za opozicionare okruga toga i toga: taj i taj, taj i taj, pa mirna krajina. Ne može to ovako više. A vlada je već našla puta i načina da pokrene i jedan list protiv sebe. Zato je već počela voditi pregovore i našla dobre, pouzdane, verne ljude.

Građani, odnosno opozicionari, gledaju dremljivo u načelnika i na njihovim licima se ne opaža nikakva promena. Niti ih to iznenađuje, niti buni, niti raduje — apsolutno ništa, kao da načelnik ništa nije ni govorio.

— Dakle, vi ste sad opozicija! — veli načelnik.

Svet gleda u njega i ćuti mirno, ravnodušno. On uze spisak sviju prisutnih, odnosno doteranih na zbor, i poče prozivati.

— Svi su tu! — reče posle prozivke zadovoljno.

Načelnik se zaturi u naslonu od stolice i protrlja ruke od zadovoljstva.

— E, dobrooo! — reče s osmehom na licu. — Sad, u ime boga, da počnemo!... Vaš je zadatak, kao protivnika vladinih, da vladu napadnete najoštrije i da osudite njen politički rad i pravac politike i spoljne i unutrašnje.

Svet se, malo-pomalo, poče pribirati, dok se, tek, jedan prope na prste i diže ruku, pa procvile slabačkim glasom:

— Ja znam, molim gospodine, jednu priču o opozicionaru.

— E, dede pričaj.

Građanin se malo nakašlja, promrda ramenima, pa uze pričati takvim tonom da više izgleda da kukuriče, isto onako kao što smo mi odgovarali u osnovnoj školi i prepričavali poučne pričice:

— Bila tako dva građanina: jednome bilo ime Milan, a drugom Ilija. Milan je bio dobar i poslušan građanin, a Ilija opak i nevaljao. Milan je slušao svoju dobru vladu u svemu, a Ilija je bio nevaljao i nije slušao svoju dobru vladu, već je glasao protiv vladinih kandidata. I dobra vlada zovne k sebi i Milana i Iliju, pa će reći: „Dobri Milane, ti si dobar i poslušan građanin; evo tebi puno para i dobićeš pored svoje službe još jednu s boljom platom”. To reče, pa pruži dobrom Milanu punu kesu s novcima. Milan poljubi vladu u ruku i ode veselo svojoj kući. Potom se vlada okrete Iliji i reče: „Ti si, Ilija, rđav i nevaljao građanin, zato ću te uhapsiti i oduzeti ti platu što je primaš, pa ću je dati dobrima i valjanima”. Dođoše žandarmi i uhapsiše rđavog i nevaljalog Iliju, te je mnogo patio i ožalostio svoju porodicu. Tako prolazi svaki onaj koji ne sluša svoga starijega i svoju vladu.

— Vrlo dobro! — reče načelnik.

— Ja znam, molim, gospodine, čemu nas uči ova priča! — reći će drugi građanin.

— Dobro. Kaži!

— Iz ove pričice vidimo kako treba biti veran i poslušan svakoj vladi, pa da čovek srećno poživi sa svojom porodicom. Dobri i poslušni građani ne rade kao Ilija, pa ih svaka vlada voli! — govori opozicionar.

— Lepo, a šta je dužnost dobrog i poslušnog građanina?

— Dužnost je dobrog i rodoljubivog građanina da se ujutru digne iz postelje.

— Vrlo lepo, to je prva dužnost. Ima li još koja?

— Ima još.

— Koje su?

— Da se građanin obuče, umije i doručkuje!

— Pa onda?

— Onda iziđe mirno iz svoje kuće i ide pravo na svoj posao, a ako nema posla, onda ide u mehanu, gde čeka vreme ručku. U podne tačno dolazi opet mirno svojoj kući i ruča. Posle ručka popije kafu, opere zube i legne da spava. Kad se dobro ispava, građanin se umije i ide u šetnju, pa onda u mehanu i, kad dođe vreme večeri, dolazi pravo svojoj kući te večera, a posle večere legne u postelju i spava.

Mnogi od opozicionara ispričaše po jednu mudru, poučnu pričicu i objasniše čemu nas ta priča uči. Zatim opozicionari pređoše na svoja ubeđenja i principe.

Jedan predloži da se zbor završi i da svi zajedno odu u mehanu na čašu vina.

Tu se mišljenja podeliše i morade doći do burne debate. Niko više nije dremao. Dođe glasanje u načelu. Po svršenom glasanju, načelnik objavi da je predlog primljen u načelu da se uopšte ide u mehanu, i sad dođe pretres u pojedinostima: šta će se tamo piti?

Jedni hoće vino i sodu.

— Nećemo — viču drugi — bolje je pivo!

— Ja iz principa ne pijem pivo! — veli jedan iz prve grupe.

— A ja, opet, iz načela ne pijem vino.

I tako se pojaviše mnogi principi i ubeđenja, i otvori se burna debata.

Neki pomenuše kafu (oni su u užasnoj manjini), a jedan između njih izvadi sat, pogleda i reče:

— Tri časa i pet minuta! Ni ja sad ne mogu piti kafu. Ja iz principa pijem kafu samo do tri časa po podne, a posle toga vremena ni za živu glavu.

Dođe, posle mnogih govora, koji su čitavo poslepodne trajali, do glasanja.

Načelnik se, kao valjan predstavnik vlasti, držao objektivno i pravično. Ničim nije hteo uticati na slobodu glasanja. Svakome građaninu dozvolio je da mirnim, parlamentarnim putem dâ svoj glas za svoje ubeđenje. Uostalom, svakom je to pravo i zakonom dato i našto ga onda oduzimati?

Glasanje je teklo u najvećem redu.

Po svršenom glasanju ustade načelnik s važnim, ozbiljnim licem, kao što dolikuje predsedniku političkog zbora, i još važnijim glasom objavi rezultat glasanja:

— Objavljujem da je ogromnom većinom pobedila trupa koja je za vino i sodu, zatim dolazi malo manji broj frakcije za čisto vino, zatim frakcija za pivo. Za kafu su glasala trojica (dvojica za slatku, a jedan za gorčiju) i, najzad, jedan glas za melanž.

Taj je i inače, zaboravih napomenuti, bio započeo govor protivu vlade, ali mu masa zagluši grajom taj detinjasti ispad. On onda, malo docnije, poče govoriti kako je protivan i ovakvom zboru, i kako to i nije zbor opozicije, već vlasti palo na um da se prošali, ali ga i tu ostali vikom i grajom sprečiše da govori.

Načelnik posle toga poćuta malo, pa dodade:

— Što se mene tiče, ja ću piti pivo, jer moj gospodin ministar ne pije nikad vino i sodu.

Najedanput se opozicija pokoleba i izjaviše svi da su za pivo (sem onoga što je glasao za melanž).

— Ja neću uticati na vašu slobodu — reče načelnik — i tražim od vas da ostanete pri svom ubeđenju.

Bože sačuvaj! Niko neće da čuje za ubeđenje, i uzeše dokazivati kako je to glasanje slučajno tako ispalo, i da se i oni sami čude kako se to desilo kad, u stvari, niko nije tako mislio.

I tako se sve to lepo svrši, i odoše posle dugog i mučnog političkog rada u mehanu.

Pilo se, pevalo, napijane su zdravice i vladi i narodu, i u neko doba noći svi su se mirno i lepo razišli kućama.

Sutradan načelnik je poslao šifrom izveštaj vladi o jučerašnjem političkom zboru. Izveštaj glasi:

U mom se okrugu pojavila jaka politička struja protivnika današnjoj vladi. Pokret svakog časa hvata sve više i više maha, tako da se ja bojim da ne dođe u pitanje opstanak današnje dinastije. Upotrebljavao sam sve mere koje sam mogao i sva sredstva što sam ih imao na raspoloženju da sprečim ovo zlo; ali kako se taj opozicioni, upravo revolucionarni pokret javio naglo, kao bujica, to su svi moji pokušaji bili uzaludni, i revolucionari su se nasilno iskupili u ogromnom broju juče po podne na zbor. Iz njihovih oštrih i drskih govora uvideo sam da su anarhistićkih načela i da u tajnosti sigurno spremaju bunu i prevrat u zemlji. Naposletku, posle mučnih i teških napora, jedva sam uspeo da zbor rasturim, jer je moglo biti velike opasnosti, pošto je jedan između njih čak pretio kako će oni oboriti monarhiju i uvesti republikanski sistem vladavine.

U prilog pod ./. šaljem učtivo gospodinu ministru spisak najopasnijih ličnosti (tu je bio kao kolovođa onaj osobenjak što pije melanž, „cukervaser", šta li beše, zatim ona trojica što su bili za kafu) i molim za naređenje šta dalje da preduzmem u ovako važnim i sudbonosnim prilikama po našu zemlju.

Načelnik je odmah, posle tako krupnih usluga što je učinio zemlji i upravi zemaljskoj, dobio odlikovanje i klasu. Svi oni opozicionari došli su da mu čestitaju, i na tome se stvar svrši.

Posle svršenog zbora, zapitao sam bio jednog:

— Zar kod vas nema ljudi što se bave politikom?

— Bilo je i toga.

— Pa?

— Ništa... Budalaštine!

— Što budalaštine?

— Ostavi se, molim te; ko će da mi vodi politiku?!... Počinjao je to jedan!

— Pa šta učini?

— Lud čovek! Šta ima da učini?!... Znamo ga svi: i ko je i otkuda je i čiji je sin i šta jede u kući. Otac mu bio majstor, ali poslednji čovek, a on otišao u školu, mlatio se negde po svetu, pa došao natrag i započeo da mi priča: treba ovako, treba onako, pa ne znam uređenje, pa zakoni, pa ustav, pa građanska prava, pa sloboda zbora, pa izbori... Mani, molim te, vazda je on buncao koješta!

— Pa šta mu ti kažeš?

— Ništa! Šta da mu kažem? Gledam ga, pa se smejem. Znam njega; nema hleba čestito da jede, a znam mu oca i familiju. I on mi priča šta je ustav i sloboda?

— Možda zna čovek?! — rekoh.

— Ostavi, molim te, bar njega znam koliko je težak.

— Pa šta uradi?

— Šta će da uradi?!... Čita neke knjige, trči iz mesta u mesto, agituje nešto, skupio nekoliko njih, držali neke zborove. Hapsiše ga, kažnjavaše, proterivaše. Kažem mu ja jednom: „Što se zanosiš kao derište, te ne gledaš svog posla? Vidiš da si lud čovek?!"

— Šta mu drugi vele?

— Pukoše ljudi od smeja. Kad iziđe iz zatvora, pa prođe ulicom, tek onda nastane smej. „Nađe li Ustav?", upita ga neko, a cela ulica u smej. More, što je bilo šale s njim, to nema. Neki put da se isprevrćemo od smeja. I danas mu ostalo ime Toma Ustav! — reče mi onaj, i zasmeja se tako da mu suze udariše na oči.

— Pa šta je bilo s njim?

— Propao je, siromah. Nema nigde ništa, a i službu mu državnu ne dadu... Budala! Njegovi drugovi po školi kakve lepe položaje imaju, a on tako! Nije mu niko kriv. Doduše, hvale ga da je bio od sviju njih najspremniji i najinteligentniji, al' nekako zanesenjak. Ništa nije gore nego kad čovek uvrti sebi neke bube u glavu. Našao se on da ispravlja nešto. Celom svetu dobro, a on hoće nešto naročito, kao da ga mi ne znamo. Siromah!...

— Šta sad radi?

— More, sad se opametio, al' dockan! Mi ga izlečismo od buba, a kako je on bio durašan, ništa vlasti ne bi s njim učinile. Nego mi počesmo da teramo komediju, pa ga još đavoli prozvaše „Ustav". Tako danas, tako sutra, pa počeše ljudi s njim da prave šale gde stignu, gde stanu. On se bori, bori, pa malaksa... Žao mi ga jadnika! Nije bio rđav!... Sad je pametan, ozbiljan čovek, ne zanosi se kao pre. Povukao se gotovo sâm za se, pa se slabo s kim i druži. U sirotinji je, ali ga mnogi pomažu. Svima nam ga je žao, ali sam je kriv...

— Kako sad ljudi s njim?

— Lepo!... Sad ga ne ismeva niko, vole ga ljudi; a i žalimo ga, jadnika!

————

Dopade mi se nešto da u ovoj zemljici živim što duže vremena. Učinio sam s mnogima poznanstvo. Neki krasni ljudi. Mirni, tihi, krotki, kao golubovi. Jedu, piju, dremaju, pomalo nešto posla gledaju. Jednim slovom: srećni ljudi. Ništa ne remeti dubok mir, niko ne kvari harmoniju, nikakav vetrić ne uzdrmava mirnu, nepomičnu površinu ustajale pozelenele bare, ako bi se s tim moglo porediti društvo te zaista srećne zemljice.

Ja sam iz Srbije doneo tamo nešto malo misli i nešto malo otrcanih ideala, što ih nasledih od starijih; ali se i to malo izgubi u toj zemljici, i ja se, kao hipnotisan, predadoh slatkom dremežu, pa mi to poče goditi. Tad sam video da i mi Srbi imamo dispozicije vrlo jake da jednog dana postanemo ovako srećan narod, a u tome nam idu na ruku i same prilike naše. Tako su proticali dani mirno, nečujno, tromo, dok se jednog dana ne poremeti ravnoteža društvene harmonije.

————

Mlad jedan čovek izda na javnost zbirku svojih pesama.

Pesme su bile lepe, pune dubokog, iskrenog osećanja i ideala.

Celo društvo dočeka knjigu s negodovanjem. Niko je nije čitao, niti je hteo čitati; ali kome god dođe do ruku, odmah napravi lice kiselo, preturi listove, na dva-tri mesta i propipa listove kao da gleda kvalitet hartije, odgurne knjigu od sebe kao kakvu najodvratniju stvar na svetu, okrene s prezrenjem glavu na drugu stranu i izgovori jetko:

— Pesme?!... Koješta!...

— Ko zna? Možda ima lepih stvari?! — dodao bi neko pri takvom razgovoru.

Prvi se prekrsti, ponamesti se na sedištu, pa s izrazom sažaljenja na licu meri svog druga i klima glavom, pa će tek reći:

— Ti si luđi nego ovaj što piše ove trice! — tu šorne knjigu vrhom od prstiju još dalje od sebe s takvim izrazom lica kao da je dodirnuo što nečisto, prljavo, a potom doda: — Kad tako govoriš, jesi li ti čitao tu knjigu?

— Nisam.

— E pa?

— Ja i ne tvrdim da je dobro, ali kažem: možda je dobro!... A jesi li, opet, ti čitao?

— Ja?! — upita prvi ljutito, kao uvređen tim pitanjem.

— Ti!

— Ja? — opet ponovi onaj pitanje još ljutitije.

— Ti, razume se; koga drugog pitam?!

Prvi se prekrsti, sleže ramenima i raširi ruke kao da bi time rekao: „Budi bog s nama, šta ovaj pita!” Ali glasno ne reče ništa, već s nekim čuđenjem na licu gledaše svoga druga.

— Šta se krstiš? Pitam te jesi li ti čitao tu knjigu pesama, ili nisi. Šta je tu kao čudno?

Prvi se opet prekrsti, pa posle tek dodade:

— Pitam ja tebe sad: jesi li ti lud čovek, ili nisi?

— Koješta. Ne razumem te.

— Ni ja tebe.

— Šta imaš da razumeš, i šta se iščuđavaš?... Pitam te: jesi li čitao knjigu?

— Pitam ja tebe: jesi li ti pametan? — opet će prvi, zatim uze knjigu, tresnu je ljutito po stolu i uzviknu: — Pa zar ove trice da čitam! Makar da poludim, a pri čisto svesti ja to ne čitam... — zatim dodade malo tiše: — Poznaješ li ti toga što je napisao ove pesme?

— Ne poznajem.

— The!... Zato tako i govoriš! — reče prvi, i uze mahati rukom, praveći lice još kiselijim, kao da time kaže kako je to propala ličnost.

— Ti ga poznaješ?

— Poznajem! — izgovori s omalovažavanjem, a lice tako napravi kao da veli: „Bolje da tu budalaštinu nisam uradio", mada je, u stvari, s tim istim čovekom do juče, dok se god ne pojaviše njegove pesme, bio dobar prijatelj i nije u društvu nikad o njemu rđavo govorio.

Neki su, opet, ovako razgovarali, a, razume se, nisu hteli čitati:

— Čudne bruke!... Pesme?... Kao da ga ne znam koliko je težak! — veli jedan.

— Kako ga nije sramota?! — veli drugi.

— Čoveku prvo bog pamet uzme, posle on sâm sebi čini zlo... Takve... more, kakve takve pesme? Mnogo bolje ću ja sutra da pišem, ali ne podnosi obraz da se brukam, kao što može neko.

Pa i ponašanje promeniše ljudi prema mladom pesniku.

Prođe ulicom, a ljudi se tek gurnu i namignu jedan na drugog.

— Dobar dan! — javi se on.

— Dobar dan, pesniče! — odgovori jedan gledajući ga ispod oka, zajedljivo.

— Zdravo, zdravo! — doda drugi s podsmehom.

— Dobar dan! — prihvati treći, licem punim dosade, kiselo, s omalovažavanjem.

Ali stvar se, nažalost, nije svršila samo razgovorima koji su se jednako svuda vodili.

Javno mnjenje okrete front prema mladome pesniku. Čak i ono što su mu od pre pripisivali u dobre strane, sad mu stadoše osuđivati, a sitne mane, koje su mu pre praštane, kao i svakom drugom, sad postadoše užasni poroci. Pronađoše odjednom kako je podlac, pijanica, kockar, nekarakteran čovek, špijun a, sem toga, i kako je luckast.

— Nisam znao da je toliko lud? — razgovaraju ljudi.

— Ja sam, pravo da ti kažem, uvek primećavao da s njim nisu čista posla.

— I ja, ali nije ovoliko bilo.

— E, sad je već sasvim.

Počeše po društvima da prave šale s njim, a gde je god trebalo da svrši kakav svoj posao, svaki koji mu je mogao smetati smatrao je za svoju dužnost da mu smeta, jer svakom se duh uzbuni čim ga vidi, kao da mu sine kroz glavu misao: „Šta mi se tu praviš važan!... Pesme, e, čekaj da vidiš, umemo mi i ovako!"

Što je najnesrećnije, pesme je posvetio svojoj verenici, misleći da je time obraduje; ali je sirota devojka, mesto radosti, mnogo propatila i proplakala, jer ni nju nije javno mnjenje poštedelo.

Otac devojčin beše van sebe od ogorčenja što je u tu, po njegovom mišljenju suludu stvar upleteno i ime njegove kćeri, pa sede i napisa ovakvo pismo mladom pesniku:

Gospodine,

Ove Vaše trice i kojekakve budalaštine i ludorije, s kojima tera svet komediju po ulici, mogli ste posvetiti Vašem ocu, jer bi to njemu i priličilo, pošto je i inače poznat kao poslednji čovek, kao i Vi što ste, a ne da u Vaše ludorije uplećete ime moje kćeri. Na moju kuću niko do danas nije pružio prsta, niti ja hoću da se ime moje kćeri isplâče po svačijim ustima i stoji na Vašoj suludoj knjizi. Od danas da niste se usudili prestupiti preko praga moje kuće, jer ste poverenje i dobro moje prema Vama vratili time što ste mi kući naneli sramotu. Uostalom, tražim da mi u roku od pet dana date satisfakciju, inače ću Vas, gospodine, prebiti kao mačku, nasred ulice, ili gde Vas nađem.

Iz te posvete ispletoše se čitavi škandali; i kako je mladi pesnik bio činovnik, to njegov starešina ovako dostavi gospodinu ministru:

(Ime i prezime sam zaboravio, te se mora uzeti uobičajeno N. N.), činovnik ovoga nadleštva, koji je inače dobar i savestan radnik, u poslednje vreme toliko se kompromitovao nekakvom zbirkom svojih kao bajagi pesama, da, zbog ugleda državne službe, isti ne može ostati, jer se bavi neozbiljnim poslom koji ne bi dolikovao ni piljaru, a kamoli jednom državnom činovniku. Molim

Gospodina Ministra da ovoga kompromitovanog činovnika udalji iz državne službe, ili bar iz ovog mesta, dokle god se ne popravi.

Ministar ga premesti.

Ali, nažalost, zemlja mala, a rđav glas daleko ide, te ga tamo još gore dočekaju i, šta se drugo moglo raditi, već to čudovište što piše pesme, ministar, u interesu ugleda državne službe, pa čak i u interesu morala u javnom mnjenju, morade otpustiti iz državne službe.

Javno mnjenje dobi satisfakciju, a nijedna se više pesma mladog pesnika ne pojavi. On se negde izgubi i niko za njega ništa nije mogao saznati.

— Šteta, mlad čovek! — govorili su.

— Pa i nije bio rđav čovek.

— Nije, ali eto, kad ga đavo nosi da radi što niko ne radi.

— Žao mi ga grešnog!

— The, šta ćeš? Ko mu je kriv!

I brzo se povrati u društvu za časak poremećena harmonija, nestade i tog malenog talasića što se uzdiže na mirnoj, nepokretnoj površini ustajale vode, i društvo zadovoljno, mirno produži i dalje svoj slatki dremež.

Ta mala neprilika što je pretrpe ovo dobro društvo, ne ostade jedina. Prođe neko vreme, pa se pojavi jedan mlad čovek, koji izda svoje naučne spise.

— Eto ti sad: nauka! Koješta!

Opet niko, razume se, ne htede čitati spise mladog naučnika, a svaki sa dubokim, čak i iskrenim ubeđenjem dokazivaše da Bekić (tako se zvao naučnik, kad se prevede na srpski) ne zna ništa.

— Bekić i naučni spisi! — dovoljno je bilo samo to izgovoriti, pa da celo društvo prsne u smej.

— To kod nas ne može da bude. Kakva nauka, kad je još i Bekić piše! — govore ljudi, a svi su se slagali da to, kao i sve drugo, može da bude samo u stranom svetu.

I mladi naučnik ne samo što nije imao uspeha već sve živo smatraše nekako instinktivno za dužnost da s negodovanjem dočeka tu pojavu.

Celo društvo kao da u tome gledaše neku zaraznu bolest i stade se buniti i boriti očajno protiv te opasnosti.

Jednog sam upitao šta mu je učinio taj naučnik.

— Ništa — veli mi.

— Pa što toliko vičeš na njega?

— Tako; ne mogu da gledam da mi se tu svaka šuša pravi nešto.

— Šta se pravi? Čovek se bavi naukom i ne radi nikom ništa.

— Ne znam ga, brate?! Molim te, kakva nauka? To kod nas ne može da bude.

— Što?

— Tako. Znam ja svaki od nas koliko je težak!

— Jesi li čitao?

— Bože sačuvaj; valjda sam pao na teme. Nauka i Bekić! — reče ironično i udari u smej, a zatim se prekrsti i sleže ramenima, a rukama uze otresati kao da veli: „Ne daj, bože, nikom takve bruke!", pa dodade: — Toliki ljudi pametniji od njega, pa se ne napraviše naučnici a on da se nađe: sreća u kuću!

I ponoviše se opet slične prilike kao i s pesnikom.

Za mladog naučnika, čak, proneše glas kako je, radi nekih naučnih ispitivanja, krao od piljara kruške. Time se zabavljaše društvo nekoliko dana, slatko se smejući, pa onda puče nova bruka.

— Znaš li šta je novo? — upita jedan.

— Imamo naučnika! — odgovori drugi.

— More, to je staro, nego dobio naučnik kritičara!

— Taman posla! Koja je opet to budala?

— Bogme, pametan kritičar, taman prema Bekićevoj nauci!

— Koji je?

— Bekićka!

— Njegova žena?

— Razume se. Kritikovala ga divno. Sad nosi zavijenu glavu. Valjda će doći do pameti. Bolje mu kritike ne treba.

— Šta je bilo? — pita onaj radoznalo i već se nestrpljivo sprema da tu novost proturi dalje.

— Ništa, samo mu neke Toričelijeve cevi olomila o glavu.

I, razume se, tu dolazi sladak smej; i prijatelji se žurno rastaju da tu prijatnu novost pronesu dalje.

To postade duševna hrana društva.

— Čuo sam da si se odao na nauku? — upita u šali prijatelj prijatelja.

— Može — veli žena upitanoga — samo nek se čuva da se i ja ne odam na kritiku.

I opet smej.

Često se celo veče društvo pozabavi prepričavanjem smešnih stvari o naučniku.

Sem toga, naravno da su mladome naučniku činjene smetnje gde god se okrene. Svaki je smatrao za zadatak da ga dočeka oporije nego dotle što ga je dočekivao, samo zato što se mlati, pa hoće on nešto što ne radi niko drugi, a drugi niko, razume se, neće da radi ludorije, kao pametan čovek, jer je kod njih na svagda utvrđeno pravilo za sve što bi se preduzelo: „Batali, molim te, to kod nas ne može da bude!..."

Naučnik se borio, borio, pa se umorio. Savlada društvo i njega, savlada ga radi ugleda svoga, a naučnik se izgubi nekud. Niko o njemu ne ču ništa više.

— Žalim ga, grešnika! — sažaljevaju ga. — Nije onako bio rđav.

— The, ko mu je kriv.

————

Posle nekog vremena, pojavi se neki mlad slikar. Izloži slike i očekivaše sud javnog mnjenja. Slike nisu bile rđave. Ja sam ih kao stranac jedini i gledao, a od domaćih ne hte niko otići. Ponovilo se isto što je bilo i s pesnikom i naučnikom, i opet se, iako niko slike nije ni video, uporno tvrdilo: „Slikar, budalaštine! Ostavi trice, molim te!... To kod nas ne može da bude!"

Javno mnjenje osu, što se kaže, drvlje i kamenje na slikara, sve stupi u bojni red protiv te nove napasti. Ta groznica trajaše dok se i mladi slikar ne izgubi, i opet umorno društvo, posle tolike borbe da bedu od sebe ukloni, produži svoje slatko dremanje.

————

Taman društvo u najslađem snu, a razbudi ga jedan mladi kompozitor sviranjem svojih novih kompozicija.

— E, ovo je već bezobrazluk! — jeknu uvređeno društvo trljajući oči.

— Otkud sad ova napast?

Ali s njim se brže svrši. Pronađe vlast (i ona je malo bila prilegla da prospava slatko i mirno) da te kompozicije draže narod na bunu i, razume se, mladi kompozitor zbog tog sviranja bi zatvoren kao revolucionar.

— Tako, razume se, šta tu durliče kao budala! — reče javno mnjenje zadovoljno, zenu slatko, okrete se na drugu stranu i zaspa celo celcato, opet slatkim dubokim snom.

Pametni ljudi: kakva muzika, kakvi bakrači! „To kod nas ne može da bude!"

Još se dve-tri ovakve pojave desiše, i to beše sve.

———

Tako u ovom društvu prođe svaki koji god htede preduzeti kakav rad. I političar, i ekonom, i industrijalac, svaki je morao propasti.

Setim se jednog poznanika, Srbina, i mi ih imamo takvih dosta.

Čovek dosta imućan, živi od prihoda; jede, pije, zadovoljan, i ne trpi nikog što radi, a on sâm ništa ne radi. Punačak, troma hoda, ide ulicom, a lice napravi zlovoljno kiselo. Ljuti se na sve što samo liči na ma kakav bilo posao i rad.

Prođe pored bakalnice. Zastane, klimne glavom s prezrenjem, pa jetko izgovori:

— Bakalin!... Trice! To mi je bakalin, kao da ga ne znam! Naređao tri-četiri tanjirića, pa se načinio trgovac. Izede me svaka muka!

Prođe, recimo, pored gvožđara, i zastane. Gleda sa istim prezrenjem, i doda jetko, pakosno:

— I on gvožđar! Obesio tri-četiri lančića o zid, pa se načinio trgovac... Koješta!... Izedoše me kojekakve budale!

Tako prođe po celom mestu, i pred svakom radnjom, pa ma kakva bila i ma čija, zastane i progunđa ljutito:

— Koješta, i taj nešto radi, kao da ga ne znam?!...

Pričajte mu o čemu hoćete i o kome god hoćete što nešto radi i preduzima, on će svakog naružiti i omalovažiti.

— Poznaješ li Miku?

— Poznajem! — veli s dosadom, kiselo.

— Diže fabriku?

— Budala! On i fabrika!... E, to će tek biti fabrika. Koješta!

— Marko pokreće list — kažete mu.

— Marko pokreće list!?... Budala! Kao da ga ne znam!.. Koješta. Marko i list! O, što me ljute kojekakvi ludaci!

Niko za njega ne vredi. Svakog, ako bi samo i pomislio da kakav posao preduzme, odmah proglasi za budalu. Šteta te još više takvih nemamo, ali postepeno napredujemo, i neće dugo proći a u izgledu je da stignemo ovu idealnu zemljicu u kojoj sam proveo neko vreme.

———

Na mirnoj površini ustajale, smrdljive vodene mase po kojoj se uhvatilo zelenilo, pojavilo se, iskočilo nekoliko talasića, žudeći da se otmu, da polete nekud više, ali se brzo vratiše masi; zelenilo opet sve pokri, a mirnu površinu ništa više ne uzdrma, nikakav se talas više ne podiže.

Uh, kako se oseća zadah ustajale vode koja se ne miče! Davi, guši. Vetra daj da krene nepomičnu trulu masu!

Nigde vetrića...

Razmišljanje jednog običnog srpskog vola

Raznih čuda biva u svetu, a naša je zemlja, kao što mnogi vele, plodna čudima u tolikoj meri da već više i čuda nisu čuda. Kod nas ima ljudi sa vrlo velikim položajima koji ništa ne misle, a u naknadu za to, ili možda iz drugih razloga, počeo je razmišljati jedan običan seljački vo, koji se ništa ne razlikuje od ostalih srpskih volova. Bog će znati šta je bilo da se taj genijalni brav odvaži na tako drsko preduzeće — mišljenje, jer se dosad dokazalo da se od tog nesrećnog zanata u Srbiji samo moglo imati štete. Hajde, recimo, da on jadnik, u svojoj naivnosti, i ne zna da se u njegovoj postojbini ne rentira taj zanat, te mu to nećemo pripisivati u naročitu građansku kuraž, ali, ipak, ostaje zagonetno što baš vo da misli, kad on niti je birač, ni odbornik, ni kmet, niti ga je ko izabrao u kakvoj volujskoj skupštini za poslanika, ili čak (ako je u godinama) za senatora, a ako je grešnik sanjao da u kakvoj volujskoj zemlji bude ministar, onda bi, naprotiv, trebalo da se vežba kako će što manje misliti, kao što to čine odlični ministri u nekim srećnim zemljama, mada naša zemlja i tu nema sreće. Na kraju krajeva, šta se nas tiče što je vo u Srbiji preduzeo napušten zanat od ljudi, a može biti da je baš počeo misliti po nekom prirodnom nagonu.

Pa kakav je to vo? Običan vo koji ima, što rekla zoologija, glavu, trup i udove, sve kao ostali volovi; vuče kola, pase travu, liže so, preživa i riče. Zove se Sivonja.

Evo kad je počeo misliti. Jednog dana njegov gazda ukoška u kola njega i njegovog druga Galonju, natovari na kola neke pokradene vrljike i otera u grad da proda. Prodao gazda vrljike još čim je naišao na prve gradske kuće, uzeo pare, iskoška Sivonju i njegovog druga, zakači lanac kojim su vezani za jarmenjaču, baci pred njih razdrešen snop šaše, pa veseo uđe u jednu malu mehanicu da se potkrepi, kao čovek, s kojom rakijom. U varoši je bila neka svečanost, pa ljudi, žene, deca, prolaze sa sviju strana. Galonja, koji je i inače među volovima poznat kao priglup, nije posmatrao ništa, već sa svom ozbiljnošću pristupi ručku, najede se dobro, muknu malo od zadovoljstva, pa onda prileže, i uz slatko dremanje poče preživati. Ništa ga se ne tiču raznovrsni ljudi koji mimo njega vrve na sve strane. On mirno drema i preživa. (Šteta te nije čovek, kako ima dispozicije za visoku karijeru.) Ali Sivonja ni da okusi. Njegov sanjalački pogled i tužan izraz lica govorili su na prvi pogled da je to mislilac i nežna, upečatljiva duša. Prolaze mimo njega ljudi, Srbi, ponosni na svoju svetlu prošlost, svoje ime, na narodnost, a taj ponos se oličava na njihovom krutom držanju i hodu. Sivonja je to posmatrao, pa mu, tek, dušu obuze tuga, bol silne nepravde, i on ne mogaše podleći tako jakom, iznenadnom i silnom osećanju, već riknu tužno, bolno, a u očima mu se zavrteše suze. I Sivonja od silnog bola poče misliti:

„Čime se ponosi moj gazda i ostali njegovi sugrađani, Srbi? Zašto toliko dižu glave i s naduverom gordošću i prezrenjem gledaju na moj rod?... Ponose se otadžbinom, ponose se time što im je milostiva sudbina dodelila da se rode ovde u Srbiji. Pa i mene je majka otelila ovde u Srbiji, i ne samo da je ovo otadžbina moja i oca moga, već su i moji stari kao i njihovi, svi zajedno, prešli u ove krajeve još iz stare slovenske postojbine. Pa niko od nas volova ne osećaše ponos zbog toga, već smo se mi uvek ponosili time koji više tereta uzbrdo može povući, a nijedan vo do danas ne reče nekom švapskom volu: 'Šta ti hoćeš, ja sam srpski vo, moja je otadžbina ponosna zemlja Srbija, tu su se otelili svi moji stari, tu su, u ovoj zemlji, i grobovi predaka mojih'. Bože sačuvaj, time se mi nikad nismo ponosili, to nam ni na um nije padalo, a eto se oni i time ponose. Čudni ljudi!"

Pri takvim mislima vo tužno zavrte glavom, zazvoni medenica o njegovom vratu i krcnu jaram. Galonja otvori oči, pogleda druga, pa muknu:

— Ti se opet tvojski ludiraš! Jedi, budalo, te se goj, vidiš da ti se rebra broje; da je dobro misliti, to ljudi ne bi ostavili nama volovima. Ta nas sreća ne bi snašla!

Sivonja pogleda svoga druga sa sažaljenjem, okrete glavu od njega i udubi se dalje u svoje misli.

„Ponose se svetlom prošlošću. Imaju Kosovo polje, Kosovsku bitku. Čudna čuda, pa zar i moji stari nisu još i tada vukli vojsci hranu i ratne potrebe; da nas nije bilo, taj bi posao morali raditi sami ljudi. Imaju ustanak na Turke. To je velika, plemenita stvar, ali ko je tu bio. Zar su dizali ustanak ovi naduveni šupljoglavci što se ovako ne radeći ništa šepure pored mene s ponosom, kao da je to njihova zasluga. Eto, da uzmem za primer samo moga gazdu. I on se ponosi i hvališe ustankom, a naročito time što je njegov praded kao redak junak poginuo u ratu za oslobođenje. Pa zar je to njegova zasluga? Njegov praded je imao prava da se ponosi, ali on ne; njegov je praded poginuo da bi moj gazda, kao njegov potomak, mogao biti slobodan. I on je slobodan, ali šta radi u toj slobodi? Ukrade tuđe vrljike, sedne i on na kola, pa ja vučem i njega i vrljike, a on na kolima spava. Sad je prodao vrljike, pije rakiju, ne radi ništa i ponosi se svetlom prošlošću. A koliko je u ustanku mojih starih poklano da se borci hrane, pa zar nisu i moji stari, u to vreme, vukli ratne potrebe, topove, hranu, džebanu, pa nama ipak ne pada na um da se kitimo njihovim zaslugama, jer mi se nismo izmenili, mi i danas vršimo svoju dužnost kao god i naši stari što su je savesno i trpeljivo vršili.

„Ponose se patnjama svojih predaka, petstogodišnjim robovanjem. Moj rod pati otkad postoji, patimo mi i dan-danji i robujemo, pa mi to nikad ne udarismo na velika zvona. Kažu, Turci ih mučili, klali, udarali na kolje, pa i moje su stare klali i Srbi i Turci, pekli, i na kakve nas još muke nisu udarali.

„Ponose se verom, a ne veruju ni u šta. Što sam ja kriv i moj ceo rod što nas ne primaju u hrišćane. Vera im kaže 'ne ukradi', a eto moj gazda krade i pije za te novce što je od krađe dobio. Vera im nalaže da čine dobro bližnjem svome, a oni jedan drugom samo zlo čine. Kod njih je najbolji čovek, koga smatraju za primer vrline, ako samo ne čini zla, a već, razume se, da niko i ne pomišlja da zahteva od koga da, sem toga što nikome zla ne čini, učini i dobro. I eto na šta su spali da su im primeri vrlina ravni svakoj beskorisnoj stvari, koje samo nikom zla ne čine."

Vo duboko uzdahnu i njegov uzdah podiže čak prašinu s puta.

„Pa zar onda", produži on dalje svoje tužne misli, „nismo ja i moj rod bolji u tome od sviju njih? Ja nisam nikoga ubio, nikog ogovorio, nikom ništa nisam ukrao, nisam nikog otpustio iz državne službe ni kriva ni dužna, nisam napravio deficit u državnoj kasi, nisam lažno bankrotirao, nisam nikad okivao i hapsio nevine ljude, nisam oklevetao svoje drugove, nisam izneverio svoje volovsko načelo, nisam lažno svedočio, nisam nikad bio ministar i činio zla zemlji, a sem toga što nisam zla činio, činim dobra i onima koji meni zla čine. Majka me otelila, pa su mi odmah zli ljudi i mleko majčino oduzimali. Bog je travu tek valjda stvorio za nas volove, a ne za ljude, pa nam i nju otimaju. I mi, ipak, pored tolikih udaranja, vučemo ljudima kola, oremo im i hranimo ih hlebom. Pa, ipak, niko ne priznaje te naše zasluge za otadžbinu...

„Ako je do posta, lepo, njima, ljudima, vera kaže da poste sve poste, a oni ni to malo posta neće da izdrže, a ja i ceo moj rod postimo celog svoga veka, otkad nas od sise majčine odbiju."

Vo obori glavu i kao da se nešto zabrinu, diže opet glavu naviše, šmrknu ljutito na nos i izgledaše kao da se nečega važnog priseća, pa ga to muči; najednom muknu radosno: „A, sad znam, mora to biti?", i produži misli: „To je dakle: ponose se slobodom i građanskim pravima. O tome moram ozbiljno razmisliti." Misli, misli, ali ne ide nikako. „U čemu su ta njihova prava? Ako im policija naredi da glasaju, oni glasaju, a to toliko mogli bismo i mi muknuti: 'Zaaa!' A ako im ne naredi, ne smeju da glasaju, ni da se mešaju u politiku isto kao i mi. Trpe i oni hapsu i udarce često ni krivi ni dužni. Mi bar riknemo i manemo repom, a oni ni toliko građanske kuraži nemaju."

Utom iziđe gazda iz mehane. Pijan, preplaće nogama, pomutio očima, izgovara neke nerazumljive reči i, krivudajući, pođe kolima.

„Eto našto je taj ponosni potomak upotrebio slobodu, koju su mu krvlju preci izvojevali. Ajde, moj je gazda pijan i krade, ali na šta su je drugi upotrebili? Samo da ne rade ništa i da se ponose prošlošću i zaslugama svojih starih, u kojima oni nemaju nikakva udela ni koliko ja. A mi volovi ostali smo isto tako vredni i korisni radnici kao što su naši stari bili. Volovi smo, to jeste, ali se ipak možemo ponositi svojim mučnim današnjim radom i zaslugama."

Vo duboko uzdahnu, i spremi vrat za jaram.

Stradija

U jednoj staroj knjizi čitao sam čudnu priču; a vrag bi ga znao otkud meni ta knjiga iz nekog smešnog vremena u kome je bilo mnogo slobodoumnih zakona, a nimalo slobode; držali se govori i pisale knjige o privredi, a niko ništa nije sejao; cela zemlja pretrpana moralnim poukama, a morala nije bilo; u svakoj kući pun tavan logika, al' pameti nije bilo; na svakom koraku govorilo se o štednji i blagostanju zemlje, a rasipalo se na sve strane, a svaki zelenaš i nitkov mogao je sebi kupiti za nekoliko groša titulu: „veliki narodni rodoljub".

Pisac te čudne priče, putnik beležaka (šta li mu je taj sastav, strogo uzev, po literarnim oblicima, ne znam ni sam, a nisam hteo ni stručnjake pitati, jer bi i oni, bez svake sumnje, po utvrđenom našem srpskom običaju, uputili taj predmet na mišljenje opštoj sednici kasacionog suda. Uzgred budi rečeno, to je lep običaj. Postave se ljudi koji moraju misliti po zvaničnoj dužnosti, pa kvit posla, a svi ostali smo serbes)... Elem, pisac te čudne priče, odnosno putnih beležaka, ovako počinje:

„Pedeset godina svoga života proveo sam samo u putovanju po svetu. Video sam mnogo gradova, mnogo sela, mnogo zemalja, mnoge ljude i narode, ali me ništa toliko nije začudilo kao jedno malo pleme, u jednom divnom, pitomom predelu. Ja ću vam pričati o tom srećnom plemenu, iako unapred znam da mi niko živi neće verovati, ni sada, niti ikad posle moje smrti, ako kome dođe ovo do ruku te uščita..."

Šeret neki čiča, te me baš tim svojim početkom nagna da stvar pročitam do kraja, a kad sam već pročitao, hoću da prepričam i drugima. Da ne biste smatrali da vas ovim nagovaram na čitanje, evo odmah, u samom početku, najiskrenije izjavljujem da nije vredno čitati, i da čiča (taj pisac, šta li je?) laže sve što je pričao; ali, za divno čudo, ja lično verujem u tu njegovu laž kao u najveću istinu.

Evo kako on dalje priča.

———

Pre čitavog veka moj je otac teško ranjen i zarobljen u ratu, a zatim odveden u tuđinu iz svoje domovine, gde se opet oženi devojkom robinjom, svojom zemljakinjom. U tom braku dobije mene, a kad mi beše jedva devet godina, on umre. On mi mnogo pričaše o svojoj postojbini, o junacima i velikim karakterima kojima kipti naša zemlja, o velikom rodoljublju i o krvavim ratovima za slobodu, o vrlinama i poštenju, o velikom požrtvovanju za spas zemlje, gde se sve, pa i život, prilaže na oltar otadžbine. Pričaše mi slavnu i vitešku prošlost našeg naroda, a na samrti ostavi mi amanet:

— Sinko, meni smrt ne dade da umrem u mojoj miloj otadžbini, sudba mi ne dade da mi kosti primi ona sveta zemlja koju sam krvlju svojom natapao da bi slobodna mogla biti. Nesrećna sudbina moja ne dade mi da me, pre nego oči sklopim, ogreju zraci slobode u mojoj miloj postojbini. Ali, prosta krv moja, jer će ti zraci slobode obasjati tebe, sine moj; obasjaće vas, decu našu. Pođi, sinko, poljubi tu svetu zemlju kad nogom stupiš na nju, idi i voli je, a znaj da su velika dela namenjena toj viteškoj zemlji i našem narodu; idi i, na ponos oca svoga, na dobro upotrebi slobodu, a ne zaboravi da je tu zemlju orosila i moja krv, krv oca tvoga, kao što je vekovima rosila plemenita krv viteških i slavnih pradedova tvojih...

Kod tih reči otac me zagrli i poljubi, i njegove suze pokapaše po mome čelu.

— Pođi, sinko, nek ti Bog...

S tom nedovršenom rečenicom izdahnu moj dobri otac.

Nije prošlo ni mesec dana po smrti njegovoj, a ja se s torbom o ramenu i štapom u ruci krenem u beli svet da tražim svoju slavnu domovinu.

Pedeset godina sam putovao po tuđini, po širokom svetu, ali ne naiđoh nigde na zemlju ni nalik onoj viteškoj zemlji o kojoj mi toliko puta otac pričaše.

Ali, tražeći domovinu moju, naiđem na interesantnu zemlju i ljude, o čemu ću vam, evo, pričati.

Dan letnji. Sunce pripeklo da mozak provri, od silne zapare čisto osećam vrtoglavicu; nešto mi zuji u ušima, žeđ da me umori, a pogled umoran, te jedva gledam. Znoj me svega oblio, pa se po znoju zalepila putna prašina; odelo mi prašljivo i već pohabano. Idem umoran, iznemogao, dok odjednom ugledam preda mnom, na pola časa hoda, gde se beli grad što ga dve reke zapljuskuju. Kao da osetih novu snagu, zaboravim umor i klonulost, pa požurim u pravcu tom gradu. Stignem do obale. Dve velike reke mirno protiču i umivaju svojom vodom gradske bedeme.

Setim se da mi je otac nešto pričao o jednom čuvenom gradu gde su naši prolili silnu krv, a kao kroza san se opominjem kako mi je govorio da baš tako nekako i leži gde dve reke teku kraj njega.

Srce mi jako zakuca od uzbuđenja; skinem kapu, i vetar baš od gora te zemlje pirnu i rashladi mi znojavo čelo. Podigoh oči nebu, klekoh na kolena, i kroz suze uzviknem:

— Bože veliki! Umudri me, poslušaj molitvu siročeta koje se potuca po širokom svetu tražeći domovinu svoju, tražeći postojbinu oca svoga!...

Vetrić i dalje piri s plavih planina koje se vide tamo u daljini, a nebo ćuti.

— Kaži mi, ti mili vetre što duvaš od tih plavih gora, jesu li to gore domovine moje? Recite mi vi, reke mile, da li sa tih gordih zidina ponosnog grada spirate krv predaka mojih?

Sve nemo, sve ćuti, a meni kao da neka slatka slutnja, neki tajni glas veli: „To je zemlja koju toliko tražiš!"

Najedared, trže me neki šum. Kraj obale, malo dalje od mene, ugledam nekog ribara. Čamac mu uz obalu, a on krpi mreže. Zanet slatkim osećanjem, nisam ga pre primetio. Priđem tome čoveku i nazovem mu boga.

On me pogleda ćuteći, pa odmah skide pogled s mene i produži svoj posao.

— Koja je ovo zemlja preko vode tamo što se vidi? — upitam, a sav treperim od nestrpljenja šta će odgovoriti.

Onaj sleže ramenima i raširi ruke u znak čuđenja, pogleda me i procedi kroz zube:

— Jest, to je zaista neka zemlja.

— Kako se zove? — upitam.

— To ne znam. Vidim da ima tamo neka zemlja, al’ nisam pitao kako se zove.

— A odakle si ti? — pitam.

— Pa, eto, tu mi je za jedno pola časa kuća. Tu sam se i rodio.

„Čudnovato, to onda nije zemlja mojih predaka, moja domovina”, pomislim, a glasno zapitam:

— Pa zar ti baš ništa ne znaš o toj zemlji? Zar ni po čemu nije čuvena?

Ribar se zamisli, pusti mrežu iz ruku, pa kao da se nečeg seća. Posle dugog ćutanja reče:

— Kažu da ima u toj zemlji dosta svinja.

— Zar je samo zbog svinja čuvena ta zemlja? — upitam začuđeno.

— Pa ima i budalaština mnogo, al’ to mene slabo zanima! — reče onaj hladnokrvno, i uze opet krpiti mreže.

Beše mi nejasan taj odgovor, te ga nanovo zapitam:

— Kakve budalaštine?

— Svakojake — odgovori ovaj s nekom dosadom, i zenu ravnodušno.

— Dakle, svinje i budalaštine?! Ni o čemu drugom nisi više slušao?...

— Sem svinja, vele da imaju mnogo ministara, koje u penziji, koje na raspoloženju, ali njih ne izvoze na stranu. Izvoze samo svinje.

Pomislim da ribar zbija šalu sa mnom, te planem:

— Ta šta ti meni koješta pričaš, valjda misliš da sam lud?!

— Plati mi da te prevezem tamo na drugu obalu, pa idi vidi čega tamo ima. Ja ti govorim što sam od drugih čuo. Niti sam ja tamo bio, niti znam sve to pouzdano.

„To već nije zemlja mojih slavnih predaka, jer ona je čuvena junacima, velikim delima i sjajnom prošlošću”, pomislim, ali me ribar čudnim odgovorima na moja pitanja zainteresova, te se rešim da i tu zemlju vidim, kad sam već tolike druge video i obišao. Pogodim se s njim i sednem u čamac.

Ribar dovesla do obale, primi novac po pogodbi i, pošto ja izađoh na obalu, on odvesla natrag.

Uza samu obalu, malo dalje, ulevo od mesta gde sam izišao, primetim grdnu veliku mermernu piramidu i na njoj urezana zlatna slova. Priđem radoznalo bliže misleći da ću još tu pročitati imena slavnih junaka o kojima mi otac pričaše. Kad tamo, kakvo iznenađenje! Na mermeru urezane reči:

Dovde se na sever prostire zemlja slavnog i srećnog naroda kome je veliki Bog podario veliku, retku sreću da se u njegovom jeziku, potpuno pravilno gramatički, na ponos zemlje i naroda, „k" pred „i" uvek pretvara u „c".

Pročitam jedanput, dvaput, nikako da se priberem od čuda šta sve to ima da znači. Što je još najčudnije za mene, reči su ispisane mojim maternjim jezikom.

„Jest, to je jezik kojim je govorio i moj otac, i njegovi stari, i ja, ali nije ta zemlja; on mi je pričao o sasvim drugoj zemlji." Buni me što je isti jezik, ali pomislim da to mogu biti dva daleka naroda, jednog porekla, bratska, ista, koji imaju jedan jezik, ali i ne znaju jedan za drugog. Malo-pomalo presta čuđenje, pa se i ja počeh osećati ponosan što je slučajno i moj maternji jezik isti takav, i baš sa tom istom krasnom osobinom.

Prođem tvrđavu i uputim se ulicom što vodi u grad da se gde u hotelu odmorim od duga puta i da potom potražim rada kako bih od te zarade mogao dalje produžiti put i tražiti svoju domovinu.

Nisam pošao ni nekoliko koraka, dok odjednom a oko mene se, kao oko kakvog čudovišta, poče sa sviju strana skupljati svet. I staro i mlado, i muško i žensko, guši se, propinje, gura, tiska da me što bolje vidi. Naposletku se nakupi toliko sveta da se zakrči ulica i svaki saobraćaj.

Gleda mene svet s čuđenjem, a i mene taj nepoznati svet zadivi. Koga god pogledam, ukrašen ordenima i lentama. Retko ko od siromašnijih nosi jedan orden ili dva, inače je svaki toliko načičkan da mu se ni odelo ne vidi. Poneki ih toliko imaju da ne mogu ni da nose sve o sebi, već vuku kolica za sobom i u njima puno ordena za razne zasluge, zvezda, lenta i kakvih ne odlikovanja.

Jedva sam mogao koračati kroz tu masu slavnih ljudi što me okružuju i guše se ko će se progurati bliže meni. Čak se neki i zavadiše oko toga, a čuli se i prekori onima što su dugo uz mene.

— Pa nagledali ste se, valjda, već jednom; pustite sad malo i nas da vidimo.

Ko god priđe meni, odmah žurno stupa u razgovor da ga ne bi ko potiskao.

Već mi dosadiše ista te ista pitanja sa čuđenjem:

— Odakle si?... Zar nemaš nijedan orden?...

— Nemam.

— Koliko ti je godina?

— Šeset.

— Pa još nijedan orden?!

— Nijedan.

Povikaše glasovi kroz masu, kao ono na vašaru kad se čudovišta prikazuju:

— Čujte ljudi: čovek od šeset godina bez i jednog jedinog ordena!

Gušanje, graja, vreva, tiskanje sve jače i jače, a iz sviju ulica se svet zgrće i navaljuje da prodre kroz masu da me vidi. Najzad dođe i do boja, te se umeša i policija da uvede red.

I ja sam njih, pre nego što se počeše tući, nadovat ovog-onog raspitivao o zaslugama zbog kojih su odlikovani.

Jedan mi reče da ga je njegov ministar odlikovao za retke zasluge i požrtvovanja prema otadžbini, jer je rukovao mnogim državnim novcem punu godinu dana, a u kasi je, pri pregledu, nađeno samo dve hiljade dinara manje nego što treba da bude. „Pravo je", govorilo se, „jer je mogao sve upropastiti, ali mu plemenitost i rodoljublje nije dalo da to učini".

Jedan je odlikovan što je mesec dana bio čuvar nekih državnih magacina i magacin nije izgoreo.

Jedan je opet odlikovan što je prvi primetio i konstatovao da se reč „knjiga" vrlo interesantno svršuje na „a", a počinje sa „k".

Jedna kuvarica je odlikovana što je za pet godina službe u bogatoj kući ukrala samo nekoliko srebrnih i zlatnih stvari.

Jedan je opet odlikovan što se posle učinjenog velikog deficita nije ubio, po glupom dotadašnjem šablonu, već je drsko uzviknuo pred sudom: „Ja sam nazore i ideje svoje u delo priveo, takvi su moji pogledi na svet, a vi mi sudite. Evo me!" (Tu se lupio u grudi, koraknuo jedan korak napred.) Taj je, mislim, dobio orden za građansku kuraž. (I pravo je!)

Jedan čiča dobio je orden što je ostario i što nije umro.

Jedan je odlikovan što se obogatio za nepuno pola godine liferujući državi loše žito i još vazda drugih stvari.

Jedan bogati naslednik odlikovan je što nije upropastio očevinu i što je priložio na dobrotvorne celji pet dinara.

Ko bi sve i popamtio! Od svakog sam samo za po jedno njegovo odlikovanje zapamtio, a već sve izređati bilo bi nemogućno.

Elem, kada već dođe do kavge i boja, umeša se policija, uzeše panduri razgoniti svetinu, a jedan kmet, šta li je, naredi da se dotera zatvoren fijaker. Metnuše me u fijaker, oko koga behu naoružani panduri da odbijaju svet. Onaj sede sa mnom i odvede me nekud, a sa sviju strana juri za kolima svetina.

Kola se zaustaviše pred jednom prostranom, oniskom, a zapuštenom kućom.

— Gde smo sad ovo? — upitam onoga kmeta (bar ja ga tako zovem), što je nabavio kola, a i on sa mnom seo unutra.

— To je naša Policija.

Kad iziđem iz kola, vidim dvojicu gde se tuku pred samim vratima Policije. Panduri okolo stoje i posmatraju borbu, a i šef policije i svi ostali činovnici sa zadovoljstvom gledaju.

— Što se tuku? — pitam.

— Pa naredba je takva da se svi škandali vrše tu, pred očima policije; jer, znate kako je! Gde bi šef i ostali činovnici klancali po budžacima. Ovako je lakše za nas, i preglednije. Zavadi se dvoje i, ako hoće da se tuku, dođu tu. One što su pravili škandale dole na ulici, na nenadležnom mestu, moramo kazniti.

Gospodin šef, debeo neki čovek, prosedih brkova, podbrijan, sa podvaljkom ispod okrugle brade, kad me vide, umalo od čuda ne pade u nesvest.

— Odakle si, pobogu, čoveče?!... — izgovori pošto se pribra od čuda, i raširi ruke, a uze me sa sviju strana posmatrati.

Onaj što je došao prošaputa nešto s njim, valjda mu referisao šta se sve dogodilo. Šef se namršti i oporo me upita:

— Odakle si, govori!

Uzeh mu ja sve potanko pričati ko sam, i otkud sam, i kuda idem, dok on nešto postade nervozan, pa viknu:

— Dobro, dobro, ostavi te svoje ludorije, nego, što je glavno, kaži ti meni kako si smeo takav ići ulicom usred bela dana?

Ja stadoh gledati niza se i oko sebe da li nije šta neobično na meni, ali ništa ne primetih. Tako sam prošao kroz toliki svet i niko me nigde nije uzimao na odgovor.

— Što ne laješ? — viknu onaj učtivo, kao što se uopšte, prema raspisu, ponaša policija u toj zemlji, a primetio sam kako drhti od ljutine. — Ja ću tebe u zatvor, jer ti si izazvao tolike škandale na nenadležnom mestu i uznemirio ceo grad tvojom glupošću.

— Ništa ne razumem, gospodine. Čime sam mogao učiniti toliko zla? — primetim u strahu.

— Ostario si, a ne znaš ni ono što znaju i mala deca po ulici... Pitam ja tebe, još jednom, kako si tako mogao proći ulicom i izazvati nerede, i to još na nenadležnom mestu?

— Ja sam ispravan.

— Ti si lud, tako mator... Ispravan... a kamo ti odličja?

— Nemam.

— Lažeš, matora kujo!

— Nemam, tako mi boga!

— Nijedan?

— Nijedan!

— Koliko ti je godina?

— Šeset.

— Zar za šeset godina nijedan orden? Pa gde si ti živeo? Na Mesecu, gde li?

— Nijedan nemam, tako mi svega na svetu! — uzeh se kleti.

Šef se zapanji od čuda. Zinu, razrogači oči, zagleda se u mene, pa ni reči da progovori.

Kad se malo povrnu od čuda, naredi mlađima da što pre donesu desetak ordena.

Iz pobočne sobe odmah doneše vazdan raznih ordena, zvezda, lenti, ordena o vratu što se nose, i vazdan medalja.

Šef naredi te mi na brzu ruku metuše dve-tri zvezde, jednu lentu; tri-četiri ordena obesiše mi o vrat, nekoliko prikačiše na kaput a, sem toga, dometnuše još dvaestak raznih medalja i spomenica.

— Tako, brate! — uzviknu šef zadovoljan što je izmislio način da spreči dalje škandale. — Tako — dodade zatim — sad malo liči na obična čoveka, a onako mi uzbunio ceo grad, upao kao kakvo čudovište... A ti valjda nisi ni znao da je danas još svečanost? — završi pitanjem obrativ se meni.

— Nisam.

— Čudnovato! — reče on malo uvređen, poćuta, pa će reći: — Pre pet godina, na današnji dan, oždrebljen je moj konj što ga sad redovno jašem, i danas pre podne primao sam čestitanja od najotmenijih građana; a doveče će mog konja provesti oko devet časova s bakljadama kroz ulice, i zatim će biti igranka u prvom hotelu, gde imaju pristupa najotmeniji građani.

Sad se ja htedoh zapanjiti od čuda, ali, da on ne bi primetio, priberem se i priđem, te mu i ja čestitam rečima:

— Izvinite što nisam znao za taj vaš svečani dan, i veoma žalim što vam nisam mogao u određeno vreme čestitati; ali, evo, to sada činim.

On mi od sveg srca zahvali na iskrenim osećanjima koja gajim prema njegovom vernom konju i odmah naredi da se donese posluženje.

Poslužiše me vinom i kolačima, i ja se pozdravim sa šefom i pođem s jednim pandurom, koga mi dade da me odvede u gostionicu, ukrašen zvezdama i ordenima, te sam mogao mirno ići ulicom bez graje i gužve od svetine, što bi moralo biti da sam onako bez odličja pošao.

Onaj me pandur odvede u gostionicu „Kod mile nam napaćene otadžbine". Gostioničar mi odredi jednu sobu, te uđem da se odmorim. Jedva sam čekao da ostanem sam i da se priberem od čudnih utisaka koje ova zemlja na prvi mah učini na mene.

———

Tek što sam zatvorio vrata za sobom, skinuo sa sebe ono silno ordenje i seo umoran i loman da danem dušom, a začuh kucanje na vratima.

— Napred! — rekoh, a i šta sam znao drugo.

U sobu uđe gospodski odeven čovek s naočarima na nosu. (A već i da ne pominjem neprestano, treba imati na umu da je svaki, ko manje, ko više, pretrpan ordenima. Kad sam išao hotelu s onim pandurom, moram i to napomenuti, video sam gde vuku u zatvor jednog što je ukrao cipele u nekoj radnji, a i njemu o vratu orden. „Kakav mu je ono orden?", upitam pandura. „Ono je orden za zasluge na prosvetnom i kulturnom polju!", odgovori on ozbiljno i hladno. „Kakve su to zasluge?" „Pa on je, znate, bio kočijaš kod bivšeg ministra prosvete. Darovit kočijaš!", odgovorio je pandur.) Dakle, uđe čovek s naočarima na nosu, pokloni se duboko — što i ja, razume se, uradim — i predstavi se kao viši činovnik iz ministarstva za spoljne odnose zemaljske.

— Drago mi je! — rekoh iznenađen ovom neočekivanom visokom posetom.

— Vi ste prvi put sada u našoj zemlji, gospodine? — upita me.

— Prvi put.

— Vi ste stranac?

— Stranac.

— Došli ste nam kao poručeni, verujte! — uzviknu taj viši činovnik oduševljeno.

Mene to još više zbuni.

— Imamo jedno upražnjeno mesto za konzula. Tu biste, što je glavno, imali dobru platu i dobre dodatke na reprezentaciju, što biste vi, razume se, trošili na svoje lične stvari. Vi ste star, iskusan čovek, a dužnost vam je laka: propagacija naše narodne ideje u krajevima gde živi naš narod pod tuđinskom upravom... Taman ste došli kao da smo vam poručili; već više od mesec dana kako se mučimo tražeći pogodnu ličnost za tu važnu tačku. Za ostala mesta imamo, dao bog, strance. Imamo Jevreje, Grke, Cincare... (Otkud oni?!) A koje ste vi narodnosti, ako smem pitati?

— Pa, ja, upravo, kako da vam kažem, i sam još ne znam!... — rekoh zastiđen, i taman da otpočnem pričati svoju tužnu porodičnu istoriju, dok me on prekide, pljesnuvši oduševljeno dlanom o dlan i zaigra po sobi od radosti.

— Prekrasno, prekrasno!... Nikad bolje!... Vi ćete tek moći savesno vršiti ovako svetao zadatak. Odmah idem ministru, a za nekoliko dana možete poći na put! — izgovori viši činovnik van sebe od radosti i odjuri da saopšti svome ministru važno otkriće.

Taman on ode, a ja sedoh i zaronih glavu među ruke. Nikako ne mogu da verujem da je sve ovo istina što sam dosad video u ovoj zemlji, dok opet neko zakuca na vrata.

— Napred!

U sobu uđe opet neki drugi elegantno odeven gospodin i predstavi se opet kao viši činovnik nekog ministarstva. Reče mi da po nalogu gospodina ministra dolazi meni važnim poslom; a ja na to izrazim svoje neobično zadovoljstvo i sreću zbog takve počasti.

— Vi ste stranac?

— Stranac.

On me pogleda s rešpektom, ponizno se pokloni do zemlje, i taman da otpočne govoriti, a ja ga prekidoh rečima:

— Molim vas, gospodine, recite mi kako se zove ova vaša zemlja?

— Niste znali?! — uzviknu onaj, i pogleda me s još većim rešpektom i poniznošću. — Stradija! — dodade i stuknu preda mnom malo nazad.

„Čudan slučaj da se tako zvala i ona uzvišena, viteška zemlja predaka mojih!", pomislih u sebi, ali njemu ništa ne rekoh, već ga upitam:

— Čime vas mogu služiti, poštovani gospodine?

— Osnovano je novo zvanje upravnika državnih dobara, pa sam slobodan da vas u ime gospodina ministra umolim da se primite toga visokog i patriotskog položaja... Vi ste, na svaki način, bivali već nekoliko puta do sada ministar?

— Nisam nikada.

— Nikad!... — uzviknu on zabezeknuto od čuda. — Onda na kakvom visokom položaju, sa nekoliko plata?

— Nikad.

Viši činovnik kao da oneme od čuda. Ne znajući šta dalje da preduzme u tom jedinstvenom slučaju, izvini se što me je uznemirio, reče da će o tome našem razgovoru izvestiti gospodina ministra, i ode.

———

Sutradan su već sve novine pisale o meni. U jednima beše beleška:

Čudo od čoveka. U našem mestu već se od juče bavi jedan stranac, kome je sada šeset godina, a nije nikad za to vreme bio ministar, niti je ijednim ordenom odlikovan, pa čak nikad nije imao nijednu državnu službu, niti ikad primao platu. Zaista, jedinstven slučaj u svetu. Kako smo saznali, to čudo od čoveka odselo je u hotelu „Kod mile nam napaćene otadžbine". Mnogi su ga juče posetili i tvrde da se nimalo ne razlikuje od ostalih ljudi. Mi ćemo se postarati da o ovom zagonetnom biću doznamo šta detaljnije iz njegova života, što će na svaki način morati biti od velikog interesa po naše poštovane čitaoce a, po mogućstvu, gledaćemo da donesemo i njegovu sliku u našem listu.

Druge su novine otprilike to isto saopštavale, sa ovakvim dodatkom:

Sem toga, doznali smo s pouzdane strane da taj čudni čovek dolazi još i važnom političkom misijom.

Vladin list, opet, učtivo demantuje te glasove ovako:

Glupavi opozicioni listovi, u svojoj šašavosti, izmišljaju razne neistine i proturaju kroza svet obespokojavajuće glasove kako je u našu zemlju doputovao neki stranac od svojih šeset godina koji, kako ti zvrndovi vele, nije nikad bio ni ministar, ni činovnik, niti ima ma kakvog odličja. Ovakve nemogućnosti i skroz neverovatne stvari mogu samo zamisliti i u zloj nameri proturati skučeni, bedni i ishlapeli mozgovi saradnika opozicione štampe; ali im taj metak neće upaliti, jer, hvala bogu, evo već nedelju dana otkako je ovaj kabinet došao na vladu, a položaj mu nijedanput nije bio uzdrman, kao što to žele glupaci iz opozicije.

Oko hotela gde sam odseo, posle ovih člančića po novinama, poče se okupljati svet. Stanu, gledaju, blenu, pa jedni odlaze, drugi dođu, i tako u svako doba stoji oko hotela velika rulja, a kroz nju se motljaju prodavci listova i knjižica, i deru se u sav glas:

— Nov roman: *Čudan čovek*, sveska prva!

— Nova knjiga: *Doživljaji jednog starca bez ordena*!

Još je vazda bilo takvih knjižica.

Čak je i jedna mehana istakla firmu: „Kod čuda od čoveka", a na velikoj tabli naslikan čovek bez odlikovanja. Svet se počeo okupljati oko tog čudovišta, i policija, naravno, šta će, kuda će, u interesu javnog morala, zabrani tako sablažnjivu sliku.

Sutradan sam morao promeniti hotel. Kad sam ulicom išao, morao sam ići pristojno, bar sa nekoliko ordena, te tako niko ne obraćaše pažnju na mene.

Kao čovek stranac imao sam mogućnosti da se odmah poznam sa viđenim ličnostima i ministrima i da se brzo posvetim svima državnim tajnama.

Ubrzo sam imao čast takođe da posetim sve ministre u njihovim kabinetima.

Prvo odem ministru inostranih odnosa. Baš u taj mah kad ja naiđoh u hodnik, gde beše dosta njih radi da iziđu pred ministra, a momak objavi vičući na sav glas:

— Gospodin ministar ne može primati nikoga, jer je prilegao na divan da malo prospava!

Publika se raziđe, a ja priđem momku s rečima:

— Ako je moguće, javite gospodinu ministru da jedan stranac želi njemu.

Momak se, čim ču reč „stranac", učtivo pokloni i uđe u ministrov kabinet.

Najedared se otvoriše dvokrilna vrata i na njih se pojavi dežmekast, punačak, omalen čovek, pokloni se s osmehom i dosta glupo, i pozva me lično unutra.

Ministar me privede jednoj fotelji i namesti da sednem, a on sede prema meni, prebaci nogu preko noge, pogladi se zadovoljno po oblom trbuhu, i započe razgovor:

— Baš se radujem, gospodine, što ste me posetili, a ja sam već slušao mnogo o vama... Ja, znate, htedoh da legnem da malo prospavam... Šta bih drugo?... Nemam posla, pa od duga vremena prosto ne znam šta ću.

— U kakvim ste odnosima sa susednim zemljama, ako smem pitati, gospodine ministre?

— E, kako da vam kažem?... Dobro, dobro, na svaki način... Pravo da vam kažem, ja nešto nisam o tome ni imao prilike da razmišljam; ali, ceneći po svemu, vrlo dobro, vrlo dobro... Nije nam se ništa zla dogodilo, sem što su nam zatvorili na severu izvoz svinja, a na jugu upadaju i pljačkaju po našim selima Anuti iz susedne zemlje... No to nije ništa... To su sitnice.

— Šteta je za taj izvoz svinja. Čujem da ih mnogo imate u zemlji — primetim učtivo.

— Ima, hvala bogu, ima ih dosta, ali svejedno; poješće se ovde te svinje, još će biti jeftinije; a najzad, šta bi bilo kad ne bismo ni imali svinja?! Moralo bi se opet živeti! — odgovori mi ravnodušno.

U daljem razgovoru pričao mi je kako je izučavao šumarstvo, a sada rado čita članke o stočarstvu; i kako misli da nabavi nekoliko krava i da gaji telad, jer tu može da su dobri prihodi.

— Na kom jeziku najviše čitate? — upitam.

— Pa, na našem jeziku. Ja drugi jezik ne volim, i nisam hteo nijedan učiti. A nije mi se ni ukazivala potreba za znanjem stranog jezika. Naročito na ovom položaju, to mi nije potrebno; a ako bi iskrsla takva prilika, lako je poručiti stručnjaka sa strane.

— Sasvim tako! — odobrim mu tako duhovite, originalne misli, ne znajući ni sam šta bih drugo mogao činiti.

— Zbilja, volite li pastrmke? — upita me posle izvesnog ćutanja.

— Nisam ih nikad jeo.

— Šteta, to je vrlo fina riba. Upravo specijalitet. Juče sam dobio od jednog prijatelja nekoliko komada. Vanredno dobra stvar...

Pošto još neko vreme porazgovarasmo tako o važnim stvarima, izvinim se gospodinu ministru što sam ga svojom posetom uznemirio možda u važnom državnom poslu, pozdravim se s njim, i pođem.

On me ljubazno isprati do vrata.

———

Sutradan sam posetio ministra policije.

Pred ministarstvom masa naoružanih momaka namrštena izraza, čisto zlovoljni što već dva-tri dana kako nisu tukli građane, kao što je to običaj u toj strogo ustavnoj zemlji.

Hodnici i čekaonica prepuni sveta što želi pred ministra.

Koga sve tu nema! Neki su elegantno odeveni, sa cilindrom na glavi, neki opet podrpani i pocepani, jedni opet u nekakvim šarenim uniformama, sa sabljama o bedrici.

Nisam se hteo odmah javljati ministru, želeći da se malo porazgovaram s tim raznovrsnim ljudima.

Prvo stupih u razgovor s jednim otmenim mladim gospodinom, i on mi reče da je došao tražiti državnu službu u policiji.

— Vi ste, izgleda, školovan čovek; sigurno ćete dobiti odmah državnu službu? — upitam.

Mladi čovek preznu od tog mog pitanja i bojažljivo se okrete oko sebe da se uveri da li je ko čuo i obratio pažnju na moje pitanje. Kad vide da su ostali svi zauzeti jedan s drugim u svoje razgovore, pretresajući svoje nevolje, odahnu, a zatim mi glavom dade znak da govorim lakše i oprezno me povuče za rukav da stanemo malo u stranu, dalje od ostalih.

— I vi ste došli da tražite službu? — upita me on.

— Ne, ja sam stranac, putnik. Rad sam da govorim s ministrom.

— Zato vi tako glasno velite da ću kao školovan odmah dobiti državnu službu! — reče on šapatom.

— Zar se ne sme to reći?

— Sme, ali bi meni škodilo.

— Kako škodilo, zašto?

— Zato što se u ovoj struci, ovde u našoj zemlji, ne trpe školovani ljudi. Ja sam doktor prava, ali to krijem i ne smem nikom reći: jer kad bi ministar doznao, ne bih dobio službu. Jedan moj drug, takođe školovan, morao je, da bi dobio službu, podneti uverenje kako nikad ništa nije učio, niti misli išta učiti, pa je dobio službu, i to odmah dobar položaj.

Još sam s nekolicinom razgovarao, a između ostalih i s jednim uniformisanim činovnikom, koji mi se požali da još nije dobio klasu, a stvorio je krivice za veleizdaju petorici ljudi koji pripadaju opoziciji.

Ja sam ga tešio zbog takve strašne nepravde koja se čini prema njemu.

Zatim sam razgovarao sa jednim bogatim trgovcem, koji mi pričaše mnogo iz svoje prošlosti; a od svega toga sam zapamtio samo kako je pre nekoliko godina držao prvi hotel u nekoj palanci i kako je stradao zbog politike, jer je oštećen sa nekoliko stotina dinara; ali je odmah posle mesec dana, kad dođoše na vladu njegovi ljudi, dobio dobre liferacije na kojima je zaradio veliki kapital.

— Utom — veli on — pade kabinet.

— Pa ste opet stradali?

— Ne, povukao sam se s političkog polja. Doduše, u početku sam pomagao naš politički list novcem, ali nisam išao na glasanje, niti se jače isticao u politici. Od mene je dosta i to. Drugi nisu ni toliko činili... A i umorila me politika. Šta će čovek da se lomi celog veka! Sad sam došao gospodinu ministru da ga molim da me o idućim izborima izabere narod za narodnog poslanika.

— Pa to valjda narod bira?

— Pa, kako da vam kažem?... Jest, ono bira narod, tako je po ustavu; ali obično bude izabran onaj koga policija hoće.

Kad sam se tako narazgovarao s publikom, priđem momku i rekoh mu:

— Želim da iziđem pred gospodina ministra.

Momak me pogleda namršten, gordo, s nekim prezrenjem, pa će reći:

— Čekaj! Vidiš koliko tu ljudi čeka?!

— Ja sam stranac, putnik, i ne mogu odlagati — rekoh učtivo i poklonim se pred momkom.

Reč „stranac" imala je uticaja, i momak odmah kao smušen jurnu u ministrovu kancelariju.

Ministar me odmah primi ljubazno i ponudi da sednem, pošto već pre toga, razume se, kažem ko sam i kako se zovem.

Ministar, protegljast, suv čovek, sa grubim, surovim izrazom lica, koje odbija od sebe, iako se on trudio da bude što ljubazniji.

— Pa kako vam se dopada ovde kod nas, gospodine? — upita me ministar smešeći se hladno, preko srca.

Ja se izrazim najlaskavije o zemlji i narodu, i dodam:

— A naročito mogu čestitati ovoj divnoj zemlji na mudroj i pametnoj upravi. Ne znam, prosto, čemu čovek pre da se divi!

— The, moglo bi i bolje biti, ali mi se trudimo koliko možemo! — reče ponošljivo, zadovoljan mojim komplimentom.

— Ne, ne, gospodine ministre, bez laskanja, bolje se ne da poželeti. Narod je, vidim, vrlo zadovoljan i srećan. Za ovo nekoliko dana bilo je već toliko svetkovina i parada! — rekoh.

— Tako je, ali u tome narodnom raspoloženju ima nešto moje zasluge, što sam uspeo da u ustav, sem svih sloboda koje su date narodu i potpuno ujemčene, unesem još i ovo: „Svaki građanin zemlje Stradije mora biti raspoložen i veseo i s radošću pozdravljati mnogobrojnim deputacijama i depešama svaki važan događaj i svaki postupak vlade".

— Znam, ali kako se, gospodine ministre, to može izvesti? — upitam.

— Vrlo lako, jer se svaki mora pokoravati zakonima zemaljskim! — odgovori ministar i napravi lice važno, dostojanstveno.

— Lepo — primetim — ali ako to bude kakva nepovoljna stvar po narod i njegove interese, kao i po interes zemlje? Eto, kao na primer, juče sam doznao od gospodina ministra predsednika da je zatvoren na severu izvoz svinja; a time će zemlja, kako izgleda, pretrpeti grdnu štetu.

— Tako je, ali to je moralo biti; pa opet će zato danas-sutra već stići tolike deputacije iz svih krajeva Stradije i čestitati ministru predsedniku na tako mudrom i taktičnom vođenju politike sa tom susednom i prijateljskom zemljom! — reče ministar oduševljeno.

— To je prekrasno, i takvo mudro uređenje može se samo poželeti, a slobodan sam i ja da vam kao stranac iskreno čestitam na tom genijalnom zakonu, koji je postao vašom zaslugom, a koji je usrećio zemlju i suzbio sve brige i nevolje.

— Za svaki slučaj, ako bi narod baš nešto i zaboravio da vrši svoju obavezu prema zakonu, to sam ja već, predviđajući i taj najgori slučaj, poslao pre tri dana poverljiv raspis svima policijskim vlastima u zemlji i strogo im preporučio da narod povodom tog slučaja dolazi u što većem broju i čestita ministru predsedniku.

— A ako se kroz koji dan otvori izvoz svinja, šta onda mislite? — upitam učtivo i radoznalo.

— Ništa prostije: pošaljem drugi poverljiv raspis, u kome ću opet tako isto narediti policiji da poradi da narod opet u što većem broju dolazi na čestitanje. To tako mora ići u početku poteško, ali će se narod postepeno navići, pa će dolaziti i sam.

— Tako je, imate pravo! — rekoh iznenađen ovim odgovorom ministrovim.

— Sve može da se učini, gospodine, samo kad se hoće, i kad ima sloge. Mi u kabinetu pomažemo jedan drugog da bi se naredba svakog člana vlade najtačnije vršila. Eto, vidite, danas mi je ministar prosvete poslao jedan svoj raspis da ga i ja potpomognem i naredim svima policijskim organima u područnom mi ministarstvu da se strogo pridržavaju toga raspisa ministra prosvete.

— Neka važna stvar, ako smem pitati!

— Vrlo važna. Upravo neodložna; i ja sam učinio potrebne korake. Evo, vidite — reče i pruži mi u ruku tabak hartije.

Uzeh čitati:

Uviđa se kako se kojim danom sve više i više počinje kvariti jezik u našem narodu, i da čak neki građani toliko daleko teraju te su, zaboravljajući odredbu zakonsku koja glasi: „Narodni jezik nijedan građanin ne sme kvariti, niti izvrtati red reči u rečenici i upotrebljavati pojedine oblike protivno propisanim i utvrđenim pravilima koje propisuje naročiti odbor gramatičara", počeli čak i reč „gnev", nažalost, drsko, i bez ikakva zazora, izgovarati „gnjev". Da se i ubuduće ne bi dešavale ovakve nemile pojave, koje mogu biti od vrlo krupnih zlih posledica po našu milu otadžbinu, to vam naređujem da silom vlasti zaštitite reč „gnev", koju su tako unakazili, i da strogo po zakonu kaznite svakog onog koji bi, bilo ovu, ili drugu reč, bilo gramatički oblik reči, svojevoljno menjao, ne pazeći na jasne odredbe zakonske.

— Pa zar se ovo kažnjava? — upitam preneražen od čuda.

— Razume se, jer to je već krupnija stvar. Za ovakav slučaj kazni se krivac, ako se njegova pogreška dokaže svedocima, od deset do petnaest dana zatvora!

Ministar poćuta malo, pa produži:

— O ovome treba da razmislite, gospodine! Taj zakon, kojim imamo prava da kažnjavamo svakog ako nepravilno upotrebljava reči i pravi gramatičke pogreške, ima neocenjive vrednosti još i sa finansijskog i političkog gledišta. Razmislite, pa ćete doći do pravilnog gledišta na celu stvar!

Pokušavam da se udubim u misli, ali nikakva pametna ideja da mi dođe na um. Što sam više mislio, sve sam manje razumevao smisao ministrovih reči, sve sam, upravo, manje znao o čemu mislim. Dok sam se ja mučio tim bezuspešnim pokušajem da mislim o tom čudnom zakonu u toj još ćudnijoj zemlji, ministar me gledaše s osmehom zadovoljstva što stranci ni izbliza nisu tako razumni, dosetljiva soja, kao narod u zemlji Stradiji, koji ume izmisliti nešto toliko pametno što bi u drugom svetu važilo čak za čudo.

— Dakle, ne možete da se setite?! — reče s osmehom i pogleda me ispod oka, ispitujući.

— Izvinite, ali nikako ne mogu.

— E, vidite, to je najnoviji zakon koji ima velike vrednosti za zemlju. Prvo i prvo, kazne od takvih krivaca naplaćuju se u novcu, i tu zemlja ima vrlo lepa prihoda, koji troši na popunjavanje deficita što se nađu u kasama načelnih prijatelja, ili na dispozicioni fond, odakle se nagrađuju pristalice vladine politike; drugo, taj zakon, koji izgleda tako naivan, dosta može pomoći vladi pri izborima narodnih poslanika da, uz ostala sredstva, istera svoju većinu u skupštini.

— Pa vi velite, gospodine ministre, da ste ustavom dali narodu sve slobode?

— Tako je! Narod ima sve slobode, ali ih ne upotrebljava! Upravo, kako da vam kažem, mi, znate, imamo nove, slobodoumne zakone, koji treba da važe; ali nekako, po navici, a i radije, da vidite, upotrebljavamo stare zakone.

— Pa našto ste onda donosili nove zakone? — usudih se da upitam.

— Kod nas je takav običaj da se što češće menjaju zakoni i da ih ima što više. Mi smo u tome pretekli ceo svet. Samo za poslednjih deset godina doneto je petnaest ustava, od kojih je svaki po tri puta bio u važnosti, odbacivan i opet nanovo priman, te tako ni mi, niti se građani mogu razabrati i znati koji zakoni važe, a koji su odbačeni... Ja držim, gospodine, da u tome leži savršenstvo i kultura jedne zemlje! — dodade ministar na završetku.

— Imate pravo, gospodine ministre; i stranci vam moraju zavideti na tako mudrom uređenju.

Uskoro se pozdravim sa gospodinom ministrom i izađem na ulicu.

————

Na ulici me iznenadi nepregledna masa sveta što se u grupama talasa sa sviju strana, skupljajući se pred jednom velikom kućom. Svaka od tih velikih grupa ljudi istakla svoju zastavu, na kojoj je ispisano ime kraja iz koga je narod u grupi, a ispod toga reči: „Za Stradiju sve žrtvujemo" ili: „Stradija nam je milija i od svinja!"

Ulica dobila naročiti svečani izgled, na kućama istaknute bele zastave sa narodnim grbom u sredini, sve radnje zatvorene, a svaki saobraćaj prekinut.

— Šta je ovo? — upitam radoznalo jednog gospodina na ulici.

— Svečanost. Zar niste znali?

— Nisam.

— Pa o tome se piše po novinama već tri dana. Naš veliki državnik i diplomata koji ima velikih i ogromnih zasluga za otadžbinu, a i presudni uticaj na spoljnu i unutrašnju politiku naše zemlje, imao je jaku kijavicu, koja je izlečena milošću božjom i iskrenim zauzimanjem stručnih lekara, te sad to neće smetati velikom i mudrom državniku da svu svoju brigu i staranje posveti na dobro i sreću ove namučene zemlje i da je povede još boljoj budućnosti.

Svet se okupi pred domom velikog državnika u tolikoj masi da i kiša najjača ne bi od ljudi, žena i dece mogla pasti na zemlju. Ljudi poskidali kape, a u svakoj grupi je po jedan kome iz džepa strči napisan rodoljubivi govor.

I na balkonu svoga doma pojavi se sedi državnik, a gromoglasno: „Živeo!" prolomi vazduh, i odjeknu celim gradom. Na svima okolnim kućama zazvečaše prozori i na njima se pojaviše mnoge glave. Ograde oko kuća, krovovi, sve to puno radoznala sveta, pa čak i na svakoj badži od tavana vire po dve-tri glave.

Prestadoše uzvici, nastade mrtva tišina, dok iz mase zacika tanak glas:

— Mudri državniče!...

— Živeo! živeo! živeo! — prekidoše govornika burni i silni uzvici; a kad se stiša rodoljubiva masa, govornik produži:

— Narod moga kraja lije tople suze radosti i klečeći na kolenima zahvaljuje premilostivom Tvorcu, koji milošću svojom otkloni veliku bedu od našeg naroda i dade ozdravljenja tebi, vrli naš državniče, da nam dugo poživiš na sreću naroda i ponos zemlje! — završi govornik, a hiljadama grla uzviknu:

— Živeo!

Mudri državnik zahvali govorniku na iskrenom čestitanju i napomenu da će sve njegove misli i osećanja biti i ubuduće upravljeni na to da se ojača kultura, privreda i blagostanje mile otadžbine.

Razume se, posle toga njegovog govora ponovi se nebrojeno puta: „Živeo!"

Sad se tako izređa desetak govornika iz raznih krajeva otadžbine, a posle svakog govora stari državnik je odgovarao rodoljubivim i jezgrovitim govorima. Naravno, kroz sve je to bilo isprepleteno ono oduševljeno gromoglasno: „Živeo!"

Dugo je trajalo dok se svi ti obredi izvršiše, a kad se dođe kraju, zasvira muzika kroz sve ulice, a svet je šetao gore-dole uveličavajući time svečanost.

Uveče je bilo osvetljenje, i opet muzika, uz zapaljene buktinje koje nosaše rodoljubiva masa sveta, prolamaše vazduh po ulicama ovog srećnog grada; a u visini, u tamnom vazduhu, rasprskavale su se raketle, te zasija ime velikog državnika, koje izgleda kao od sitnih zvezdica opleteno.

Posle toga nastade duboka, tiha noć, i rodoljubivi građani divne zemlje Stradije, umoreni vršeći uzvišene građanske dužnosti, zaspaše slatkim snom, snivajući srećnu budućnost i veličinu svoje mile otadžbine.

Razbijen ovim čudnim utiscima, ne mogoh cele noći zaspati, i tek pred zoru što me, obučena, s naslonjenom glavom na sto, zanese san; a kao da čuh neki strašan, demonski glas sa zlobnim kikotom: „To je tvoja otadžbina!... Ha, ha, ha, ha!..."

Trgoh se, i grudi zadrhtaše od strašne slutnje, a u ušima odjeknu ono pakosno: „Ha, ha, ha, ha!"

———

Sutradan se već o toj svečanosti pisalo u svima listovima zemaljskim, a u vladinom listu naročito, u kome sem toga beše vazdan telegrama iz sviju krajeva Stradije, u kojima se nebrojeno mnogo potpisa žali što se nije moglo stići da lično iskažu svoju radost zbog srećnog ozdravljenja velikog državnika.

Sem toga, glavni lekar državnikov postade odjednom slavan čovek. U svima listovima moglo se čitati kako će svesni građani ovoga i onoga mesta, ovoga i onoga sreza ili kraja, ceneći zasluge lekara Mirona, tako se zvao, kupiti takav i takav skupoceni poklon. U jednim novinama stoji:

Saznali smo da i grad Kradija, po ugledu na druge gradove, sprema skupoceni poklon lekaru Mironu. To će biti mala srebrna statua Eskulapova, koji će u rukama držati takođe srebrni divit, oko koga se prepleću dve pozlaćene zmije sa dijamantima mesto očiju, i u ustima drže sveće. Na grudima Eskulapovim biće zlatom urezane reči: „Građani grada Kradije, iz večne zahvalnosti za zasluge prema otadžbini, lekaru Mironu".

Ovakvih vesti bile su prepune novine. Svuda su po zemlji spremani lekaru skupoceni pokloni i putem telegrama iskazivala zahvalnost ovome srećnom lekaru. Jedan grad je toliko bio oduševljen da je čak počeo podizati veličanstvenu vilu, na kojoj će biti uzidana grdno velika mermerna ploča, i na toj ploči izraz narodne zahvalnosti.

A već samo po sebi se razume da je odmah izrađena i umnožena slika koja je predstavljala kako se veliki državnik rukuje i zahvaljuje lekaru za iskreno zauzimanje. Ispod nje je tekst:

„Hvala ti, odani Mirone, ti si otklonio od mene bolest, koja me je ometala da se sav posvetim staranju za sreću svoje drage otadžbine!"

„Ja sam samo vršio svoju svetu dužnost prema otadžbini!"

Više njihovih glava lebdi u oblaku golub i u kljunu nosi traku na kojoj su reči:

Milostivi Tvorac otklanja svako zlo od Stradije, koja mu je u volji.

Više goluba je krupan naslov: „Za spomen na dan srećnog ozdravljenja velikog državnika Simona", mislim tako se zvao, ako se dobro sećam.

Po svim ulicama i hotelima nose dečica ove slike i viču u sav glas:

— Nove slike! Državnik Simon i lekar Miron!...

———

Kad sam pročitao nekoliko listova (u svakom gotovo bila je opširna biografija čuvenog i rodoljubivog lekara), rešim se da odem gospodinu ministru privrede zemaljske.

Ministar privrede, postariji, omalen, žurav čovečić, prosed, sa naočarima na nosu, dočeka me ljubaznije nego što sam i mogao očekivati. Namesti me da sednem kraj njegovog stola, a on sede za sto na svoje mesto. Sto je bio pretrpan nekim starim knjigama sa požutelim lišćem i otrcanim koricama.

— Odmah ću da vam se pohvalim. Ne možete verovati koliko sam zadovoljan! Šta mislite šta sam pronašao?

— Neki način kojim ćete moći usavršiti privredu u zemlji.

— O, ne! Kakvu privredu! Privreda je usavršena dobrim zakonima. O tome više ne treba ni misliti.

Ja zaćutah ne znajući šta da mu kažem, dok mi on s dobroćudnim, blaženim osmehom reče, pokazujući neku staru knjižurinu:

— Šta mislite, koje je ovo delo?

Ja se učinim kao da se sećam, dok će on opet sa onim blaženim osmehom:

— Omirova *Ilijada*!... Ali, vrlo, vrlo... retko izdanje!... — izgovori sladeći svaku reč, i uze me ljubopitljivo gledati kako će me to iznenaditi.

I zaista sam bio iznenađen, ali samo iz drugih razloga; ali sam se pravio kako me baš ta retkost zadivljuje.

— To vam je divno! — rekoh.

— Ali kada vam još kažem da ovog izdanja više i nema!...

— Ta to je veličanstveno! — uzviknuh kao oduševljeno i uzeh razmatrati knjigu, praveći se duboko tronut i zainteresovan tom retkošću.

Jedva sam uspeo raznovrsnim zapitkivanjima da odvratim razgovor od tog njegovog Omira, o kome ja nisam nikad čuo reči.

— Uzimam slobodu, gospodine ministre, da vas zapitam o tim valjanim privrednim zakonima! — rekoh.

— To su zakoni, upravo reći, klasični. Nijedna zemlja, verujte, ne troši na podizanje privrede koliko naša zemlja.

— Tako i treba — rekoh — to je i najvažnija osnova za napredak svake zemlje.

— To sam i ja, razume se, i imao na umu kad sam uspeo da se što bolji zakoni naprave i da se što veći budžet odobri za podizanje privrede i industrije u zemlji.

— Koliki je budžet, ako smem pitati, gospodine ministre?

— Lanjske godine, kad je bilo drugo ministarstvo, bio je budžet manji, ali ja sam uspeo velikim trudom i zauzimanjem da u budžet uđe pet miliona dinara.

— To je za vašu zemlju dovoljno?

— Dovoljno... E sad, vidite, u zakon je uneta i ova tačka: „Žito, i uopšte usevi, moraju dobro uspevati, i mora ih biti što više”.

— To je povoljan zakon — rekoh.

Ministar se zadovoljno osmehnu, pa produži:

— Razgranao sam činovništvo u svojoj struci tako da svako selo ima privredno nadleštvo od pet činovnika, od kojih je najstariji upravnik ekonomije i privrede sela toga i toga. Zatim, u svakom sreskom mestu je ekonom za srez sa velikim personalom činovnika, i nad svima su pokrajinski ekonomi, ima ih dvadeset, na koliko je pokrajina podeljena naša zemlja. Svaki od pokrajinskih ekonoma ima celokupan nadzor sa svojim činovništvom: da motri nad svima ostalim činovnicima vrše li svoju družnost, i da utiče na snaženje privrede u celom kraju. Preko njega vrši ministarstvo (koje ima dvadeset odeljenja i u svakom po jedan šef odeljenja, sa velikim brojem činovnika) prepisku sa celim krajem. Svaki šef odeljenja u ministarstvu ima prepisku sa po jednim ekonomom pokrajinskim, a oni posle o tome izveštavaju ministra preko njegovih ličnih sekretara.

— To je onda užasna administracija? — primetim.

— Vrlo velika. Naše ministarstvo ima najveći broj numera od sviju ostalih. Činovnici nemaju kad od akata da dignu glave povazdan.

Posle malog ćutanja, produži ministar:

— Posle toga, ja sam udesio da svako selo ima dobro uređenu čitaonicu, koja mora biti snabdevena dobrim knjigama za ratarstvo, šumarstvo, stočarstvo, pčelarstvo i druge grane privrede.

— Seljaci sigurno rado čitaju?

— To je obavezno, kao i vojna obaveza. Dva časa pre podne i dva časa po podne mora svaki radnik seljak provesti u čitaonici, gde čita, ili mu čitaju ako nije pismen, a sem toga im činovnici drže predavanja o savremenom racionalnom obdelavanju zemlje.

— Pa kad, onda, rade u polju? — upitam.

— E, vidite kako je. U početku izgleda tako. Ovo je spor način, koji će u prvi mah izgledati nepodesan, ali posle će se tek videti blagotvorni uticaj ove krupne reforme. Po mome dubokom uverenju, najglavnije je da se prvo teorija dobro utvrdi, pa će posle ići lako, i onda će se videti da će se sve ovo vreme provedeno u teorijskom izučavanju privrede stostruko nadoknaditi. Treba, gospodine moj, imati jaku osnovu, temelj zdrav, pa podizati zgradu! — završi ministar, i od uzbuđenja obrisa znoj sa čela.

— Potpuno odobravam vaše genijalne poglede na privredu! — rekoh oduševljeno.

— I tako sam taman lepo rasporedio pet miliona dinara: dva miliona na činovnike, jedan milion honorara piscima za udžbenike iz privrede, jedan milion na zasnivanje biblioteka i jedan milion na dijurne činovnicima. To je taman pet.

— To ste divota udesili!... Dosta i na biblioteke trošite.

— E, vidite, ja sam sada izdao raspis da se, sem privrednih knjiga, nabavljaju i udžbenici za grčki i latinski jezik, te se seljaci posle poljskog rada mogu učeći klasične jezike oblagorođavati. Svaka čitaonica ima Omira, Tacita, Paterkula i vazda drugih lepih dela iz klasične literature.

— Divota! — uzviknem raširenih ruku, i odmah ustanem, te se pozdravim sa gospodinom ministrom i pođem, jer mi već bučaše glava od te velike reforme koju nisam mogao shvatiti.

Ministar finansija, kad odoh da ga posetim, primio me je odmah, iako je, kako on kaže, bio u velikom poslu.

— Baš dobro što ste došli, gospodine, te ću se tako malo odmoriti. Dosad sam radio, pa me, verujte, već glava boli! — reče ministar i pogleda me klonulim, pomućenim pogledom.

— Zaista je vaš položaj vrlo težak pri tako ogromnom radu. Bez sumnje ste razmišljali o kakvom važnom finansijskom pitanju? — primetim.

— Držim da će vas na svaki način zanimati polemika koju vodim sa gospodinom ministrom građevina o jednom vrlo važnom pitanju. Od jutros sam puna tri časa na tome radio. Držim da ja imam prava, i da zastupam pravednu stvar... Evo, pokazaću vam članak koji sam priredio za štampu.

Ja sam s nestrpljenjem očekivao da čujem taj znameniti članak i da, u isto vreme, saznam oko čega se vodi ta važna i očajna borba između ministra finansija i ministra građevina. Ministar dostojanstveno, sa svečanom ozbiljnošću na licu, uze u ruke rukopis, iskašlja se, i pročita naslov:

Još dve-tri reči povodom pitanja: dokle se na jug u starom veku prostirala granica naše zemlje.

— Pa to je, kako izgleda, neka istorijska raspra?

— Istorijska — reče ministar malo začuđen tako neočekivanim pitanjem, i pogleda me preko svojih naočara tupim, umornim pogledom.

— Vi se bavite istorijom?

— Ja?! — uzviknu ministar s nešto ljutnje u glasu... — To je nauka kojom se ja bavim već blizu trideset godina, i to, da ne laskam sebi, sa uspehom — završi ministar i pogleda me prekorno.

— Ja veoma cenim istoriju i ljude koji ceo svoj život posvete toj zaista važnoj nauci — rekoh učtivo da bih, koliko-toliko, opravdao svoj malopređašnji zaista nerazmišljeni postupak.

— Ne samo važna, gospodine moj, već najvažnija, razumete li, najvažnija! — uzviknu oduševljeno ministar i pogleda me značajno, ispitujući.

— Sasvim tako! — rekoh.

— Eto, vidite — opet će ministar — koliko bi bilo štete kad bi se, recimo, o granici naše zemlje utvrdilo onako kako to iznosi moj kolega ministar građevina.

— A on je istorik? — prekidoh ga pitanjem.

— Nadriistorik. On svojim radom na toj nauci samo štete donosi. Uzmite, samo, pa čitajte njegove poglede povodom toga pitanja o staroj granici naše zemlje, pa ćete videti koliko tu ima njegovog neznanja, pa čak, ako hoćete pravo, i nepatriotizma.

— Šta on dokazuje, ako smem znati? — upitam ga.

— Ne dokazuje on ništa, gospodine moj! Žalosno je to dokazivanje kad on veli da je stara granica s južne strane išla severno od grada Kradije; a to je nepoštenje; jer naši neprijatelji onda mogu s mirnom savešću polagati pravo na zemljište do više Kradije. Šta mislite koliko štete time nanosi ovoj napaćenoj zemlji?! — uzviknu ministar ljutito, s pravednim gnevom, uzdrhtalim, bolnim glasom.

— Neizmerna šteta! — uzviknem ja, kao preneražen tom strahotom koja bi postigla celu zemlju zbog neznanja i nerazumevanja ministra građevina.

— Ja to pitanje, gospodine, neću ostaviti, jer to mi, najzad, nalaže dužnost koju imam da činim prema našoj miloj otadžbini kao sin njen. Ja ću to pitanje izneti i pred samo Narodno predstavništvo, pa neka ono donese svoju odluku, koja ima da važi za svakog građanina ove zemlje. U protivnom slučaju, ja ću dati ostavku, jer ovo je već drugi moj sukob sa ministrom građevina, i to sve zbog tako važnih pitanja po zemlju.

— Pa zar Skupština može i o tim naučnim pitanjima donositi odluke?

— Zašto ne? Skupština ima pravo da o svima pitanjima donosi odluke, koje su obavezne za svakog kao zakon. Juče je, baš, jedan građanin podneo Skupštini molbu da mu se dan rođenja računa pet godina ranije nego što se rodio.

— Kako to može? — uzviknuh i nehotice od čuda.

— Može, zašto ne?... On se, recimo, rodio ..74. godine, a Skupština njegov dan rođenja proglasi da je u godini ..69.

— Čudnovato! A šta mu to treba?

— Treba mu, jer tek tako ima pravo da se kandiduje za poslanika na jedno upražnjeno mesto, a on je naš čovek i pomagaće svojski postojeće političko stanje.

Zaprepašćen od čuda, nisam umeo ni reči progovoriti. Ministar to kao da primeti, te će reći:

— Vas kao da to čudi. Takvi i slični slučajevi nisu retki. Jednoj gospođi Skupština je uvažila molbu takve iste prirode. Ona je, opet, molila da je Skupština oglasi za deset godina mlađu nego što je. Jedna je, opet, podnela molbu da Narodno predstavništvo donese merodavnu odluku da je u braku sa svojim mužem rodila dvoje dece, koja odmah postaju zakoniti naslednici njenog bogatog muža. I Skupština, razume se, kako je ona imala jakih i dobrih prijatelja, usvoji njenu naivnu i plemenitu molbu, i oglasi je majkom dvoje dece.

— A gde su deca? — upitam.

— Koja deca?

— Pa deca o kojoj govorite?

— Ta dece nema, razumete li, ali se računa zbog te odluke skupštinske da ta gospođa ima dva deteta, i tako je prestao rđav život između nje i njenog muža.

— To ne razumem — primetim, iako čak ne beše učtivo da to kažem.

— Kako ne razumete?... Vrlo prosta stvar. Taj bogati trgovac, muž te gospođe o kojoj govorimo, nema s njom dece. Razumete li?

— Razumem.

— E, lepo, sad pazite dalje: kako je on vrlo bogat, to zaželi da ima dece, koja će naslediti njegovo veliko imanje, i usled toga dođe do vrlo rđava života između njega i njegove žene. Njegova žena, onda, kao što vam kažem, podnese Skupštini molbu, i Skupština povoljno reši.

— Pa je li bogati trgovac zadovoljan takvom odlukom narodnog predstavništva?

— Razume se da je zadovoljan. Sad je potpuno umiren, i veoma otada voli svoju ženu.

Razgovor je tekao dalje, razgovarali smo o mnogim stvarima, ali se gospodin ministar nijedom rečju ne dotače pitanja finansijskih.

Naposletku, okuražih se da ga najponiznije zapitam:

— Finansije su vrlo dobro uređene u vašoj zemlji, gospodine ministre?

— Vrlo dobro! — reče on s pouzdanošću, pa odmah zatim dodade: — Glavna je stvar budžet dobro izraditi, pa sve ide lako.

— Koliko je miliona godišnje budžet vaše zemlje?

— Preko osamdeset miliona. A evo kako je raspoređen: za bivše ministre, koji su sad bilo u penziji, bilo na raspoloženju, trideset miliona; za nabavljanje ordena deset miliona, za uvođenje štednje u narod pet miliona.

— Izvinite, gospodine ministre, što vas prekidam... Ne razumem kakav je izdatak od pet miliona za uvođenje štednje.

— E, vidite, gospodine, štednja je neosporno najvažnija stvar, kad je već reč o finansiranju. Te novine nema nigde u svetu, ali nas je tome nevolja naučila zbog rđavih finansijskih prilika u zemlji, te smo tako hteli da žrtvujemo tu priličnu sumu godišnje, samo da bismo narodu pomogli i olakšali mu koliko-toliko. Sada će, na svaki način, poći nabolje, jer je već za ovo kratko vreme izdat čitav milion piscima knjiga o štednji za narod. Ja sam i sam nauman da, koliko-toliko, pomognem narodu u tom pogledu, te sam počeo pisati delo: *Štednja u našem narodu u starom veku*; a moj sin piše delo: *Uticaj štednje na kulturni napredak u narodu*; a moja ćerka je dosad napisala dve pripovetke, opet za narod, u kojima se iznosi kako valja štedeti, a sad piše i treću: *Raskošna Ljubica i štedljiva Mica.*

— Mora biti neka vrlo lepa priča?!

— Vrlo lepa; u njoj se iznosi kako propada Ljubica zbog ljubavi, a Mica se udala za velikog bogataša i uvek se odlikovala štednjom. „Ko štedi, tome i Bog pomaže”, završuje se priča.

— To će imati neobično dobra uticaja na narod! — rekoh oduševljeno.

— Razume se — produži gospodin ministar — velika i značajna uticaja. Evo, na primer, otkad je ustanovljena štednja, moja kćer je već preko sto hiljada uštedela za miraz sebi.

— To vam je onda najvažnija partija u budžetu — primetim.

— Tako je, ali je samo bilo mučno doći na tako srećnu misao, a ostale su budžetske partije bile i ranije, pre moga ministrovanja. Na primer, za narodne svečanosti pet miliona, na poverljive vladine izdatke deset miliona, za tajnu policiju pet miliona, za održavanje i utvrđivanje vlade na svom položaju pet miliona. Tu smo, kao i svuda, veoma štedljivi. I sad dolazi ono sve ostalo manje važno u budžetu.

— A na prosvetu, vojsku i ostalo činovništvo?

— Jest, imate pravo, i tu, sem prosvete, ide oko četrdeset miliona, ali to ulazi u redovni godišnji deficit.

— A prosveta?

— Prosveta? E ona, već, razume se, dolazi u nepredviđene izdatke.

— Pa čime onda pokrivate tako veliki deficit?

— Ničim. Čim se može pokriti? To dolazi u dug. Čim se nakupi poviše deficita, mi zaključimo zajam, pa tako opet. Ali se i, s druge strane, staramo da u nekim budžetskim partijama bude suficita. Ja sam već u svome ministarstvu počeo uvoditi štednju, a na tome živo rade i ostale moje kolege. Štednja, kao što vam kažem, to je osnova za blagostanje svake zemlje. Juče sam u interesu štednje otpustio jednog služitelja. To je već ušteda od osam stotina dinara godišnje.

— To ste dobro učinili! — primetih.

— Moralo se, gospodine, već jedared početi starati o blagostanju narodnom. Momak plače da ga primim opet, moli, a nije grešnik ni rđav, ali što ne ide, ne ide; jer to zahtevaju interesi naše mile otadžbine. „S polovinom ću plate služiti", veli on meni. „Ne može da bude", rekoh, „ja jesam ministar, ali ovo nisu moje pare, već narodne, krvavo stečene, i ja moram o svakom dinaru voditi ozbiljna računa." Molim vas, gospodine, recite sami, otkuda ja smem uludo bacati državnih osam stotina dinara? — završi ministar i s raširenim rukama očekivaše od mene pozitivan odgovor.

— Sasvim tako!

— Eto, onomad je izdata velika suma novaca jednom članu vlade da leči ženu iz budžeta na poverljive izdatke, i onda, ako se ne pazi na svaku paru, kako će narod plaćati?

— A koliki su prihodi u zemlji, gospodine ministre? To je, držim, važna stvar?

— The, to baš i nije važno!... Kako da vam kažem? Upravo, ne zna se još koliki su prihodi. Čitao sam nešto o tome u jednom stranom listu, ali ko zna je li to tačno? Tek, na svaki način, ima dosta prihoda, dosta, bez sumnje! — reče ministar sa ubeđenjem i nekom stručnjačkom važnošću.

U tom prijatnom i važnom razgovoru prekide nas momak, koji uđe u ministrovu kancelariju i javi da jedna činovnička deputacija želi pred gospodina ministra.

— Zvaću ih maločas, neka pričekaju — reče momku, a zatim se obrati meni: — Verujte da sam tako umoran od tog mnogog primanja od ovo dva-tri dana, da mi čisto glava buči. Ovo sad s vama što sam ugrabio da provedem u prijatnom razgovoru!

— Dolaze poslom? — upitah.

— Imao sam, evo vidite, baš tu na nozi grdno veliki žulj, pa sam ga pre četiri dana operisao, i operacija je, bogu hvala, ispala vrlo srećno. Zbog toga dolaze činovnici, sa svojim šefovima na čelu, te mi čestitaju i izražavaju svoju radost zbog srećno izvršene operacije.

Ja se izvinim gospodinu ministru što sam ga smetao u poslu, a da ga ne bih i dalje prekidao, to se najučtivije pozdravim i iziđem iz njegova kabineta.

I zaista, o tome žulju ministra finansija beše i u novinama vazda novih saopštenja:

Činovnici... nadleštva, juče u četiri časa po podne, sa svojim šefom na čelu, bili su deputativno kod gospodina ministra finansija da mu čestitaju s radošću srećnu operaciju žulja. Gospodin ministar ih je izvoleo ljubazno i svesrdno primiti, a tom prilikom je g. šef u ime sviju činovnika svoga nadleštva izgovorio dirljiv govor u tom smislu, a gospodin ministar je zahvalio svima na toj retkoj pažnji i iskrenom osećanju.

——

Kad sam izišao na ulicu, opet ulica prepuna silna sveta što se talasa na sve strane, a graja da uši zaglunu.

„Kuda će ovaj ovoliki svet? Šta je sad opet?... Sigurno deputacija kakva?", mislio sam u sebi, gledajući s čuđenjem u tu nebrojenu šarenu masu raznovrsna sveta, i priđem prvom što beše do mene, te ga zapitam:

— Kuda žuri ovaj ovoliki svet?

Onaj se oseti duboko uvređen od tog mog glupog pitanja, pogleda me ljutito i s prezrenjem, pa se okrete leđima meni i pođe za masom.

Zapitam drugog, trećeg, i svaki me s prezrenjem pogleda i ne odgovori. Najzad se namerih na jednog s kojim sam se poznao prilikom pokretanja jednog patriotskog lista, a već u toj zemlji, da se ne čudite, svaki dan se pokreće po nekoliko listova, te upitah i njega:

— Kuda žuri ovoliki svet? — a strepim da li ću i s ovim poznatim patriotom još gore proći nego sa ostalima.

I on me pogleda prezrivo, pa zgušenim glasom, punim srdžbe i gneva, izgovori:

— Sramota!

Ja se zastideh i jedva promucam:

— Izvinite, nisam imao nameru da vas vređam, samo sam hteo da zapitam...

— No, to je lepo pitanje! Gde ti živiš, zar te nije sramota da pitaš za jednu stvar koju i stoka može znati? Naša zemlja strada, i mi svi žurimo da joj priteknemo u pomoć kao njeni valjani sinovi, a ti se iščuđavaš, i ne znaš za tako važan događaj! — izgovori moj poznanik glasom što drhti patriotskim bolom.

Ja sam se dugo izvinjavao i pravdao za tako krupnu pogrešku, koju sam nerazmišljeno učinio, i zamolim ga za oproštaj.

On se odobrovolji i ispriča mi kako Anuti, jedno ratoborno pleme, upada s juga u njihovu zemlju i čini grdne zulume.

— Danas je stigla vest — produži on govor — da su noćas potukli mnoge porodice, popalili mnoge domove i zaplenili mnogu stoku!

— To je strašno! — rekoh i stresem se od užasa, i dođe mi da jurnem na jug zemlje i da se pobijem sa Anutima, jer me tako zabole stradanje nevinih, mirnih građana od njihova varvarstva, pa čisto zaboravih da sam star, iznuren i nemoćan i osetih u tom trenutku mladićku snagu.

— Pa zar smemo mi ostati gluvi prema tim pokoljima i tom zverskom postupanju naših suseda?

— Nikako! — uzviknuh oduševljen njegovim vatrenim rečima. — I od Boga bi bila grehota!

— Zato i žurimo na zbor. Nijednoga svesnoga građanina nema koji na ovaj zbor neće doći; samo će svaki stalež za sebe držati zbor na zasebnom mestu.

— Što to?

— The, što?... Naša večita nesloga! Ali ipak svaki zbor će doneti jednodušnu odluku, patriotsku. Uostalom, i bolje je što više, a glavno je da smo svi u osećanju i mislima složni, dišemo jednom dušom kad je pitanje o našoj miloj otadžbini.

I zaista svet se počeo odvajati u razne grupe i ići raznim pravcima; svaka grupa žuri na svoje određeno mesto gde će držati zbor.

Kako, razume se, nisam mogao stići na sve zborove, to se sa svojim poznanikom uputim tamo kuda iđaše on i njegova grupa. To su bili činovnici sudske i policijske struke.

Zađosmo u prostranu salu jednog hotela, u kojoj već behu spremljena sedišta i sto sa zelenom čohom za sazivače zbora. Rodoljubivi građani posedaše na stolice, a sazivači zauzeše svoja mesta za stolom.

— Braćo! — poče jedan od sazivača. — Vi već znate što smo se ovde okupili. Sve je vas ovde skupilo plemenito osećanje i želja da se nađe leka i stane na put drskim upadima anutskih četa u južne krajeve naše drage otadžbine, da se pomogne nesrećnome narodu koji strada. Nego, pre svega, gospodo, kao što znate, pri ovakvim prilikama red je da se izabere predsednik, potpredsednik i sekretar zbora.

Posle duge graje, izabraše toga što otvori zbor za predsednika, a one druge sazivače za ostalo zborsko časništvo. Pošto se, po utvrđenom redu i običaju, časnici odborski zahvališe rodoljubivom skupu na toj retkoj počasti, predsednik lupi u zvono, i objavi da je zbor otvoren.

— Želi li ko da govori? — upita.

Javi se jedan iz prvog reda sedišta i reče da je red da se sa zbora pozdravi vlada i veliki mudri državnik, koji će samom vladaru protumačiti izraze njihove vernosti i odanosti.

Zbor primi taj predlog i odmah se spremiše napismeni pozdravi, koji behu aklamacijom usvojeni, ali da se samo na nekim mestima udesi red reči pravilno, po sintaksi.

Stadoše se javljati govornici sve jači i jači. Svaki govor beše pun rodoljublja, pun bola i pun gneva prema Anutima. Svaki je od govornika bio saglasan s predlogom prvog govornika: da se bez ikakva odlaganja, jer je stvar i inače hitne prirode, donese odmah tu, na zboru, oštra rezolucija, kojom će se najenergičnije osuditi varvarski postupci Anuta.

I tu odmah izabraše trojicu koji su dobro vladali jezikom da sastave rezoluciju u pomenutom smislu i da je pročitaju zboru radi odobrenja.

U isti mah javi se jedan s gotovom rezolucijom i zamoli zbor za dozvolu da je pročita, pa, ako se zbor slaže s njom, da se primi.

Odobriše mu, i onaj uze čitati:

Činovnici sudske i policijske struke okupljeni na današnjem zboru, duboko potreseni nemilim događajima koji se svakodnevno, nažalost, odigravaju u južnim krajevima naše zemlje, zbog varvarskog ponašanja anutskih četa, nalaze se pobuđeni da donesu sledeću rezoluciju:

1. Duboko sažaljevamo što je naš narod u tim krajevima snašla takva beda i nesreća;

2. Najoštrije osuđujemo divlje postupke Anuta uzvikujući: Dole s njima!

3. S gnušanjem i prezrenjem konstatujemo da su Anuti nekulturan narod, nedostojan i pažnje svojih prosvećenih suseda.

Ova rezolucija bi jednoglasno primljena u načelu, ali pri burnoj debati u pojedinostima bi još usvojeno da se kod 2. tačke doda kod „divlje" još i reč „odvratne".

Zatim ovlastiše upravu da u ime zbora potpiše rezoluciju, i zbor se raziđe u najvećem redu.

Na ulici opet graja i masa sveta što se vraćaše sa mnogih patriotskih zborova.

Na licima se njihovim sad primećavaše duševni mir, kao ono kad čovek oseti zadovoljstvo posle izvršene teške, ali plemenite, uzvišene dužnosti.

Na mnogim mestima čuo sam razgovor ovakve prirode:

— Nije trebalo, ipak, da bude onako oštra — dokazuje jedan.

— Šta nije trebalo? Dobro je ono. Nije nego šta misliš? Prema takvim životinjama treba biti grub i oštar — ljuti se drugi.

— Znam, molim te, ali ne ide, nije taktično! — opet će prvi.

— Kakav takt prema njima još hoćeš? Da se, valjda, ne zamerimo tako valjanim ljudima, šta li? Ovako ti njima, pa kad čita, da se strese — opet će drugi, a glas mu drhti od ljutine.

— Pa mi baš i treba, kao prosvećeni, da budemo uzvišeniji od njih; a, posle toga, treba biti oprezan da se ne zamerimo susednoj zemlji — razlaže onaj miroljubivi i taktični.

Predveče toga istog dana već su se u novinama mogle čitati mnogobrojne rezolucije donete toga dana na rodoljubivim zborovima. Niko nije izostao a da ne pohita zemlji u pomoć. Prepune novine: rezolucija profesora povodom nemilih događaja na jugu Stradije, rezolucija omladine, rezolucija učitelja, rezolucija oficira, rezolucija radnika, trgovaca, lekara, prepisača. Jednim slovom, niko nije izostao. Sve su rezolucije u jednom duhu, sve oštre i odlučne, u svakoj ima ono „duboko potreseni", „najoštrije osuđujemo" i tako dalje.

Uveče je, opet, nastalo veselje u gradu, a zatim miran, tih i spokojan san miroljubivih i kuražnih sinova srećne zemlje Stradije.

Sutradan su stizale vesti iz ostalih krajeva Stradije. Ni jednog jedinog mesta nema gde ne bejaše doneta oštra rezolucija povodom „poslednjih nemilih događaja", kako su to Strađani nazvali.

A, već, po sebi se razume da je svaki građanin za ove velike usluge otadžbini, ko manje ko više, obasut odlikovanjima za građansku kuraž i vrline.

I mene oduševi taj bujni narod pun građaske svesti i samopregorevanja za opštu stvar, pa mi se iz grudi ote uzvik: „Stradijo, ti nećeš nikad propasti, pa ma svi narodi propali!"

„Ha, ha, ha, ha!", u tom trenutku kao da mi zazvoni u ušima opet onaj satanski, podrugljiv smeh nekog zlog duha ove srećne i blažene zemlje.

Nehotice uzdahnem.

Iako sam mislio da prvo idem ministru prosvete, ipak, zbog ovih poslednjih nemilih događaja, zaželim da čujem šta o tome misli ministar vojni, te se još istog dana uputim njemu.

Ministar vojni, mali, žurav čovečić, s upalim grudima i tankim ručicama tek beše svršio molitvu malo pre nego što mene primi.

U njegovoj kancelariji se osećaše miris izmirne i tamjana kao god u kakvom hramu, a na stolu njegovom vazda pobožnih, starih i već požutelih knjiga.

Ja u prvo vreme pomislih da sam pogrešio i došao drugom kome, ali me uniforma višeg oficira, što je gospodin ministar imaše na sebi, ipak protivnome uveravaše.

— Izvinite, gospodine — reče blago nežnim tankim glasom — sad sam baš svršio svoju redovnu molitvu. Ja to činim uvek kad god sedam za posao, a naročito sada molitva ima mnogo više smisla zbog ovih poslednjih nemilih događaja na jugu naše mile zemlje.

— Ako oni produže svoje upade, to još može doći do rata? — upitam.

— A ne, nema nikakve opasnosti.

— Ali ja držim, gospodine ministre, da je to već opasnost kada oni ubijaju ljude i pljačkaju svakodnevno po čitavom jednom kraju vaše zemlje.

— Ubijaju, to jeste; ali mi ne možemo biti tako nekulturni, tako divljački kao... Ovde je hladno, kao da odnekud ima promaje. Kažem tim nesrećnim momcima da u mojoj sobi temperatura bude uvek šesnaest i po stepeni, pa ipak ništa... — skrenu gospodin ministar svoj započeti govor i zazvoni u zvonce za momka.

Momak uđe i pokloni se, a zveknuše mu ordeni na grudima.

— Pa jesam li ja vama, za ime boga, govorio da u mom kabinetu bude stalna temparatura od šesnaest i po stepeni, a eto sad opet hladno; pa neka promaja; prosto da se smrzne čovek!

— Eto, gospodine ministre, sprava za merenje toplote pokazuje osamnaest! — reče momak učtivo i pokloni se.

— Onda dobro — reći će ministar, zadovoljan odgovorom. — Možete sad ići, ako je po volji.

Momak se opet duboko pokloni i iziđe.

— Baš mi ta prokleta temperatura, verujte, zadaje mnogo brige; a temperatura je za vojsku glavna stvar. Ako temperatura nije kao što treba, vojska nam neće valjati ništa... Celo jutro sam spremao raspis svima komandama... Evo, baš ću vam ga pročitati:

Kako su u poslednje vreme učestali upadi Anuta u južne krajeve naše zemlje, to naređujem da se vojnici svakog dana zajednički, pod komandom, mole svevišnjem Bogu za spas naše drage nam i mile otadžbine, natopljene krvlju naših vrlih predaka. Molitvu će za taj slučaj, onu koju treba, odrediti vojni sveštenik; ali, na kraju molitve, da dođe i ovo: „Neka dobrim, mirnim i pravednim građanima što padoše kao žrtve zverskog nasilja divljačkih Anuta, milostivi Bog da rajsko naselje! Bog da im prosti pravednu rodoljubivu dušu; laka im bila zemlja Stradija, koju su iskreno i žarko ljubili! Slava im!” Ovo imaju izgovoriti svi vojnici i starešine odjednom; ali će se izgovarati pobožnim, skrušenim glasom. Zatim će se svi ispraviti, dići gordo i ponosno glave, kao što dolikuje hrabrim sinovima naše zemlje, i tri puta gromoglasno uzviknuti, uz jek truba i lupu doboša: „Živela Stradija, dole s Anutima!” Treba paziti da se sve ovo lepo i pažljivo izvede, jer od toga zavisi dobro naše otadžbine. Kad se sve to bez opasnosti izvede, onda će nekoliko četa, sa zastavom, promarširati pobedonosno kroz ulice, uz gromke ratoborne zvuke muzike, a vojnici moraju koračati oštro, tako da im se pri svakom koraku ljušne mozak u glavi. Kako je stvar hitna, to ćete sve ovo odmah tačno izvršiti i o svemu podneti iscrpan izveštaj... U isto vreme, najstrože naređujem da obratite naročitu pažnju na temperaturu u kasarnama, kako bi bio zadovoljen taj najbitniji uslov za razvijanje vojske.

— To će na svaki način imati uspeha, ako raspis stigne na vreme? — rekoh.

— Morao sam žuriti, te je, hvala bogu, blagovremeno otkucan telegrafom ceo raspis na čitav čas pre vašega dolaska. Da nisam žurio da stvar ovako na vreme pametno uputim, moglo bi se desiti vazda neprijatnih rđavih slučajeva.

— Imate pravo! — rekoh koliko tek da nešto reknem, iako nisam mogao imati pojma šta bi se to rđavo moglo desiti.

— Da, gospodine moj, tako je. Da ja nisam kao ministar vojni tako uradio, mogao bi koji od komandanata na jugu zemlje upotrebiti vojsku da oružjem pritekne u pomoć našim građanima i da proliju krv anutsku. Svi naši oficiri i misle da bi to najbolji način bio, ali oni neće da o stvarima malo dublje i svestranije razmisle. Prvo i prvo, mi, današnja vlada, hoćemo miroljubivu, pobožnu spoljnu politiku, mi nećemo prema neprijateljima da budemo neljudi; a što oni tako zverski postupaju prema nama, to će im Bog platiti večnom mukom i škrgutom zuba u paklu ognjenome. Druga stvar, gospodine moj dragi, koja je takođe važna, to je što naša današnja vlada nema pristalica u narodu, te nam vojska poglavito treba za naše unutrašnje političke stvari. Na primer, ako je koja opština u rukama opozicionara, onda treba upotrebiti oružanu vojsku da se takvi izdajnici ove napaćene otadžbine kazne i da se vlast preda u ruke kome našem čoveku...

Gospodin ministar se zakašlja, te ja ugrabim reč.

— To sve jeste, ali ako upadi anutskih četa uzmu jače razmere?

— E, onda bismo i mi preduzeli oštrije korake.

— Šta mislite, ako smem zapitati, gospodine ministre, u takvom slučaju?

— Preduzele bi se oštrije mere, ali opet taktično, mudro, smišljeno. U prvi mah bismo naredili da se po celoj zemlji opet donesu oštrije rezolucije, pa, bogami, ako i to ne pomogne, onda bismo, razume se, morali brzo, ne gubeći ni časa, pokrenuti rodoljubivi list sa isključivo patriotskom tendencijom, i u takvom jednom listu osuli bismo čitav niz oštrih, pa čak i zajedljivih članaka protiv Anuta. Ali, ne daj bože da već, po nesreći, i dotle dođe! — reče ministar, pa obori glavu skrušeno i uze se krstiti, šapćući svojim bledim ispijenim usnama tople molitve.

Mene, doduše, ne obuze nimalo to blaženo, religiozno osećanje, ali sam se, tek društva radi, i sam počeo krstiti, a neke čudne misli me obuzeše: „Čudna zemlja!", mislio sam. „Tamo ginu ljudi, a ministar vojni sastavlja molitve i misli na pokretanje rodoljubivog lista! Vojska im je poslušna i hrabra, to se dokazalo u tolikim ratovima; i našto, onda, ne izvesti jedno odeljenje na granicu i sprečiti opasnost od tih anutskih četa?"

— Vas, možda, čudi ovakav moj plan, gospodine? — prekide me ministar u mislima.

— Pa i čudi me! — rekoh nehotično, iako se odmah pokajah zbog te nerazmišljenosti.

— Niste vi, dragi moj, posvećeni dovoljno u stvari. Nije ovde glavno održati zemlju, već što duže održati kabinet. Prošli kabinet se držao mesec dana, a mi tek dve-tri nedelje, pa da tako sramno padnemo! Položaj nam je neprestano uzdrman, i mi, razume se, moramo upotrebljavati sve mere da se što više održimo.

— Šta radite?

— Radimo što su i dosada činili! Pravimo iznenađenja svakog dana, činimo svečanosti; a sad ćemo, kako nam stvari rđavo stoje, morati izmisliti kakvu zaveru. A to je bar lako u našoj zemlji. I, što je glavno, svet se na to toliko navikao da čak, iako je sve ropski poslušno, sa čuđenjem raspituju: „Šta? Zar još nema nikakve zavere?", samo ako se zadrži nekoliko dana više s tim najsigurnijim sredstvom za suzbijanje opozicije. I tako, dakle, zbog tih iznenađenja, svečanosti, zavera, nama je vojska uvek potrebna za naše unutrašnje stvari. To je sporedna stvar, gospodine moj, što tamo ljudi ginu; ali meni je glavno da svršim preče stvari, korisnije za zemlju nego što bi bila tako očita budalaština tući se sa Anutima. Vaše, kako mi izgleda po svemu, mišljenje o ovim stvarima nije originalno; tako, nažalost, misle i naši oficiri i naša vojska; ali mi, članovi današnjeg kabineta, gledamo na stvar mnogo dublje, trezvenije!

— Pa zar je vojska čemu god potrebnija nego da bude odbrana zemlje, odbrana onih porodica tamo na jugu koje stradaju od tuđinskog zuluma? Jer taj isti kraj, gospodine ministre, šalje u vojsku svoje sinove, šalje ih rado, pošto u njima, u vojsci, gleda potporu svoju — rekoh gospodinu ministru dosta ljutito, iako to nisam trebao reći; e, ali dođe tako čoveku te rekne i učini štošta, kao da je stao na ludi kamen.

— Mislite li da vojska nema preče dužnosti, gospodine? — reče mi gospodin ministar tihim, ali prekornim glasom klimajući glavom prekorno, tužno, i s nešto prezrenja; a pri tom me je s omalovažavanjem merio od glave do pete. — Mislite li? — ponovi on s bolnim uzdahom.

— Ali, molim vas... — počeh nešto; a ko zna šta sam hteo, jer ja i sam ne znam; dok me ministar prekide jačim glasom, izgovarajući značajno svoje važno i ubedljivo pitanje:

— A parade?

— Kakve parade?

— Ta zar se još i to može pitati? A to je bar tako važna stvar u zemlji! — naljuti se malo smireni i pobožni gospodin ministar.

— Izvinite, to nisam znao — rekoh.

— Niste znali?!... Koješta! A neprestano vam govorim da, zbog raznih važnih iznenađenja u zemlji, mora biti i svečanosti i parada; a kud bi sve to moglo biti bez vojske? To je, bar za danas, glavni njen zadatak. Neka upadaju neprijateljske čete, to nisu tako važne stvari; ali, glavno je da mi paradiramo po ulicama uz jeku truba; a već ako bi opasnosti po zemlju uveliko nastupile spolja, onda bi se valjda i ministar spoljnih odnosa zemaljskih počeo nešto o tome brinuti, ako ne bi bio slučajno zauzet svojim domaćim poslovima. On, siromah, ima dosta dece, ali se ipak država stara o svojim zaslužnim ljudima. Njegova se muška deca, znate, vrlo rđavo uče; i šta se moglo drugo uraditi, već da se izberu za državne pitomce? To je i pravo; a za žensku decu će se država postarati, jer će im se spremiti miraz o državnom trošku, ili će se mladoženji koji bi uzeo ministrovu ćerku dati veliki položaj, koji inače, razume se već, ne bi nikad mogao dobiti.

— To je lepo kad se cene zasluge! — rekoh.

— Kod nas je to jedinstveno! U tome nam nema ravna. Ma ko bio ministar, pa čak dobar ili rđav, uvek se blagodarna država stara o njegovoj porodici. Ja nemam dece, ali će država poslati moju svastiku da uči slikarstvo.

— Gospođica svastika ima dara?

— Ta ona dosad nije slikala ništa; ali, ko zna, može se očekivati uspeha. S njom će ići i njen muž, moj pašenog; i on je izabrat za državnog pitomca. To je vrlo ozbiljan i vredan čovek; od njega se možemo mnogo nadati.

— To je mlad par?

— Mladi, još držeći; paši je šeset, a mojoj svaji oko pedeset i četiri godine.

— Vaš gospodin pašenog se bavi na svaki način naukom?

— O, još kako! On je inače piljar, ali rado čita romane, a novine guta, što se kaže. Čita svake naše novine, a već raznih podlistaka i romana pročitao je više od dvadeset. Njega smo poslali da studira geologiju.

Gospodin ministar ućuta, zamisli se nešto i uze sukati svoje brojanice, koje mu višahu o maču.

— Pomenuste iznenađenja, gospodine ministre? — podsetim ga na započeti razgovor, jer me nije mnogo interesovao ni njegov paša, ni njegova svastika.

— Jest, jest, imate pravo, ja sam malo skrenuo razgovor na sporedne stvari. Imate pravo. Priredili smo krupno iznenađenje, koje mora imati veliki politički značaj.

— To će, zaista, biti vrlo značajna stvar. A o tome se ne sme znati ništa pre nego što se dogodi? — upitam radoznalo.

— Zašto ne, molim vas? To je već objavljeno narodu i ceo narod priprema veselja i očekuje svakoga časa važan događaj.

— To će biti neka sreća po vašu zemlju?

— Retka sreća. Ceo narod se raduje i s ushićenjem pozdravlja vladu na mudroj, rodoljubivoj upravi. Ni o čemu se sad više ne govori i ne piše u našoj zemlji, već samo o tom srećnom slučaju koji će uskoro nastupiti.

— A vi ste na svaki način spremili sve što treba da takav srećan slučaj neminovno nastupi?

— Mi o tome nismo još ništa temeljnije razmišljali, ali nije isključena mogućnost da baš zaista nastupi kakav srećan slučaj. Vi, možda, znate onu staru, prastaru priču kako je u jednoj zemlji vlast objavila nezadovoljnom narodu da će se u zemlji pojaviti veliki Genij, uprav Mesija, koji će otadžbinu spasti od dugova, rđave uprave i svakog zla i bede, pa će narod povesti boljim putem, srećnijoj budućnosti. I zaista, razdraženi i nezadovoljni narod na rđave zemaljske vlasti i upravu umiri se, i nastade veselje po celoj zemlji... Niste nikad, zar, slušali tu staru priču?

— Nisam, ali je vrlo zanimljiva. Molim vas šta je dalje bilo?

— Nastupila, kao što vam kažem, radost i veselje u celoj zemlji. Narod je, čak, skupljen na velikom opštenarodnom zboru, rešio da se bogatim prilozima kupe velika imanja i podignu mnoge palate, na kojima će biti zapisano: „Narod svom velikom Geniju i izbavitelju”. Za kratko vreme sve je to urađeno, sve pripremljeno, samo se očekivaše Mesija. Čak je narod opštim, javnim glasanjem izabrao i ime svome izbavitelju.

Gospodin ministar zastade i uze opet svoje brojanice, na kojima poče lagano odbrajati zrna.

— I pojavi se Mesija? — upitam.

— Ne.

— Nikako?

— Valjda nikako! — reče ministar ravnodušno i izgledaše kao da bez volje priča tu priču.

— Zašto?

— Ko to zna!

— Pa ništa se čak ni važno nije dogodilo?

— Ništa.

— Čudnovato! — rekoh.

— Mesto Mesije, pao je te godine veliki grad i upropastio sve useve u zemlji! — reče ministar gledajući smireno u svoje ćilibarske brojanice.

— A narod? — pitam.

— Koji?

— Pa narod u toj zemlji o kojoj govori ta zanimljiva priča?

— Ništa! — reče ministar.

— Baš ništa?

— Šta bi!... Narod kao narod!

— To je divno čudo! — rekoh.

— The, ono, ako hoćete pravo, narod je ipak u ćaru!

— U ćaru?

— Razume se!

— Ne razumem!

— Prosta stvar... Narod je bar nekoliko meseci živeo u radosti i sreći!

— To je istina! — rekoh postiđen što tako prostu stvar nisam mogao odmah protumačiti.

Posle toga smo još prilično govorili o raznim stvarima, a, između ostaloga, gospodin ministar mi napomenu kako će baš povodom tog srećnog slučaja o kome beše reč, tog istog dana proizvesti još osamdeset generala.

— Koliko ih imate sada? — upitam.

— Imamo ih dosta, bogu hvala, ali ovo se mora učiniti radi ugleda zemlje. Zamislite samo kako to zvuči: osamdeset generala za dan!

— To imponuje! — rekoh.

— Razume se. Glavno je da je što više pompe i galame.

——

U Ministarstvu prosvete sve sâm ovejani naučnik. Tu se tek radi temeljno i smotreno. Po petnaest, pa i dvadeset dana doteruje se samo stilizacija i najmanjeg akta, pa, razume se već, tu su i jezikoslovne sitnice, padeži svakojaki, s predlozima i bez predloga.

Posmatrao sam akta.

Jedan direktor, na primer, piše:

Nastavnici ove gimnazije već šest meseci nisu platu primili, i u takvu su materijalnu nevolju dovedeni da ni hleba nemaju. Ovo se dalje ne može dozvoliti, jer će se time ubiti ugled nastavnika, pa i same nastave.

Učtivo molim Gospodina ministra da što pre izvoli poraditi kod Gospodina ministra finansija za nužno naređenje da nam se izda plata bar za tri meseca.

Na poleđini previjenog akta stoji:

Ministarstvo prosvete,

P. N. 5860.

1. II 891.

Direktor Gimnazije ...ske moli da se tamošnjoj gimnaziji izda plata za tri meseca.

Ispod toga drugim rukopisom referat:

*Stil nepravilan. Red reči ne odgovara pravilima sintakse. Upotrebljene su strane reči: „dozvoliti" i „nužno". (*Te su reči u aktu podvučene crvenom pisaljkom.)

Ispod toga ministrovom rukom napisano (rukopis ružan, nečitak, kao što obično takav rukopis dobije odmah istog momenta svaki koji god postane ministar):

Prosvetnom savetu na mišljenje.

Ispod toga stoji opet nov rukopis:

2. III 891.

Glavnom prosvetnom savetu

(Jedan taj Prosvetni savet je svega i bio, a mislio bi čovek ima ih bar trideset sporednih.)

U prilogu ./. šalje se Savetu akt direktora ...ske gimnazije da u njemu prouči gramatičke oblike, sintaktičke i stilističke osobine, pa da ga sa svojim mišljenjem vrati što pre Ministarstvu prosvete na dalju upotrebu.

Po naredbi ministra

itd.

(Potpis)

Kako je stvar hitne prirode, to ne prođe ni petnaest dana, a Glavni se prosvetni savet iskupi u sednicu. Između ostalih predmeta dođe i ovaj, i Savet odluči da se ta stvar uputi na ocenu dvojici stručnjaka. Odrediše dvojicu i staviše rešenje u zapisnik, a delovođa ima dužnost da to izvrši.

Sad dolaze pisma stručnjacima:

Gospodine,

Prema aktu Gospodina ministra prosvete P. N. 5860, od 2. III ove godine, a prema odluci XV sednice Glavnog prosvetnog saveta, držane 17. III iste godine SBr. 2, čast mi je umoliti Vas da proučite akt direktora ...ske gimnazije u pogledu gramatičkom, sintaktičkom i stilističkom, pa da o tome u što kraćem roku podnesete Savetu iscrpan referat.

Primite, Gospodine, i ovom prilikom uverenje o mom odličnom poštovanju.

Predsednik Gl. prosvetnog saveta

(Potpis)

Takve sadržine pismo upućeno je i drugom referentu.

Posle dva meseca tek stiže Prosvetnom savetu iscrpan referat o direktorovom aktu, na kome su zajednički radila oba stručnjaka. Referat ovako počinje:

Glavnom prosvetnom savetu:

Razmotrili smo i proučili akt direktora ...ske gimnazije i imamo čast podneti Savetu sledeće svoje mišljenje:

Sve u prirodi podložno je zakonu postupnog razvijanja i usavršavanja. Kao god što se od prvobitne monere, postupnim razvijanjem i usavršavanjem dugim nizom vekova dolazi do najsloženijeg organizma čovečjeg tela, tako se isto i jezik razvijao od neartikulisanih, životinjskih glasova dok nije dugim nizom vekova dostigao visinu savršenstva današnjih modernih jezika.

Da bismo stvar bolje i preglednije izveli, to ćemo se služiti ovim redom:

I Opšti deo

1. Govor i njegov postanak

2. Poreklo današnjih jezika

3. Zajednički koreni (sanskrit)

4. Cepanje jezika na glavnije grupe

5. Jedan deo iz uporedne filologije

6. Istorija nauke o jeziku

7. Razvijanje nauke o jeziku uopšte

II Naš jezik i zakoni njegova razvijanja

1. Stara postojbina (istorija)

2. Srodni jezici

3. Zajedničke osobine i razlike srodnih bratskih jezika našem jeziku

4. Dijalekti zajedničkog jezika u staroj postojbini razvijaju se u zasebne jezike

5. Dijalekti našeg jezika

III Direktorov akt

1. Poreklo i istorija akta

*2. Osobine jezika u njemu prema osobinama starog stradijskog jezika u
starim poveljama...*

I tako dalje. Ko bi još mogao sve to i popamtiti! To jest, ako je i ovo
dobro zapamćeno.

Sada dolazi stručno razrađivanje svakog dela svake tačke po ovom
utvrđenom redu, i posle mnogo, vrlo mnogo napisanih tabaka, dolazi se
do reči „dozvoliti". Dalje glasi:

*Dozvoliti, im. gl. sanskr. dhard dudorh, skakati, skakuckati, trčkarati
(V. knj. III, c. 15, 114, 118 b. H. S.** m.) = pl. donti, r. duti, gr. ἐμαυρίζω 1.
canto, cantare, provoco, provocere (sic) k. Z h b, zvati, zvoniti, zvuk, zver (V.
Rasrdi se tigar zveri ljuta. Đ. L. P. 18) = Skoči srna iza grma = zvoliti sa
„do": dozvoliti (N. 16, U 3. S. N. O. 4. Đ. D. 18, 5. knj. III. Vidi primer: „Na
junaku rana sedamnaest").*

*Prema ovome nalazimo da reč „dozvoliti" nije naša i da je treba kao štetnu
po našu naciju izbaciti.*

Istim načinom dolazi objašnjenje i reči „nužno", i dolaze do istog zaključka.

Zatim su prešli na red reči uopšte, pa posebno, na red reči u aktu direktorovu, i tu učinili stručne zamerke.

Najzad: *Stil i osobine stila u aktu*, a završeno opširnim tekstom od nekoliko tabaka: *Paralela između jezika i stila u aktu direktorovu i stila u Omirovoj „Ilijadi"*. (Tu su našli da je stil Omirov mnogo bolji.)

Prema svemu ovome, vele, mišljenja smo da se ovaj akt vrati direktoru ...ske gimnazije da ga prema našim primedbama svesno ispravi, a potom se može po istom aktu raditi dalje šta treba.

Posle čitavih mesec dana sastane se Savet i razmotri referat, a zatim donese odluku da se akt vrati direktoru da ga prema primedbama stručnjaka ispravi i nanovo pošlje Ministarstvu na dalji rad. Gospodi referentima se određuje po 250 dinara odsekom, kao honorar za referate, koji se ima isplatiti iz Fonda za penzije udovica činovnika prosvetne struke, ili iz budžeta određenog za plate poslužiteljima.

To svoje mišljenje Savet učtivo sprovede g. ministru na dalji rad.

I akt se potom iz Ministarstva (uz njega referat u prilogu pod ./.) vrati direktoru da ga ispravi po napomenama i zamerkama stručnjaka...

Tako se tamo, temeljno, stručno, raspravljaju sve stvari i vodi prepiska pola godine dok se u aktu ne ispravi i najmanja gramatička greška, i tek se onda pristupi daljem radu po tom predmetu. Od najmanjeg akta silnom prepiskom naraste tako veliki akt da ga čovek može jedva na leđima poneti.

Svi činovnici u Ministarstvu, pošto su književnici, onda, razume se, pišu knjige; samo gospodin ministar ne piše ništa. Pred njega nisam smeo ni izlaziti, jer me svi uveravahu da tako drzak pokušaj ne činim ako mi je glava mila. Gospodin ministar, vele, radi povazdan gimnastiku, vrlo je naprasit čovek i voli da se tuče.

Pričaju da se čak jednog dana potukao sa poglavarom crkve. I poglavar crkve, dobar gimnastičar i strastan jahač, međutim naprasit čovek i tako isto rado se tuče. Jednog je sveštenika udario štapom po glavi u božjem hramu iz nepoznatih razloga. On je tu svoju naprasitu narav, kako svi misle, dobio čitajući mnoge svete knjige, te se njegovi ispadi pravdaju, i čak mu niko i ne zamera. Prvi sukob njegov s ministrom bio je zbog neke jahačke trke, pa odmah dođoše na red još mnoga druga pitanja pobožna i prosvetna, od kojih je zavisilo pravilno vaspitanje omladine. Na primer: glavar vere je tražio da pošto-poto u udžbenike školske o veri uđe i jedan deo o gajenju ždrebadi, a ministar je tražio da mesto toga uđe članak o plivanju. U tim važnim pitanjima niko nije hteo popustiti i stvar, malo-pomalo, dođe dotle da jedan drugog nisu mogli gledati. Ministar, da bi svome protivniku što više napakostio, naredi da se čak ni u zoologiji u školama ne sme predavati o konju, a mesto te odvratne životinje, kad ona dođe na red u predavanju, da se predaje o plivanju u hladnoj vodi.

Ali, to su već sitnije stvari što se menja jedno mesto u udžbeniku, jer se i udžbenici, pa čak i celokupni programi za nastavu menjaju svakog drugog dana.

Nema čoveka koji je sa službom u prosvetnoj struci, a da ne piše udžbenike za škole; a sem toga, svako spremi po kakvu korisnu knjigu za nagrađivanje učenika i za lektiru dobroj deci.

Udžbenici, upravo pisci, čekaju na red. Treba mnoge pomoći materijalno i prema tome se i udžbenici otkupljuju ili preporučuju školama kao obavezni za nastavu. Na prvom mestu ministar podmiri svoje prisne prijatelje i rođake. Taman se primi jedan udžbenik i učenici ga nabave, a tek sutradan donese ministru drugi udžbenik neki njegov prisniji, i, razume se, treba i njemu učiniti. Odmah istog dana raspis:

Pošto se dugom upotrebom pokazao udžbenik (za taj i taj predmet od toga i toga) vrlo nepodesan, to će se, u interesu nastave, dosadašnji udžbenik izbaciti iz upotrebe, a uzeće se udžbenik.... (ime pisca sam zaboravio).

———

Hteo sam posetiti i gospodina ministra pravde, ali on nije bio u zemlji. Bio je u to vreme na odsustvu, i otišao u inostranstvo da proučava škole za gluvonemu decu, jer se vlada nosila ozbiljnom mišlju da u zemlji Stradiji osnuje nekoliko takvih škola, da bi se time popravile rđave finansijske prilike u zemlji. Kako ta stvar, kao vrlo važna i značajna, nije mogla trpeti odlaganja, to su odmah preduzeti najnužniji koraci. Sem toga što je poslat ministar pravde da proučava uređenje takvih škola (sa vrlo velikim dodatkom uz platu), odmah je postavljen upravnik škola za gluvonemu decu, sa velikom platom i dodatkom na reprezentaciju; zatim su postavljeni nastavnici, a već uveliko je započeto zidanje velike zgrade koja je namenjena za stan upravnikov. Razume se da je odmah zatim postavljen ekonom za taj zavod, lekar, šef mesne kontrole, blagajnik, podblagajnik, pisar, tri-četiri prepisača i nekoliko služitelja. Svi su, od upravnika do služitelja, primali revnosno plate i s nestrpljenjem očekivali da započnu posao u novoj dužnosti — sem upravnika, koji je zuckao, ovde-onde, kako će on, preko jednog svog rođaka ministra, izdejstvovati da se u taj zavod primaju potpuno zdrava deca.

Taj zavod, upravo činovnici, jer zavoda nije ni bilo, stajali su pod upravom ministra pravde, jer je ministar prosvete izjavio da neće da ima posla „s kojekakvim gluvaćima”.

Ministar pravde je jedino i imao brigu i staranje oko te škole za gluvonemu decu, a poslove ministra pravde uzeo je otpravljati ministar vojni, a dužnost ministra vojnog vršio je ministar prosvete, koji je i inače mrzeo i knjige i škole, te je dužnost njegovu kao ministar prosvete vršila njegova žena; a ona je, kao što svi znaju, vrlo rado čitala kriminalne romane i vrlo rado jela sladoled s čokoladom.

———

Kada sam obišao sve ministre, naumim da obiđem i Narodnu skupštinu. Narodna se zove po nekom zaostalom običaju, a, u stvari, poslanike postavlja ministar policije. Čim se vlada promeni, odmah se raspisuju novi izbori, a to znači bar mesečno jednom. Reč „izbori” znači u ovakvom slučaju: postavljanje poslanika, i vodi svoje poreklo još iz patrijarhalnog društva kad je narod zbilja imao, pored ostale nevolje, još i tu dosadnu dužnost da misli i brine koga će izabrati za svoga predstavnika. Nekad su se tako primitivno vršili izbori, ali je u modernoj, civilizovanoj Stradiji ta stara, glupa i dangubna procedura uproštena. Ministar policije uzeo je na se svu narodnu brigu, te on postavlja, bira mesto naroda, a narod ne dangubi, ne brine i ne misli. Prema svemu ovome, prirodno je da se to zovu slobodni izbori.

Tako izabrani narodni predstavnici okupljaju se u glavni grad Stradije da rešavaju i većaju o raznim pitanjima zemaljskim. Vlada — razume se, svaka patriotska vlada — i tu se pobrine da to rešavanje bude pametno, moderno. I tu vlada uzme na sebe svu dužnost. Kad se iskupe poslanici, pre nego što se počne rad, moraju provesti nekoliko dana u pripremnoj školi, koja se zove „klub". Tu se poslanici pripremaju i vežbaju kako će što bolje odigrati svoju ulogu.

Sve to izgleda kao priprema za predstavu u pozorištu.

Vlada sama piše delo koje će poslanici igrati u Narodnoj skupštini. Predsednik kluba, kao kakav dramaturg, ima dužnost da to delo prouči i da za svaku sednicu odredi poslanicima uloge — razume se, prema njihovim sposobnostima. Jednima se povere veći govori, jednima manji, početnicima još manji, nekima se odredi da izgovore samo po jednu reč, „za", ili „protiv". (Ovo se drugo vrlo retko dešava, i to onda kad se podražava prirodnosti, te se, po svršenom glasanju, broje glasovi da se vidi koja je strana pobedila; a u stvari je to određeno mnogo pre nego što je i držana ta skupštinska sednica.) Nekima, koji se ne mogu ni za to upotrebiti, određuju se neme uloge, kad se glasa ustajanjem i sedanjem. Kad se tako lepo podele uloge, onda poslanici idu kući i spremaju se za sednicu. Neobično sam se iznenadio kad sam prvi put video poslanike kako uče svoje uloge.

Ustao sam bio rano izjutra i odem u gradski park da prošetam. Tamo puno đaka, dece iz nižih škola i mladića iz viših. Jedni šetkaju tamo-amo i čitaju naglas svaki svoj predmet: ko istoriju, ko hemiju, ko veronauku, i tako dalje. Neki se, po dva i dva, slišavaju iz onoga što su naučili. Dok, odjednom, ugledah među decom nekoliko starijih ljudi gde tako isto šetkaju, ili sede, uče nešto iz nekih hartija. Priđem bliže jednom starcu u narodnom odelu, poslušam, a on ponavlja čitajući jednu istu rečenicu:

— Gospodo poslanici, prilikom pretresa ovog važnog zakonskog projekta, pobuđen sam i ja, da posle lepog govora poštovanog druga T... M..., u kome je izneo svu važnost i dobre strane ovakvog zakona, progovorim nekoliko reči, i da, upravo, unekoliko dopunim mišljenje poštovanog predgovornika.

Starac je ovu rečenicu pročitao više od deset puta, i onda ostavi hartije na stranu, diže glavu, zažmiri malo i poče napamet:

— Gospodo poslanici, posle poštovanog druga u kome su… — tu zastade, namršti se, ćuta dugo, priseća se, pa nanovo uze one hartije, te opet pročita glasno istu rečenicu. Opet zatim pokuša da je izgovori napamet, ali bez uspeha, pogreši. Ova se procedura ponavljala nekoliko puta, i uspeh sve gori. Starac očajno uzdahnu, odgurnu ljutito hartije i glava mu klonu na grudi.

Prema njemu, na drugoj klupi, sedi jedno đače; u ruci mu zaklopljena knjiga, a ono napamet govori lekciju iz botanike:

— Ova korisna biljčica raste po močvarnim predelima. Njen se koren u narodu upotrebljava i kao lek…

Starac diže glavu. Kad dete izgovori celu lekciju, zapita ga:

— Nauči tvoje?

— Naučih.

— Da si živ i zdrav, sinko! Uči sad, dok si mlad možeš pamtiti, a kad dođeš u moje godine, ič!

Nikako nisam mogao rastumačiti otkud ovi stari ljudi među decom i šta kog vraga oni uče pod sedom kosom. Kakva li je to opet škola u Stradiji?

Radoznalost moja postade toliko jaka da sam najzad, ne mogući objasniti ovo čudo sâm, morao prići onom starcu, te iz razgovora s njim doznam da je narodni poslanik i da mu je određeno u klubu da nauči govor, od koga je maločas ponavljao prvu rečenicu…

Posle učenja lekcija dolazi slišavanje, a zatim se drže probe.

Poslanici dođu u klub i tu zauzme svaki svoje mesto. Predsednik kluba sedi za naročitim stolom, i uz njega dva potpredsednika. Do njegovog stola je sto za članove vlade, malo dalje sto za sekretare kluba. Prvo jedan sekretar prozove sve redom a zatim se počinje ozbiljan rad.

— Neka ustanu svi koji imaju da igraju uloge opozicionara! — naredi predsednik.

Ustade njih nekoliko.

Sekretar izbroja sedam.

— Kud je osmi? — pita predsednik.

Niko se ne javlja.

Poslanici se počeše obazirati oko sebe, kao da bi svaki rekao: „Ja nisam; ne znam ko je taj osmi!"

Okreću se i ona sedmorica i traže očima svog osmog druga, dok se tek jedan priseti i uzviknu:

— A, pa ovaj ovde je dobio ulogu opozicionara.

— Ja nisam, šta me bediš!? — veli onaj ljutito, a gleda u zemlju.

— Pa ko je? — pita predsednik.

— Ne znam.

— Jesu li svi tu? — pita predsednik sekretara.

— Svi.

— Do đavola, pa mora neko biti!

Niko se ne javlja. Opet se svaki stade okretati oko sebe, pa čak i onaj koga prokazaše.

— Neka se javi koji je!

Niko se ne javi.

— Ti si, što ne ustaješ? — reče predsednik onome osumnjičenom.

— On je, on je! — uzviknuše ostali i čisto odahnuše, kao čovek koji skine s leđa veliki teret.

— Ja ne mogu da igram ulogu opozicionara — jeknu onaj grešnik očajno.

— Kako ne možeš? — pita predsednik.

— Neka bude drugi opozicionar.

— To je svejedno, ko bilo.

— Ja volim da sam uz vladu.

— Ama ti si, u stvari, uz vladu, nego tek forme radi mora neko predstavljati opoziciju.

— Ja neću da predstavljam opoziciju, ja sam uz vladu.

Predsednik se uze objašnjavati s njim nadugačko i naširoko i jedva ga privoli, pošto mu jedan od ministara obeća neku bogatu liferaciju gde se može mnogo zaraditi.

— No, hvala bogu! — uzviknu predsednik sav znojav, zamoren. — Sad ih imamo osmoricu.

Dok se predsednik i vlada objasniše s osmim opozicionarom, te ga jedva privoleše, ona sedmorica sedoše.

— E, sad ustanite svi opozicionari! — reče predsednik zadovoljno i otre znoj sa čela.

Stoji samo onaj jedan.

— Ta šta to znači, gde su sad ostali? — viknu predsednik, van sebe od ljutine.

— Mi smo uz vladu! — gunđaju ona sedmorica.

— E, baš je oskudica u ovoj opoziciji! — uzviknu očajno ministar policije.

Nastade tišina, dosadna, mučna tišina.

— Uz vladu ste — poče sada ljutito ministar policije. — Pa da niste uz vladu, ne bih vas ja ni izabrao! Hoćete, valjda, da sad mi ministri igramo uloge opozicije? Idućih izbora nećete mi vi doći. U tih osam mesta ja ću ostaviti da narod sam bira, pa ćemo bar imati istinske opozicionare!

Najzad, posle dugog objašnjenja, i pošto svakome obećaše po štošta, pristadoše i ona sedmorica da uzmu na se te mučne uloge. Nekom obećaše položaj, nekom veliku zaradu, tek svaki dobi nagradu za tako krupne usluge vladi, kojoj je stalo do toga da skupština koliko-toliko izgleda istinska.

Kad se sve to srećno svrši i otkloni se najteža prepona, predsednik uze slišavati opozicionare.

— Šta je tvoja uloga? — pita prvog.

— Moja je uloga da interpelišem vladu što se državne pare troše uludo.

— Šta će na to vlada odgovoriti?

— Vlada će reći da je to zbog oskudice u novcu.

— Šta ti imaš na to da kažeš?

— Ja na to imam da kažem da sam sa odgovorom vlade potpuno zadovoljan i da molim desetoricu poslanika da me potpomognu.

— Sedi! — reče predsednik zadovoljan.

— Kakva je tvoja uloga? — pita drugog.

— Ja imam da interpelišem vladu što su neki činovnici dobili velike položaje preko reda i imaju po nekoliko velikih plata i mnogih dodataka, dok su drugi, sposobniji i stariji činovnici, u malom položaju i ne unapređuju se toliko godina.

— Dobro, šta na to ima vlada da odgovori?

— Ministri će na to reći da su unapređivali preko reda samo svoje najbliže rođake i ljude za koje su se zauzimali njihovi prisni prijatelji, i nikog više.

— Šta ćeš ti na to reći?

— Na to ću reći da sam sa odgovorom vlade potpuno zadovoljan.

Predsednik pita trećeg šta je njegova uloga.

— Ja imam da napadnem najoštrije vladu što zaključuje zajam pod nepovoljnim uslovima, kad su finansijske prilike u zemlji i inače teške.

— Šta će vlada odgovoriti?

— Vlada će reći da joj trebaju pare.

— Šta ćeš ti na to?

— Ja ću reći da sam tako jakim razlozima potpuno ubeđen i da sam sa odgovorom zadovoljan.

— Šta ti imaš? — pita četvrtog.

— Da interpelišem ministra vojnog što vojska gladuje.

— Šta će on reći?

— Nema šta da jede!

— A ti?

— Potpuno sam zadovoljan.

— Sedi.

Tako presliša i ostale opozicionare, i onda pređe na skupštinsku većinu.

Ko je naučio svoju ulogu bude pohvaljen, a oni što uloge nisu naučili ne smeju doći u skupštinsku sednicu.

Zbog nepovoljnih prilika u zemlji narodno predstavništvo je moralo u prvim sednicama pristupiti rešavanju najhitnijih stvari. Vlada je tako isto pravilno razumela svoju dužnost, te je, da se ne bi dangubilo u sitnim pitanjima, odmah iznela na rešavanje zakon o uređenju morske flote.

Kad sam čuo o tome, upitam jednog poslanika:

— Vi imate mnogo morskih ratnih brodova?

— Nemamo.

— Koliko ih svega imate?

— Zasad nemamo nijedan!

Ja se zaprepastih od čuda. On to primeti, pa i njemu bi to čudno.

— Šta vam je to čudno? — upita me.

— Slušam da ste doneli zakon o...

— Jest — prekide me on — doneli smo taj zakon o uređenju flote, to je bilo potrebno, jer ni do danas nemamo tog zakona.

— Dopire li Stradija do mora?

— Zasad ne.

— Pa našto onda taj zakon?

Poslanik se nasmeja i dodade:

— Naša se zemlja, gospodine, graničila nekad sa dva mora, a naši su narodni ideali da Stradija bude ono što je nekad bila. Mi na tome, vidite, radimo.

— E, to je nešto drugo — rekoh kao izvinjavajući se. — Sad razumem, i mogu slobodno reći da će Stradija zaista postati velika i moćna, dokle god se za nju tako iskreno i svojski starate i dokle god bude imala tako mudru i rodoljubivu upravu kao sada.

———

Sutradan čujem da je kabinet pao. Na sve strane, po ulicama i mehanama i privatnim stanovima, razleže se vesela pesma. Već sa sviju strana Stradije počinju dolaziti deputacije da u ime naroda pozdrave novu vladu. Mnogi listovi prepunjeni depešama i izjavama odanih građana. Sve su te izjave i čestitke nalik jedna na drugu, gotovo reći razlika je samo u imenima i potpisima. Evo jedne:

Predsedniku Ministarskog saveta, Gospodinu...

Gospodine predsedniče,

Vaše rodoljublje i velika dela u korist naše drage otadžbine poznati su širom cele Stradije. Narod ovoga kraja pliva u veselju i radosti zbog dolaska Vašeg na upravu zemaljsku, jer je svaki tvrdo ubeđen da ste Vi sa vašim drugovima jedini u stanju da zemlju našu izvedete iz ovih mučnih i teških prilika, iz ove bede u koju je baciše rđavim i nepatriotskim radom Vaši prethodnici.

Kroz suze radosti kličemo: Živeli!

U ime pet stotina potpisa
(potpis jednog trgovca).

Ili izjave, obično ovakve:

Do danas sam bio privrženik prošlog režima, ali kako sam se danas, dolaskom novog kabineta, potpuno uverio da je prošla vlada radila na štetu zemlje, i kako je sadašnji kabinet jedini u stanju da zemlju povede boljim putem i ostvari velike narodne ideale, to izjavljujem da ću od danas svim silama potpomagati današnju vladu i da ću svuda i na svakom mestu osuđivati prošli zloglasni režim, koga se gnušaju svi pošteni ljudi u zemlji.

(Potpis)

U mnogim novinama, u kojima sam do tog dana čitao članke u kojima se hvali svaki postupak prošle vlade, sad vidim članke u kojima se najoštrije osuđuje prošla vladavina, a u zvezde kuje nova.

Kad sam uzeo te listove i pregledao brojeve od početka godine, video sam da se dolaskom svake vlade ponavlja sve jedno te jedno. Svaka nova vlada bude na isti način pozdravljena kao jedina valjana, a svaka prošla osuđena i nazvana izdajničkom, gadnom, štetnom, crnom, gnusnom.

Pa i izjave i čestitke iste, od istih ljudi, svakom novom kabinetu, a i u deputacijama su stalno isti ljudi.

Činovnici naročito žure s izjavama odanosti svakoj novoj vladi, sem ako koji sme da protivnim postupkom dovede u opasnost svoj položaj i da reskira službu. Takvih je malo, i o njima javno mnjenje ima vrlo rđavo mišljenje, jer kvare tako lep običaj koji u Stradiji postoji već od dužeg vremena.

Razgovarao sam s jednim dobrim činovnikom o jednom njegovom drugu koji ne htede čestitati novoj vladi dolazak na upravu, te je zbog toga otpušten iz državne službe.

— Izgleda pametan čovek — rekoh.

— Budala! — odgovori ovaj hladno.

— Ne bih rekao!

— Ta ostavite, molim vas, zanesenjaka. Voli da gladuje s porodicom nego da, kao svi drugi pametni, gleda svoja posla.

Koga god bih upitao, dobijem tako isto mišljenje o takvim ljudima, pa čak ih svet gleda sa sažaljenjem, ali i prezrenjem.

———

Kako je nova vlada imala neke svoje hitne poslove, a potrebno joj je bilo da joj narod preko poslanika izjavi puno poverenje i u isti mah da osudi rad prošle vlade i skupštine, to zadržaše iste poslanike.

Ovo me jako iznenadi, te naročito nađem jednog od poslanika i povedem s njim razgovor:

— Bez sumnje će kabinet pasti, pošto ostaje ista skupština? — upitam.

— Ne.

— Znam, ali kako će vlada imati puno poverenje ove skupštine?

— Izglasaćemo!

— Onda biste morali osuditi rad prošle vlade, pa i vaš. To znači osuditi svoj rad!

— Koji naš rad?

— Rad vaš sa prošlom vladom?

— Osudićemo prošlu vladu!

— Znam, ali kako ćete to vi, isti poslanici, kad ste do juče pomagali prošlu vladu?

— Ne menja stvar.

— Ne razumem!

— Vrlo prosto i jasno! — reče ravnodušno.

— Čudnovato!

— Ništa nije čudno. Neko će to morati uraditi, pa bilo mi, bilo drugi poslanici. Vladi treba samo ta formalnost. To je tako zavedeno valjda po ugledu na ostale strane zemlje, ali, u stvari, skupština i poslanici kod nas rade samo ono što hoće vlada.

— Pa našto onda skupština?

— Ta je l' vam kažem, samo radi forme, koliko da se kaže da u našoj zemlji ima i toga, i da vlada izgleda parlamentarna.

— E, sad tek razumem! — rekoh još više iznenađen i zbunjen odgovorom.

————

I, zaista, poslanici su pokazali da umeju ceniti svoju otadžbinu, jer za nju žrtvovaše i svoj lični ponos i obraz.

— Život su naši stari žrtvovali za ovu zemlju, a mi se još predomišljamo da li za nju samo čast svoju da žrtvujemo! — uzviknuo je jedan poslanik.

— Tako je! — odjeknu sa sviju strana.

Poslovi su u skupštini tekli žurno.

Prvo, novoj vladi izglasaše puno poverenje i osudiše rad prošle, a zatim vlada iznese pred Narodno predstavništvo predlog da se u nekoliko zakona učine izmene.

Predlog se primi jednoglasno, i usvojiše predložene izmene u zakonima, jer su zakoni bez tih izmena i dopuna smetali nekolicini ministarskih rođaka i prijatelja da zauzmu neke više položaje u državnoj službi.

Najzad se unapred odobriše svi izdaci koje će vlada učiniti preko budžeta, i onda se skupština raspusti, i poslanici, umorni od državnog posla, odoše kućama da se odmore, a članovi kabineta, pošto srećno prebrodiše sve prepone, i zadovoljni punim narodnim poverenjem, prirediše svečanu drugarsku večeru da se uz čašu vina, u veselju, i sami odmore od teških briga oko uređenja zemlje.

————

Sirota nova vlada odmah je morala misliti, a tome zanatu ministri u Stradiji nisu vični. Iskreno da govorimo, nekoliko dana su se junački, ponosno držali; dok je trajalo i poslednje pare u državnoj kasi, oni su prekodan vesela i vedra lica primali silne deputacije iz naroda i držali dirljive govore o srećnoj budućnosti mile im i napaćene Stradije; a kad noć padne, onda se prireduju sjajne i skupocene gozbe, gde se pije, peva i drže se rodoljubive zdravice. Ali kad se državna kasa potpuno isprazni, počeše gospoda ministri ozbiljno misliti i dogovarati se šta da se preduzme u tako očajnom položaju. Već za činovnike je lako, oni su i inače naviknuti da plate ne primaju po nekoliko meseci; penzioneri su stari ljudi, dosta su se i naživeli; a vojnici, razume se samo po sebi, i treba da se naviknu na muke i nevolje, pa nije zgoreg da i glad junački trpe; liferantima, preduzimačima i svakom drugom dobrom građaninu srećne Stradije lako je reći da isplata njihovih računa nije ušla u ovogodišnji državni budžet. Ali, nije lako za ministre; jer oni, razume se, treba da plate da se o njima dobro govori i piše. Nije lako još i za vazda drugih prečih stvari, jer ima dosta stvari koje su preče od Stradije.

Zabrinuli se, i došli na misao da treba osnažiti privredu, te se zbog toga rešiše da zemlju zaduže povećim dugom; ali kako se oko zaključivanja toga zajma mora potrošiti dosta novaca za skupštinske sednice, za putovanja ministarska u strane zemlje, to ministri rešiše da pokupe za tu celj sve depozite državnih kasa, gde je deponovan novac privatnih lica, da na taj način pomognu otadžbini koja cvili u nevolji.

U celoj zemlji nastala pometnja: u nekim listovima se govori o krizi ministarskoj, u nekim kako je vlada već povoljno svršila pregovore o zajmu, u nekim i jedno i drugo, a vladini listovi pišu kako nikad zemlja nije bila u boljem blagostanju.

Sve više i više stade se govoriti o tom spasonosnom zajmu, novine sve više i više puniše svoje stupce raspravljanjem toga pitanja. Nastade na sve strane jako interesovanje i zamalo te dođe dotle da gotovo stadoše svi poslovi. I trgovci i liferanti i činovnici i penzioneri i sveštenici, sve je to u nekom grozničavom, napregnutom očekivanju. Na sve strane, na svakom mestu samo se o tome govori, zapitkuje, nagađa.

Ministri trče čas u ovu, čas u onu stranu zemlju; čas jedan, čas drugi, čas po dva-tri zajedno. Skupština na okupu, te se i tamo debatuje, rešava, i najzad odobriše da se zajam zaključi pošto-poto, i odoše svaki svojoj kući, a očajna radoznalost sve veća i veća u javnom mnjenju.

Sretnu se dvojica na ulici, pa mesto pozdrava odmah:

— Šta je sa zajmom?

— Ne znam!

— Pregovaraju?

— Sigurno!

Ministri sve jače učestali pohađati strane zemlje i vraćati se natrag.

— Došao ministar? — pita jedan.

— I ja čujem.

— Šta je učinjeno?

— Valjda povoljno!

Dok, jedva jednom, objaviše vladini listovi (vlada uvek ima po nekoliko listova, upravo svaki ministar svoj list — jedan, ili dva) da je vlada dovela do kraja pregovore sa stranom jednom grupom, i da su rezultati vrlo povoljni.

S pouzdanošću možemo potvrditi da će za koji dan zajam biti potpisan i novac uvezen u zemlju.

Svet se malo smiri, ali vladini listovi javiše da će za dva-tri dana doći u Stradiju punomoćnik te bankarske grupe g. Horije, te tu potpisati ugovor.

Sad tek nastade usmeno i pismeno prepiranje; zapitkivanje, očekivanje, suvišna, nervozna radoznalost i silno polaganje nade u tog jednog stranca, koji se očekivaše da spase zemlju, behu dostigli vrhunac.

Ni o čemu se drugom i ne govori i ne misli do o tom Horiju. Pronese se glas da je prispeo i odseo u tom i tom hotelu, i masa radoznala sveta, i muškog i ženskog, i starog i mladog, jurne hotelu, jurne tako žurno i besomučno da stare i slabije izgaze i izgruvaju.

Pojavi se na ulici kakav stranac, putnik, i tek neko rekne drugom:

— Gle, stranac neki! — i pogleda druga značajno, licem i pogledom kao da ga pita: „Da nije to Horije?”

— Da nije on? — veli onaj drugi.

— I ja nešto mislim.

Sa sviju strana posmatraju stranca i zaključe da će baš on biti. Pronesu posle tu vest kroz varoš da su videli Horija, i ta vest se tako brzo pronese i prostruji kroz sve slojeve društva da će posle jednog-dva časa cela varoš s pouzdanjem tvrditi da je on tu, da su ga ljudi lično videli i s njim govorili. Ustumarala se policija, uznemirili se ministri, pa trče na sve strane da se sa njim sastanu i ukažu mu poštovanje.

Nema ga.

Sutradan donose listovi da jučerašnja vest o dolasku Horijevom nije istinita.

Dokle je to došlo, videće se iz ovog događaja.

Jednog dana išao sam na stanicu gde staje jedna strana lađa.

Prispe lađa i počeše izlaziti putnici. Ja se nešto zagovorio s jednim poznanikom, dok, odjednom, masa sveta se povi ka lađi tako silno da me umalo jedan što se zatrčao ne obori.

— Šta je to?

— Ko je? — stadoše mnogi jedan drugog zapitkivati.

— On! — odgovaraju.

— Horije?

— Jest, došao!

— Gde je, kamo ga! — žubori masa i nastade guranje, tiskanje, propinjanje, zveranje, svađa; svaki hoće da priđe bliže.

Zaista primetim jednog stranca koji je molio i zapomagao da ga puste jer ima žurna posla. Jedva čovek govori, stenje upravo, potisnut i zgnječen radoznalom svetinom.

Policajci su odmah razumeli svoju pravu dužnost i odjuriše da o dolasku njegovom izveste ministra predsednika, ostale članove vlade, predsednika opštine, glavara crkve i ostale velikodostojnike zemaljske.

I, zamalo, a u masi se začuše glasovi:

— Ministri, ministri!

I ministri se doista pojaviše sa svima velikodostojnicima zemlje Stradije. Svi u svečanom ruhu, sa svima lentama i silnim ordenima, a sve ne nose u redovnim prilikama, već po nekoliko samo. Masa se rasklopi na sve strane, i tako stranac ostade sam u sredini, s jedne strane, a s druge se strane pojaviše ministri idući mu u susret.

Ministri se zaustaviše na pristojnoj daljini, skidoše kape i prikloniše se do zemlje. To isto uradi i masa. On izgledaše nešto zbunjen, preplašen, a u isto vreme jako začuđen, ali se s mesta nije micao, stajao je nepomično, kao statua. Ministar predsednik istupi jedan korak još napred i otpoče:

— Vrli stranče, tvoj dolazak u našu zemlju istorija će zabeležiti zlatnim slovima, jer taj znameniti dolazak čini epohu u našem državnom životu; tvoj dolazak donosi srećnu budućnost našoj miloj Stradiji. U ime cele vlade, u ime celog naroda, ja te pozdravljam kao spasitelja našeg, i kličem: živeo!

— Živeo! Živeo! — prolomi se vazduh od usklika iz hiljade grla.

Zatim glavar crkve otpoče pevati pobožne pesme, i zabrujaše zvona na hramovima glavnog grada zemlje Stradije.

Kad se i taj deo zvaničnog dočeka svrši, onda ministri, sa ljubaznim osmehom na licu, s poniznošću priđoše strancu, rukovaše se redom, pa se ostali izmakoše i stadoše gologlavi s priklonjenim glavama, a ministar predsednik uze njegov kufer u naručje, s nekim strahopoštovanjem, a ministar finansija, opet, štap znamenitog čoveka. Poneše te stvari kao kakve svetinje. Kufer je, razume se, i bio svetinja, jer je u njemu sigurno sudbonosni ugovor; upravo, u tom kuferu beše, ni manje ni više, već budućnost, srećna budućnost cele jedne zemlje. Zato je, dakle, ministar predsednik, znajući šta nosi u svojim rukama, izgledao svečan, preobražen, ponosit, jer u svojim rukama nosi budućnost zemlje Stradije. Glavar crkve, kao čovek Bogom obdaren velikim duhom i umom, odmah je i sam uvideo važnost toga kufera, te sa ostalim prvosveštenicima opkruži ministra predsednika, i zapevaše pobožne pesme.

Sprovod se krete. On i ministar finansija napred, a kufer u naručju ministra predsednika, opkružen prvosveštenicima i gologlavim narodom, za njima. Ide se lagano, svečano, nogu pred nogu, pevaju se pobožne pesme, a zvona zvone i pucaju prangije. I tako lagano glavnom ulicom, idući domu ministra predsednika. I kuće i kafane i hramovi i kancelarije, sve se ispraznilo, sve je živo izišlo da sudeluje u tom epohalnom dočeku velikog stranca. Čak ni bolesnici ne izostadoše; i oni su izneti iz stanova da vide tu retku svečanost; čak i iz bolnica sve bolesnike izneli na nosilima, pa i njima čisto seknula boljka: lakše im kad pomisle na sreću svoje mile otadžbine; i deca na sisi izneta, i ona ne plaču, već upiljila svoje očice u velikog stranca kao da osećaju da se ta sreća za njih sprema.

Dok stigoše do kuće ministra predsednika, već i veče pade. Stranca više uneše nego što ga uvedoše u kuću; uđoše svi ministri i velikodostojnici, a masa ostade da pilji radoznalo u prozore, ili prosto da blene u kuću.

Sutradan počeše da stižu deputacije iz naroda da pozdrave velikog stranca, a već još u zoru pred kuću ministra predsednika dokrckaše lagano teško natovarena kola raznih odlikovanja za vrlog stranca.

Stranac je, razume se, odmah izabran za počasnog predsednika ministarstva, za počasnog predsednika opštine, Akademije nauka i sviju mogućih humanih društava i udruženja u Stradiji, a njih ima sijaset, pa čak i Društvo za osnivanje društava. Sve ga varoši izabraše za svog počasnog člana, svi ga esnafi priznadoše za dobrotvora, a jedan puk vojske u počast njegovu prozva se „Silni puk Horijev".

Svi listovi ga pozdraviše dugim člancima, mnogi doneše njegovu sliku. Mnogi činovnici behu u počast toga dana unapređeni, mnogi policajci i odlikovani i unapređeni, mnoga nova nadleštva otvorena i novi činovnici postavljeni.

Već dva dana kako traje burno veselje po celom gradu. Svira muzika, zvona zvone, pucaju prangije, bruje pesme, rasipa se piće.

Trećeg dana, ministri, iako mamurni od veselja, moradoše žrtvovati odmor tela svog za sreću zemlje i naroda, te se iskupiše u punu sednicu da sa Horijem završe pregovore o zajmu i potpišu taj epohalni ugovor.

Najpre, kao uvoda radi, počeli su privatan razgovor (u veselju zaboravih reći da se kufer čuva pod jakom stražom).

— Hoćete li duže ostati ovde? — pita ga ministar predsednik.

— Dokle god ne svršim posao, a on će duže trajati!

Ministre zbuni ta reč „duže".

— Mislite, duže će trajati?

— Na svaki način. Takav je posao.

— Nama su vaši uslovi poznati, a i vama naši, te držim da neće biti nikakvih smetnji! — reče ministar finansija.

— Smetnji? — reče stranac uplašeno.

— Da, držim da ih neće biti!

— I ja se nadam!

— Onda možemo odmah potpisati ugovor! — reče ministar predsednik.

— Ugovor!

— Da!

— Ugovor je potpisan; i ja ću se još sutra krenuti na put; a, pre svega, ja ću vam i sada i dovek biti zahvalan na ovakvom dočeku. Iskreno da vam kažem, ja sam zbunjen, još nisam dovoljno svestan šta je sve sa mnom. Doduše, u ovoj sam zemlji sad prvi put, ali nisam mogao ni sanjati da ću kao nepoznat ma gde biti ovako dočekan. Ja još držim da sanjam.

— Potpisali ste, dakle, ugovor? — viknuše svi u jedan glas, oduševljeno.

— Evo ga! — reče stranac i izvadi iz džepa tabak hartije na kome je ugovor, i uze čitati na svom jeziku. Ugovor je bio između njega i jednog šljivarskog trgovca iz unutrašnjosti Stradije, gde se onaj obvezuje da mu liferuje toliku i toliku količinu šljiva za kuvanje pekmeza, do tog i tog dana...

Šta se u jednoj civilizovanoj i pametnoj zemlji i moglo drugo učiniti, već da se stranac, posle tako glupog ugovora protera iz Stradije, tajno, a posle tri dana da vladini listovi donesu belešku:

Vlada energično radi na ostvarenju novog zajma i svi su izgledi da ćemo još do kraja ovog meseca primiti jedan deo novca.

Svet se malo raspitivao o Horiju, pa prestade, a zatim opet sve po starom.

———

Kad sam uzeo razmišljati o ovom poslednjem događaju, neobično mi se dopadaše opšta harmonija u Stradiji. Ne samo što su ministri simpatični i valjani, već sam primetio da je i glavar crkve uman i duhovit čovek. Ko bi se mogao u zgodnom trenutku, upravo najsudbonosnijem trenutku, kad se rešava sudbina zemlje, setiti da zapeva pobožne pesme nad kuferom onog pekmezara i da time moćno pomogne trudoljubivoj vladi u velikim podvizima. Kod tako složnog rada mora biti sreće.

Odmah se rešim da prvom prilikom odem mudrom ocu, glavaru crkve, te da izbliže poznam tog velikog Strađanina.

Moderni ustanak

Bože moj, šta sve meni u snu ne dođe! Sanjaju, bez sumnje, i drugi ljudi lude i glupe snove, ali ih valjda ne pišu, a ja, odnekud, imam tu maniju, pa čim prosanjam kakav čudan san, a ja odmah pero u ruku, pa piši: da bih dao prilike da se i drugi čude.

Zaspao sam uveče mirnim i dubokim snom, i san me prenese u doba od pre sto godina, ali samo što to doba nije onakvo kako ga i ja i svi mi znamo iz istorije, već sasvim drugojačije. Jedno što je u mom snu jednako sa ondašnjim vremenom to je što Srbija kao nije oslobođena i njom vladaju Turci. Osećao sam se kao da ne sanjam, već kao da je sve na javi. Turci vladaju Srbijom, imaju, kao ministarstva, nadleštva, uređenje, činovnike, sve, sve, kao mi danas. Beograd isti kao i ovo danas: iste ulice, iste kuće, isto sve, samo što su na mnogim radnjama i državnim zgradama turski natpisi, a po ulicama puno Turaka, i mi Srbi, isti ovi koji smo i danas, srećemo se s njima i pozdravljamo:

— Servus, Jusufe!

— Servus!

To je pozdrav s njihovom fukarom, najnižom klasom, a, već, kad prođe ko od boljih, ili čak vlast, onda se klekne na kolena, skine kapa, i obori pogled zemlji. Što je najčudnije, ima i Srba u turskoj policiji. Budi bog s nama, ali to mi u snu nije nimalo bilo čudno.

Ministri i velikodostojnici prolaze ulicom u čalmama, s dugim čibucima, laganim hodom, namršteni. Sve metaniše i klanja pred njima, a oni bi tek ovog, onog udostojili blagovoljenjem i pažnjom što bi ga čvrknuli po glavi čibukom i dopustili mu da im na toj počasti svesrdno i ponizno zahvali.

Mi isti ovi, mi današnji, samo što, kao, nismo slobodni građani kao danas, već raja što strepi i za glavu i porodicu i imanje svoje.

Turci nas nimalo ne štede. Jedne od nas hapse, neke okivaju u teške okove, neke progone, neke izgone iz državne službe, i kakve još zulume ne izmišljaju za nas, vernu i poslušnu raju.

Tako isto iz unutrašnjosti Srbije stižu neprestano crni glasovi kako su nekog iz naroda nasilno lišili imanja, nekome za porez prodali i kuću i kućište, pa mu još opalili pedest degeneka, nekog ubili, nekog na kolac nabili, nekog prognali iz mesta rođenja. Kneževe okivaju i hapse samo ako dignu glas protivu nasilja, pa uzimaju druge, koji turskim svirepim vlastima idu na ruku; u svete hramove uvode svoje pandure, te kamdžijama biju sveštenike koji god ne bi pomagali tursko nevaljalstvo.

— Dokle ćemo trpeti ovo nasilje i zulume? — upita me, kao, na ulici jednom neki moj dobar poznanik, koga su Turci tek pre dva-tri dana pustili iz tamnice. To je (tako sam ga u snu poznavao) siromašan, hrabar i odvažan čovek, ali je zbog svog ponašanja prema Turcima mnogo patio i stradao, te su ga mnogi Srbi izbegavali da zbog druženja s njim ne navuku na sebe mržnju Turaka.

— The, šta će čovek da čini?! — procedim kroza zube i obazrem se na sve strane da ko ne sluša naš razgovor.

— Kako: šta će čovek da čini?! — upita on mene i pogleda me oštro u oči.

— Tako, šta može da se radi?

— Da se bijemo! — reče on.

Meni kao da neko potkosi noge, te se čisto zanijah i od straha jedva promucam:

— S kim!?

— S Turcima, ja s kim drugim? — opet će onaj oštro.

Zaigraše mi raznobojni kolutići pred očima i, od nekog straha, nehotično stuknem nazad.

— Ali, ali... a... ali... — počnem mucati.

— Šta ali, nema tu ali, treba se biti, pa kvit! — viknu moj poznanik ljutito, pa me ostavi i ode.

Stajao sam dugo na tom mestu kao okamenjen od čuda. Nisam mogao da se priberem. Uto naiđe drugi jedan od mojih dobrih prijatelja. Pozdravi se i začudi ga moja zabrinutost, zbunjenost.

— Šta ti je? — upita.

Ispričam mu razgovor s prvim poznanikom.

On se nasmeja glasno i udari me rukom po ramenu.

— Ha, ha, ha, ha!... Pa zar ti ne znaš njega?... Ha, ha, ha!... Zar ne pamtiš da je on uvek bio tako na tri ćoška!... Šta kaže: da se bijemo!... Ha, ha, ha, ha! Lepo, bogami! Ni manje ni više, nego vas dvojica objavite turskoj carevini rat!... Ha, ha, ha, ha!... Bože moj, luda čoveka! — reče mi prijatelj, a zasuzio od slatkog smeha.

— Čudan čovek! — rekoh.

— Lud, nije čudan. Hoće on da ispravi krivu Drinu i da se boči s Turcima! To je lud čovek. Šta mu je to koristilo! Hapšen, okivan, bijen, to mu je sav ćar; a već što je upropastio i sebe i svoju porodicu, to da ne računam. Ima još takvih zanesenjaka; neka se teši što ima još ko da mu pravi društvo! — primeti moj prijatelj, pa se, tek, opet zasmeja: — Ha, ha, ha, ha!... Rat sultanu, pa to ti je! — izgovori, pa opet udari u smeh.

Dođe i meni cela stvar smešna, te se uzesmo oba smejati.

———

Čudan je san, jer u njemu ništa nije tačno opredeljeno; i, što je najlepše, čoveku sve to izgleda prirodno, istinito. Tako je i sa mnom bilo u ovom snu.

Kao, u Beogradu sam, a u isto vreme i u nekim planinama, po brdima, sa ljudima iz naroda, a u šumi mračnoj, prostranoj, usamljen, skriven jedan lepo namešten, elegantan hotel.

Onaj moj poznanik, nemirni i ratoborni, pozvao je, kao, nas trideset viđenih ljudi iz sviju krajeva, da se dogovorimo šta da se radi od zuluma turskog. Turci su počeli iz dana u dan, s časa na čas, činiti sve veća i veća zla, tako da smo se morali ozbiljno zabrinuti i razmisliti: šta da se čini u toj opštoj narodnoj nevolji.

U jednoj prostranoj sobi toga nekog hotela iskupilo se nas desetak i razgovarali smo, uz melanž, o običnim, svakodnevnim stvarima, čekajući na ostale.

Ja sam, kao, profesor u nekoj školi, te sam pričao kako ću idućeg časa predavati o Toričelijevim cevima, jedan trgovac je pričao kako mu Turci mnogo više pazare u dućanu nego Srbi, jedan, opet, ne znam šta beše, priča kako je juče udario mačku, pa prebio tako divan štap; ali će ga, veli, opraviti. Jedan seljak ispriča kako mu krmača jede piliće, pa se čudi čovek šta s njom da radi, a dobra krmača, od dobre pavrzme.

I tako smo mi razgovarali, a jedan po jedan dolazaše do onih viđenijih koji su pozvati na ovaj važan tajni dogovor.

Dođe još desetak, i malo postoja, pa počeše stizati vizitkarte sa sadržajima: *Ne mogu doći zbog važna posla. Na sve što budete rešili pristajem; Sprečen sam poslom; pristajem na sve što rešite; Moram ići krojaču da probam odelo; izvinite me za danas; Žao mi je što ne mogu doći, jer moram ići na stanicu da dočekam tetku. Javila je da danas vozom dolazi* — i, već, vazda je bilo važnih razloga koji sprečiše i ostale pozvane viđenije ljude da ne dođu na ovaj sastanak.

Kad se nije imalo više na koga već očekivati, ustade sazivač, i uzdrhtalim glasom poče:

— Nisu svi došli. Nisu hteli, ili nisu smeli, svejedno. Možemo i nas dvadeset i u dvadeset krajeva naše zemlje mnogo učiniti. Zulum i nasilje tursko prevršili su svaku meru. Dalje se ovo ne sme, niti može trpeti. Nijednome od nas nije sigurna glava na ramenu, a kamoli imanje. Pa zar ćutke i skrštenih ruku i pognute glave da čekamo kada će na nas doći red da nam se glava kotrljne po ledini, ili ćemo prezreti čast naših porodica, pa pustiti Turke, radi života svoga i komada hleba, da nam kćeri i žene beščaste, da nam ruše crkve, da nas biju kamdžijama po putu; ili ćemo, možda, još laskati tim neljudima i hvaliti njihov zulum da bismo mogli ugodno živeti. A našto i taj život, koji ne može biti častan? Našto nam svila i zlato kad izgubimo i veru i narodnost, i čast i obraz? Ne, braćo, ovako se više ne da trpeti. To dalje ne sme ostati.

— Ne sme ostati!... Koješta. Lako je to reći: ne sme ostati, al' ko ti to sluša. Šta možeš da radiš? Govoriš kao da si ruski car, pa tek samo vikneš Turcima: „Tako ne sme više biti", a oni svi pred tobom na kolena. Pitam ja tebe: šta ćeš ti i ja i mi svi da radimo? — prekide mu reč jedan od nas, koji se odlikovaše mudrošću i opreznošću.

— Mnogo mi možemo; i ako mi zatražimo da bude bolje, bolje će i biti. Naša želja može u času postati zapovest.

Nekoliko viđenih slegoše ramenima i izrazom lica, zagledajući se kao da se pitaju i odgovaraju jedan drugom zaprepašćeni od čuda: „Šta je ovom čoveku?"... „Bog bi ga sveti znao!" Opet izmenjaše poglede, i sad je izraz lica govorio: „Lud čovek!"

Jedan ga je, opet, sedeći prema njemu nalakćen na sto sa poluotvorenim očima, gledao, upravo merio, nekako tužno, ne govoreći ništa, dugo, pa tek onda otvori oči malo više i pogleda ga prezoko nekako prezrivo, sa omalovaženjem, pa procedi kroz zube tromo i razvučeno:

— The...! — zatim okrete glavu u stranu i uze s nekom dosadom lupkati prstima po stolu.

— Razgovaramo se! — reći će opet jedan iz ugla ironično.

Onaj što se najviše odlikovaše mudrošću i opreznošću ustade i stade pred našeg plahovitog druga, skrsti ruke na grudi, pa ga uze meriti od glave do peta, pa poče kao čovek pun iskustva koji govori s nerazumnim mladićem:

— Lepo, molim te, što smo mi ovde došli i šta ti hoćeš?

— Mi smo došli da se posavetujemo kako ćemo jednom učiniti kraj ovoj tiraniji, ovom nasilju turskom. Ovde smo se probrali najviđeniji iz cele zemlje, pa da zajednički potražimo leka! — odgovori mu sazivač odmerenim glasom, punim vere u dobro.

— Dobro, to i mi hoćemo.

— Pa kad hoćemo, šta više čekamo? Čuvamo, vajno, glave, a i njih ćemo pogubiti, ali onda kad izgubimo i ponos i obraz! — planu prvi i tresnu pesnicom o sto tako silno, da se mnogi izmakoše malo dalje.

— Robom ikad, grobom nikad! — dobaci neko.

— Ostavite vi ostali da mi najpre razgovaramo — reče oprezni nama, a zatim se opet okrete plahovitom s rečima: — Lepo, molim te, kaži ti meni šta misliš da treba raditi? — upita hladno, s puno takta.

— Da se bunimo protiv Turaka. Da krenemo ljude svaki u svom kraju, pa da ubijamo i mi njih, jer oni nas ubijaju te ubijaju. Drugog leka nema, niti ga može biti!

Jedni se nasmejaše na ove plahe, vatrene reči kao na detinjariju; jedni se bojažljivo obazreše oko sebe, a neki napraviše pakosne, zajedljive šale na račun tog neozbiljnog govora.

— Dobro, veliš da se bunimo? — pita oprezni.

— Da se bunimo! — odgovara onaj odlučno, a u očima mu seva varnica.

— S kim ćeš? Ded s kim ćeš?!

— Ja, ti, ovaj, onaj, mi svi mi, narod!

— Šta govoriš koješta?... Gde je narod, s kim si se dogovarao?

— S tobom, s ovim ljudima ovde.

— Pa šta smo mi?

— Kako, šta smo?

— Tako, pitam te!

— Ljudi.

— Jesmo ljudi, to vidim, nego koliko je nas ovde?

— Dvadeset.

— To mi kaži. Dvadeset, razume se, a to nije ništa! Ha, ha, ha!... Dvadeset!

— To je mnogo — jeknu plahoviti — jer nas dvadeset smaknemo dvadeset Turaka u dvadeset raznih krajeva, a svaki od nas može imati bar i po tri dobra i verna druga, a svaki od njih može to isto učiniti. Neka se samo počne, pa će posle prići još nezadovoljnika i osvetnika, kojima je život i inače omrzao. Neka se napravi lom i pokolj, pa šta bog da; sami će događaji, kad se počnu razvijati, ukazati pravi put kojim treba preći.

Mnogi se prezrivo nasmejaše, a oprezni su ga gledali ispod oka, klimajući glavom kao da ga sažaljevaju zbog takve nerazmišljenosti, pa će reći:

— To tako, tek, skočimo nas dvadeset, pa ubijemo dvadeset Turaka, a oni se ostali poplaše, pa neki uteknu u Aziju, neki poskaču u vodu.

— Svi ste vi kukavice! — viknu plahoviti i tresnu po stolu.

— Dobro, molim te, evo, ja pristajem na tvoj plan, pa neka pristanemo svi ovde. Dobro, to je dvadeset, i u najboljem slučaju neka skupi svaki od nas još deset druga, to je dvesta, pa pretpostavi da se desi redak slučaj — ali dobro, može i to biti — ubije svaki po dvojicu Turaka u svakom mestu; pa neka uz dvesta ljudi pristane još toliko, recimo; pa neka Turci stoje da ih još toliko poubijamo kao muve — pa šta je s tim učinjeno?

— Mnogo.

— Mnogo, ali zla po nas. Naljutimo samo Turke i sultana, pa onda gledaj kuda ćeš. Onda bi video, dragi moj, kako ti je mudar predlog.

— A valjda se narod neće pridružiti kad vidi započetu borbu? Nećemo ni mi leći na drum da nas Turci gaze, nego se tući iz zaseda.

— Narod, narod!... Govoriš kao dete. Ne ide to tako, brate moj! Da se tučeš! Lepo, ajde svi da se tučemo! A žene i decu da obesimo o klin? Ili da ih ostavimo da ih Turci peku? Eto, ti imaš dece, pa tako i drugi i treći. Sutra pogineš, a porodica?!

— Neće svi izginuti. Na to neću da mislim. Šta da bog!

— Pa o čemu da misliš?

— Da se bijem, pa na šta iziđe!

— Opet ti govoriš kao dete. Da se biješ, da se biješ, a ne misliš na posledice. Eto, i to da ti popustim; ajde, neka porodice niko ne dira, i još neka bude najbolji slučaj: da Turci pospe za mesec dana, pa da mi iskupimo i dvadeset hiljada boraca, pa s kim ćeš da ratuješ?... Kamo ti oružje, kamo barut, olovo, hrana za vojnike? Nemamo groša, ubita sirotinja, raja. Niti hleba, ni uz hleba, niti oružja, ni džebane — pa da se bijemo!

— Nađe se to kad ljudi pregnu! — veli oduševljeni.

— Nađe se. Lepo, eto i to pretpostavimo, iako je nemogućno. Dakle, imaš dvadeset hiljada vojnika sa dobrim oružjem, imaš topova i dobrih tobdžija, imaš hrane, džebane, svega. Ta šta?... Opet ništa. Grune carska vojska, pa nas pregazi za dan, i šta smo uradili? Zlo!... Toliki bi ljudi bili povešani i udareni na kolje, tolike porodice stavljene pod mač, a i ono što ostane trpeće gore muke negoli sada. Tako ti je to; a kamoli što od svega toga nema ništa; nego kidišemo nas nekoliko, pa il' ubiti koga il' ne ubiti, ali Turci pobiše sve nas i istrebiše do devetog kolena.

— Pa neka izginemo; i ovako nam život ne vredi!

— Nisi ti sam. Imaš ti svoju porodicu, ne pripadaš ti samo sebi, već moraš voditi račun i o porodici.

— Razume se: našto je to ginuti ludo bez sigurna uspeha? Pa još ne samo ginuti već ubijati svoju porodicu, o kojoj se moramo starati! — prihvati reč jedan.

— Ta o tome ne treba ni govoriti! — reče drugi.

— Ja da sam sâm, pa da ginem — jedanput se mre; ali imam majku samohranu! — reče treći.

— More, ti majku, a ja pored majke ženu i petoro dece! — veli četvrti.

— Ja imam sestru o kojoj se staram! — veli peti. — Nije mi za mene, al' bih i nju ubio svojom ludošću.

— Ja imam državnu službu i od toga hranim i stare roditelje i porodicu! Ne treba da me ubiju, nego samo da mi oduzmu tu koru hleba što je pošteno zarađujem, pa sam ubijen i ja i moja porodica. A, da se pita čovek, zašto sve to? Za ludost! Kud je bilo da dvadeset ljudi pokrenu rat s golom rajom protiv jedne carske i uređene silne vojske. Bolje bi mi bilo da uzmem pištolj, pa da se ubijem; i to je pametnije; bar mi onda ne bi porodicu dirali! — dokazuje šesti.

I ja sam, takođe, našao važan razlog zbog državne službe.

Jedan, opet, veli:

— Ja, doduše, jesam sam, ali imam i ja kao čovek svojih ličnih obaveza, koje mi smetaju. Svoju glavu ne žalim, ali za mudru stvar, a ne ginuti ludo i nanositi time štete opštoj stvari. Treba na tome raditi, ali smišljeno, oprezno.

— Tako je! — odobrismo.

— O tome, molim vas, ne može biti ni govora, bar u ovakvim prilikama kad zemljište nije spremljeno. To bi značilo podizati krov, a nemaš kuće. Nijednoga od nas nema kome na srcu ne leži dobro ove zemlje, pa baš zato treba raditi s planom, s organizacijom, postepeno, temeljno! To je tiha voda, ali breg roni. Nego, braćo, da ostavimo mi na stranu ono što je nemogućno, pa da vidimo šta se u ovim mučnim danima može učiniti; da se o svemu dogovorimo, i da dobro razmislimo o svemu — uze razlagati onaj mudri i oprezni.

— Tako je! — odobrismo od sveg srca valjane razloge stišana, ozbiljna čoveka, puna iskustva i diplomatskog tona.

— Ustanak dići, to je stvar velika i krupna, ali treba imati na umu i moći predvideti sve posledice, bilo dobre ili rđave, po naš narod, pa tačno opredeliti ima li smisla baciti toliko žrtava, ili je bolje i pametnije odložiti to za zgodniji momenat. Pa i to razmisliti onda kad je već ustanak pripreman decenijama godina. A sad nek vidi naš poštovani drug šta tu sve treba, ako mi mislimo pametno početi:

1) Treba osnovati naročiti odbor, i u svakom mestu pododbore, koji imaju da pripremaju i, upravo, vaspitavaju narod za ustanak;

2) Treba tajno skupljati od naroda novac da se obrazuje fond za nabavku oružja i sviju ratnih potreba; a to bi bila najmanje suma od desetak miliona dinara;

3) Treba, takođe, osnovati fond udovički i za izdržavanje nejači ostale bez roditelja, koji izginu u ratu; taj fond treba da je negde na strani i u sigurnoj banci, a mora iznositi najmanje sto miliona, da bi mogle naše prebegle porodice pristojno živeti na strani;

4) Osnovati invalidski fond i bolnički; i tu treba grdna suma; izgubi neko ruku, nogu, i tako da ne mora prositi, već da se ima odakle lečiti i pristojno izdržavati;

5) Osigurati penziju borcima, jer svaki borac za pet godina može se staviti u penziju: borac u penziji; nije ni pravo da iznuren, umoran od ratnih napora, umre u bedi i sirotinji, već da ode čovek gde na stranu, da bar do smrti prijatno proživi;

6) Treba pripremiti bar dve-tri jake susedne države, koje bi nam pomogle u slučaju da ne uspemo u preduzeću;

7) Kad se pripremi za prvo vreme dobro oružanih i izvežbanih bar šeset hiljada boraca, onda treba u tajnosti pokrenuti jedan rodoljubivi list da se ljudi bolje obaveste.

— Tako je! — ču se glas većine.

— E, gospodo, mene izvinite — reče jedan trgovac — imam posla u dućanu. Što rešite, pristajem.

— Meni strina putuje lađom, pa moram da je ispratim! — rekoh i izvadim časovnik, te pogledam vreme.

— Ja moram da izvedem ženu u šetnju. Izvinite me, a pristajem na što rešite! — reče jedan činovnik i pogleda u sat.

— Stanite ljudi. Nemojte se razilaziti dok ne utvrdimo šta ćemo s listom! — ču se nečiji glas.

— To je lako. Glavno je to da smo svi složni da, pošto se učine sve ove pripreme, koje je mudro i taktično poređao poštovani govornik, treba pokrenuti rodoljubivi list! — rekoh.

— Tako je, tako je! — ču se sa sviju strana.

— Onda da izaberemo trojicu da o svemu tome dobro promisle, a i da napišu detaljan program lista, koji bi trebalo nazvati „Borba"!

— „Krvava borba"! — predloži neko.

— „Krvava borba"! — odazvaše se gromki glasovi sa sviju strana.

— Dakle, na idućoj sednici ta trojica, koje budemo izabrali, imaju da nam podnesu detaljan plan i pravac lista, koji će se pokrenuti čim se učine sve one oprezne pripreme! — rekoh, i utom se trgnem i probudim.

Kako se proveo sveti Sava u Višoj ženskoj školi

Ovu stvar nisam ja izmislio. Čitao sam nekad, valjda još detetom, o nekoj zanimljivoj Višoj ženskoj školi, ali da bi stvar bila razumljivija, bliža nama, uzećemo da je to Viša ženska škola.

U toj školi iz davnih vremena sve sami ženski učevnjaci. Da ih vidi kakav naš naivni seljak kako su metnuli preda se debelu knjižurinu, prekrstili nogu preko noge, metnuli i naočari ženski učevnjaci, puše i namršteno studiraju, bi se čovek lepo preturio od smeja. Pričao bi to sigurno svud po selu, ali mu ne bi niko verovao, kao ono Crnogorci Drašku vojvodi kad se vratio iz Mletaka.

Daklem, studiraju, bave se naukom, svađaju se kao i sve ženske, živi su, brate, stvorovi; ogovaraju se poviše, kad se razdraže, plaču; nekad bez razloga pevaju; elem, ukupno uzevši sve to, vrše uzvišenu prosvetnu misiju.

Ali ne može sve dobro da bude. Uprava u toj školi nikako nije valjala. Menjalo se svaki čas. Upravljale su ženske, upravljali muški, ali ne ide. Čim nov upravitelj, uzrujaju se ženski učevnjaci kao pčele, i dan-dva, pa odmah ospi grdnju:

— Ne valja, ne valja, propade škola!

Tako je to teklo iz godine u godinu, pa se i samome Bogu dodijalo. I dobri Bog se reši da učini kraj toj nevolji, reši se da sam on pošlje iz raja upravitelja koji će blago, mudro, rajski upravljati da bi se ženski naučnici bavili što plodnijim naučnim radom.

I Bog ode u svoj kabinet za primanje i zovne načelnika sv. Petra.

Uđe Petar s perom za uvetom i s nekim aktima.

— Šta je to?

— Na potpis, Gospode! — reče i pokloni se duboko.

Bog razgleda akta, pa se gorko osmehnu. Sv. Petar je pregledao nova dokumenta i isprave novih osoba koje su došle u raj i među njima nađe da su trojica ušli u raj sa lažnim ispravama i pod tuđim imenom. Sva trojica Srbi.

— Ko im je dao ovo? — pita Bog ljutito.

— Srpski popovi, Gospode, muku s njima imam, grdno podvaljuju. E prevariće dok trepneš...

— Dobro. Ostavi to sad... Najzad, izgleda mi da taj stalež u Srbiji treba ukinuti ili promeniti mitropolita! — reče Bog kao za se i odgurnu akta, pa nastavi: — Nego ja sam tebe za drugu jednu stvar zvao.

Petar se duboko pokloni.

— Vidiš, Petre, Viša ženska škola u Srbiji vrlo rđavo stoji. Ja više ne mogu da podnosim graju i dreku i da slušam žalbe na upravu te škole. Ja sam se rešio da pošljem odavde jednu rajsku dušu, te valjda će im dati dževapa i valjda će se moći povratiti mir i red. Nego, dede mi kandiduj nekog Srbina ovde iz raja da ga pošljem tamo za upravitelja.

— U poslednje vreme, Gospode, Srbi idu u pakao, a i ono što naiđe ovamo, to su stari, prosti i nepismeni ljudi. Ministri, vladike i popovi su u paklu. Nego, ja mislim, Gospode, da pošljemo prepodobnu Paraskevu.

— Vrlo dobro, ona će moći sa ženskima, nego dobro bi bilo da se sporazumemo i sa referentom za pravoslavne stvari, sv. Lukom.

Dođe Luka i pokloni se duboko, pa će prvi:

— Ja sam baš sad i mislio da dođem do tebe, Gospode!

— Nužda neka?

— Nužda, Gospode, da mi overiš kvitu za akonto.

— Zar opet? Pa onomad si uzeo. A, ja ću zabraniti da se u raju pije rakija!... Zasad ti praštam, nego slušaj! Koga ćemo da pošljemo iz raja za upravitelja Više ženske škole u Srbiji?

— E, to je teško.

— Petar veli Paraskevu.

— Paraskeva može — saglasi se Luka i vrati kvitu u rukama. Bog zazvoni gromom, sevnuše munje, potresoše se sedmora nebesa i Paraskeva pred njega, čak sa šestog neba. Tamo je vršila dužnost neke „milosrdne sestre”.

— Kćeri Paraskeva, mi smo se saglasili da ti ideš u Srbiju i tamo budeš upraviteljka Više ženske škole.

Zaplaka i zavapi prepodobna Paraskeva:

— Gospode, ako skrivih što imenu tvojemu, bolje me u pakao goni, ja sa ženskima ne mogu izići na kraj.

Sažali se Gospodu. Neće na silu da je postavlja, a i nije ni po ustavu nebeskom, koji se mnogo bolje poštuje nego kod nas u Srbiji. Šta je mogao da čini, već naredi Paraskevi da ide.

Zvali su Magdalenu, zvali Blagu Mariju, zvali Ognjenu Mariju, svaka od njih odgovori kao i Paraskeva. Hteo je sv. Katu, al' ona je šokica. Muka živa. Zamisli se dobri Bog šta će i kako će. Najedared, priseti se Luka, pa će reći:

— Znaš šta, Gospode? Pošlji Savu, srpskog prosvetitelja, on će najbolji biti za to mesto.

Zovnuše Savu.

Uđe Sava smireno, blago, pokloni se i stade u jedan kraj Božjeg kabineta.

— Priđi bliže, čedo moje Savo — reče Bog, i Sava se približi i kleče na kolena pred Bogom. — Ti ćeš, Savo, ići nanovo u Srbiju da tamo budeš upravitelj Više ženske škole. Ako pristaješ, ja ću odmah napisati ukaz i narediti da ti se izda putni trošak.

Sava, prosvetitelj naš, zaplaka od silne radosti, zaplaka, kao što se zaplakao kad mu je otac Nemanja umro, podiže se i celiva skut haljine Božje, pa reče:

— Ovo, mi je, Gospode, najsrećniji dan u mome životu. Ja ću sad moći da produžim onde gde sam pre toliko vekova stao.

Obradova se Bog što se tako lepo svršilo, zagrli Savu i poljubi ga u čelo, a zatim napisa ukaz:

Mi

Bog Gospod Savaot
po milosti svojoj i volji svojoj
Gospodar

sviju prostora i svih vaseljena, svih nebesa, stvari i duša, postavljamo:
za upravitelja Više ženske škole u Beogradu
Savu Rastka Nemanjića
S A V A O T, s. r.

Sveti Petar udari rajski pečat na ukaz i potpisa prema Božjem propisu:
Video i stavio pečat, čuvar rajskog pečata, Petar s.r.

Luka mu napisa sprovodno pismo za naše Ministarstvo prosvete, dadoše mu pasoš, i Bog naredi da se iz Fonda za srpsku prosvetu izda Savi putni trošak.

— Ta je partija utrošena, Gospode!

— Na šta?

— Pa, nešto uze sv. Ilija, te utrošio za barut; pucao! Nešto opet uzeli referenti knjiga, nešto prosvetne komisije, a ono drugo smo izdali nekim Crnogorcima. Njih uvek protežira vladika Njegoš.

— A i tome Iliji đo pucanja, kao da proba Škodine topove. Mlati se kao lud ovde po nebesima! — reče Bog prekorno, pa izvadi novac iz svog džepa, te dade Savi za put, pa kad se Sava krete, reče mu: — Čuješ, Savo, kad ideš za planetu Zemlju, svrati na Mesec, tamo ima živih Srba, ako još nisu „spali s Meseca". Tamo ima nekoliko članova Akademije nauka, tamo je i Glavni prosvetni savet, a tamo je na Mesecu i veliki filozof Branislav Petronijević. On je toliko oteo maha da mi počinje i konkurisati. Pozdravi mi mnogo tog najvećeg čoveka planete Zemlje.

Sava zaveza čvor na epitrahilju da ne zaboravi poruke Savaotove, pa se krete oblacima put Meseca.

Malo se sv. Sava bavio na Mesecu. Potražio je one Srbe što mu Gospod reče, ali oni su grešnici već bili „spali s Meseca". Odmori se malo svetac, razgleda okolinu, snimi neke interesantnije predele svojim „moment-aparatom", posla nekoliko anzist-karti s Meseca svojim prijateljima u raju, i onda, šta je mogao drugo, već da produži put za Zemlju.

Kad je stigao u Beograd, ponoć je davno bila prevalila. Na Sabornoj crkvi iskucavalo je već jedan čas po ponoći. Savu je interesovalo da prođe malo ulicama beogradskim. Nigde žive duše. Samo pogdegde stoji patroldžija šćućuren uza zid na kakvom ćošku. Jedino što su noćne mehane otvorene.

Dreče neki promukli glasovi neku odvratnu pesmu, mehandžija drema uz kelneraj, a dremljivi Cigani škripe dosadno u svoje ćemane. Svetac nije mogao lako izdržati da gleda ovako odvratne scene, te pođe dalje. Kad najednom ugleda na Terazijama osvetljena dva prozora na jednoj dvospratnoj zgradi.

— Ko li je ovo još jedini budan? — pomisli i upita noćnog stražara.

— To je Ministarstvo! — reče mu stražar.

— A ko je u onoj osvetljenoj sobi na donjem boju?

— To je gospodin statističar, vrlo vredan, upravo najvredniji činovnik u Srbiji. Uvek on tu sedi više od pola noći.

— Pa šta radi unutra?

— Kaže momak da čita neke romane i radi neke svoje poslove, piše priče, šta li? Svi o njemu vele u Beogradu da je najvredniji činovnik.

„A on sedi tu da uštedi kod kuće drva!", pomisli dobri svetac i ode dalje.

Sutradan se već saznalo za dolazak prosvetitelja Save. Taj iznenadni dolazak svaki je tumačio na svoj način, a niko ni izbliza nije se mogao setiti pravog uzroka.

Dva popa, prisni prijatelji mitropolitovi, odmah su se požurili da izveste njegovo preosveštenstvo o dolasku svetiteljevom.

— To nije dobro! — veli visokopreosveštenstvo.

— Zlo i naopako! Sve će nas pobrijati! — vele oni popovi.

Mitropolit — taj neki, ko ti ga zna koji — zabrinuo se grdno. Odmah mu sinu kroz glavu da je sv. Sava došao u Srbiju da postane mitropolit. A i šta bi drugo mogao pomisliti. Reče popovima da idu, a on uze ogledalo, pa se stade zagledati. Udešavao je kako će mu lice izgledati svetačko; prevrtao je oči, trljao nos, zagledao bradu i čelo!

Brada nije dovoljno seda, a nos ga strašno blamira. Brzo na posao. Istuca sumpora, zapali i namesti bradu tako da dim od sumpora ide na nju. Držao je neko vreme, ali nije mogao dugo izdržati, gušio ga je sumpor. Iscedi nekoliko limunova u jednu čašu, pa u to umoči nos da bi koliko-toliko dobio svetiteljski izgled. Pogleda opet u ogledalo, udesi džube prema licu; izmiče se, primiče se, gleda se, ali ne ide.

Niti svetac, niti ništa; pre, bože me prosti, liči na kakvog mamurnog bandista, nego na svetitelja.

U muci svojoj i jedu, zazvoni za sekretara.

— Čuješ — reče mu trudeći se da mu glas izgleda iznemogao, mek, svetački — došao je amo sv. Sava. On će bez sumnje gledati da se dokopa moga mesta, a onda si i ti propao. Objavi svima da sam bolestan i da ne mogu apsolutno nikoga primati. A ti, vere ti, otidi po čaršiji, pa se razbiraj kud Sava ide, s kim se sastaje, šta govori. Ako mogadneš još s njim da porazgovaraš, gledaj te ga onako tvojski iskušaj, pa mi sve dostavi. Sad moramo dobro da zapnemo ako ne mislimo da izgubimo gospodstvo. To jedno, a drugo: pošlji odmah u „Večernje novosti" notice o mojoj spremi, i kako me danas ne bi niko s uspehom mogao zameniti. Zatim, dobro bi bilo da otac... on mi je desna ruka, napiše odmah jednu brošuricu pod naslovom: *Zloupotreba sv. Save u manastiru Studenici.*

Sekretar ode da izvrši ove oštroumne naredbe „Gospodinove", a preosveštenstvo klonu od straha i umora, pa zazvoni za momka i naredi da mu donese pola litra konjaka, koliko tek da malo okrepi dušu i da se od straha pripovrne.

Uz drugo pola litra, ne samo što mu straha nestade već postade ratoboran, pa misleći na sv. Savu, škripnu zubima, skresa Hrista Boga, pa izvadivši iz džubeta revolver progunđa:

— Ovo će da mu sudi!

Zaturi se na kanabe, klonu i zaspa spokojnim, tihim arhijerejskim snom.

———

Uzmuvali se, bogami, i profesori Velike škole. Sad je izbor profesora Univerziteta, pa se kao pribojavaju konkurencije.

Samo se nastavnice Više ženske škole nisu plašile, one ni sanjale nisu da će im baš sv. Sava biti upravitelj, a inače šta bi se za njega mogle interesovati. On je star, dolazi sa onog sveta, a kaluđer, što je najgore: dakle, šta se onda tu još mogu interesovati nastavnice ženske škole.

Dok se po Beogradu nagađalo i razbiralo o Savinom dolasku, dotle su one kao i obično pravile pomalo spletke, pomalo se ogovarale, pomalo uzdisale nad sudbinom sveta; ili su uz šolju čaja sedele uz drveni okrugli stočić, držale na njemu ruke i prizivale duhove. Mnogim ovim vaspitateljkama budućih Srpkinja, majki i domaćica to je najmilija zabava.

A i šta će? Ko više od njih — kako vele — oseća gorčinu i težinu ovoga rđavo smišljenog sveta, a uz to kad dođe neprijatna, odvratna nastavnička dužnost, da te sam bog sačuva. Nastavnica često misli na udaju, a ovamo mora da pita gramatiku, ili tako šta glupo, i da sluša kako učenica odgovara da se imenica „kost" menja po četvrtoj vrsti. Neka ide i kost i gramatika do đavola, kome je još do toga stalo. Razume se da zvono za odmor padne kao melem na dušu, i odmah se beži u kancelariju; ko će se još razgovarati sa tom balavadijom; to je neprijatno, dosadno, to nije posao za te više duše, za to su sluškinje, ili guvernante, a ne učenice s Univerziteta.

Elem, kako to slatko pada kad se posle škole nađu uz „astalče".

Stočić se zaklati, a one u grohotan smeh!

— Ko si ti, javi se!

Tišina.

— Jesi li taj?

Tišina.

— A taj i taj?

Opet tišina.

— Taj?

Stočić se pokloni.

— On, gle molim te, o, o, o! On, zamisli! Ćutite, čekaj da pitamo redom. Hajd' ti prvo! Nemoj... Stani!... Čekaj, ja ću prva... Dobro, počni... Ne, nego ti pitaj za sve...

— Čekajte. Kad će se udati, kroz koliko godina...?

Tup, tup, tup.

— Tri... Ura... Ha, ha, ha, ha, ha, ha! Čestitamo!

— Juh, bože! Laže samo! Povuci me malo za nos!... Pitaj za koga...

Sad se nagađa: je li taj, je li taj, je li taj?... Stočić ćuti.

— Je l' u Beogradu?

Stočić se pokloni.

— Je l' činovnik?

Ćuti

— Trgovac?

Pokloni se.

— Juh, trgovac! — i odjekne urnebesan smeh, nastane vrisak.

Tako redom raspituju prvo za udaju, pa onda pređu i na druge važne stvari.

— Dede pogodi koliko imam godina ja.

Tupa, tupa, tupa, tupa, broji stočić, dotera do dvadeset i pet, pa raspali dalje: tupa, tupa... tupa, tupa!...

— Ju, hoće l' stati, bog ga ubio!

— Kuku, ti ga drmaš!

— Jok, zdravlja mi!

— Ne pogađa dobro.

Zatim se pita koliko će još godina živeti, pa se onda pređe na razna šaljiva, interesantna pitanja.

Pa kad bude vreme večeri, razilaze se, i svaka misli o onome što je stočić prorekao. Neka utešena, neka tužna, te usput gunđa kako to sve nije istina, ali je ipak slutnja mori i davi.

Ako na stočiću ne pogađaju, nekad bacaju karte.

— Crnomanjast momak te voli... Prepreka je plava udovica koja ima pare... Predstoji ti veliko putovanje.

Razume se da je ovakva duševna hrana prijatnija od škole i razgovora sa dečurlijom o zadatku majke, domaćice i buduće nastavnice. Slabe nerve hrane ovako lude stvari, to godi bolesnim živcima.

———

Sava se s dokumentima prijavi Ministarstvu prosvete i zatraži da ga prema Božjem ukazu uvedu u dužnost. Ne razumevajući moderno uređenje Srbije, on se nije ni nadao da će ta procedura potrajati malo duže. U ministarstvu rekoše da mora prvo napisati molbu i uz molbu da priloži svoje dokumente, a i da molbu snabde propisnom taksenom markom. Sava to uradi. Njegovu molbu zavedu u delovodni protokol, a zatim je sprovedu Glavnom prosvetnom savetu na mišljenje. A već naš Prosvetni savet dobro znamo. On nikad ne može da bude kako treba. Razlog vrlo prost. U nas Srba svuda i na svim poljima ima dve vrste ljudi: ljudi koji znaju i razumevaju stvari, a neće da rade, povukli se, gledaju jezivo i razočarano u svoje doba i očajavaju; a s druge strane imamo ljude koji ne znaju ništa, ali se koriste neaktivnošću pametnih i rade. Razume se da oni onda rade po svom umu i hesapu. Ništa onda ne vredi što oni pametni gledaju s bolom kako se na njihove oči čine ludosti i gluposti. Elem, tako je i sa Glavnim prosvetnim savetom. Oni koji mogu da rade pametno, neće ni da se prime, a ako nekim čudom i prime te dužnosti, neće da dolaze u sednice. I šta da se radi, neko mora da bude tu, i onda se uzimaju oni što hoće, a od tih većina ne zna ništa.

Isto tako sastavljeni Glavni prosvetni savet iz nekakvih filologa, koji su celog veka samo kvarili srpski jezik i pisali neke glupe sastave o jeziku, i iz pedagoga, koji zbilja za ovo vreme izgledaju kao da su spali s Meseca. Ako naprave program za škole, ne zna čovek da li da se smeje ili da plače i kuka, a kad preporuče kakvu knjigu kao korisnu za mladež, onda je, s malo izuzetaka, ne uzimaj u ruke. Oni čak često podele uloge, pa sami pišu knjige, sami ih preporučuju, a dobra država štampa i plaća lepe honorare za loše stvari. Jedan od njih „ubrao cvetak miloj dečici", drugi „priredio zbirčicu", treći „napisao udžbenik", i tako oni lepo i racionalno eksploatišu svoj položaj i pomažu „sami sebi i drug drugu".

Sv. Sava po nesreći njegovoj nije član Glavnog prosvetnog saveta, a nema čovek ni poznanstva, te je u Savetu bilo loma oko njegove kvalifikacije.

— Nesavremen čovek! — veli jedan.

— A nema ni pedagoške spreme!

— Ni filološke!

— Ili da je bar priredio kakvu korisnu zbirčicu za decu.

Međutim, Sava po nesreći nije imao ni političkih prijatelja. Nije fuzionaš, nije ni samostalac, iako su ga u listovima i jedni i drugi nazivali „prijateljem". „Naš prijatelj, gospodin sv. Sava Nemanjić doputovao je…" itd. Jedan vladika se izjasnio da je Sava za Seljačku slogu! A kod nas bez političkih prijatelja i jakih preporuka ništa. Ako neko moli i za poslužitelja, mora dovući gomilu preporuka. I šta mislite od koga? Tu su pisma državnih savetnika, predsednika ministarstva, mitropolita, ministrove ujne, narodnih poslanika, ministara, ministrovog brata od tetke. Tu se podele tabori, tu se lome koplja, to često postaje važno pitanje jedne ili druge političke grupe.

Sitničarstvo naše, ove naše mnogo političke šatrice i dućančići dovedoše nas do slepila. Na našem političkom vašaru najgore dreče najgori, od njihove dreke ne čuješ pošten glas. Vuku te i muvaju, svaki te vuče u svoj dućančić:

— Ovamo, ovde je cvet građanstva! Dođi, vidi, pa i idi!

Tu su oni koji kupuju i prodaju političke akcije, trgovci, trguje se i time, a rentira se bolje nego da kupuju i preprodaju jareće kože; tu su liferanti, tu su lovci klasa i visokih položaja; sve to sumanuto dreči, viče, hvali svoju grupu, lomi se jedno preko drugog. Kud se sme sv. Sava pustiti u tu gomilu političkih džambasa. Al' bez toga ne ide.

U nas politika, grupe političke čine sve. Iz političkih razloga u nas postaju gordi i čuveni i viđeni i stručni i pametni. Iz političkih razloga se proglašava Marko ili Janko za naučnika, i čik ko sme da obeli zuba; iz političkih razloga postaje ovaj ili onaj profesorom univerziteta, pa čak, ako zatreba, postaje i član Akademije nauka.

— Neka imamo tamo svog čoveka! — veli se.

Bruka i grdilo. A taj „svoj čovek" ušao je u tu grupu radi šićara, ušao je ako su izgledi da skoči na ministarsku stolicu, a ako se situacija promeni, on odmah menja svoje „tvrdo ubeđenje".

Pa zar se može drugojačije objasniti strašna i žalosna pojava da se od našeg najvišeg prosvetnog zavoda, dosadašnje Velike škole napravila sprdnja. Tamo je bilo ljudi koji su po svojim sposobnostima pre za marvene trgovce, nego za profesore, bilo je ljudi koji su na nauci uradili toliko isto koliko i neki grešni dripac što suši negde šljive na pušnici; bilo je ljudi koji su vajno nešto radili, ali tako da je kudikamo bolje za ugled toga zavoda bilo da nisu ništa radili i ništa govorili.

A Akademija nauka? Jaoj, jadna naša nauko! Kad bi došao kakav stranac, pa video ko su naši besmrtnici, akademci, morao bi posumnjati da je Srbija u Evropi, morao bi misliti da smo mi u Centralnoj Africi. Strašna stvar, strahovit primer našeg slepila i ludosti. Ima tamo „naučnika" kojima je nadenuto to ime, koji su na nauci radili toliko isto koliko i volovi, ili manje, jer volovi bar nisu brukali nauku, ljudi čiji su književni sastavi, sem platnih priznanica i menica, jedino propisi iz osnovne škole. Eto šta sve i kako mi imamo.

————

Šta je, dakle, mogao uraditi svetitelj Sava u takvom društvu. Glavni prosvetni savet, po referatu nekih tunjavih filologa, odluči da Sava nema potrebne kvalifikacije za tako važno mesto. Ta se odluka saopšti Savi na potpis i on odmah izvesti Boga telefonom.

— Alo!

— Alo!

— Je l' to kancelarija Savaotova?

— Ko je tamo?

— Sava.

— Šta je Savo, čedo?! — veli Bog.

— Propao sam. Ne priznaju mi kvalifikacije. Odbio me Glavni prosvetni savet.

— Slušaj, Savo. Udruži se s jednim od članova Glavnog prosvetnog saveta, pa s njim zajedno priredi kakav udžbenik za škole. Recimo nauku hrišćansku, ili kakvu čitanku, pa će ti odmah priznati kvalifikacije... To odmah uradi... Zbogom, ja sad imam sednicu.

— Zbogom.

Telefon zazvrča dva puta i Sava ode da ispuni nalog Božji.

Uradio je onako kako mu je Bog naredio i, razume se, stvar je odmah pošla bolje. Em mu je priznata odmah kvalifikacija, em je svetitelj zaradio veliku paru. Treba, dakle, umeti, znati, što kažu, kud se opasuje, pa odmah ide kao podmazano.

Čim je to svršeno, odmah se digla graja u Višoj ženskoj školi.

Cika, psovka, graja, da prosto uši zaglunu. Ponajviše su digle viku one koje se jedino bave nastavničkim poslom iz ljubavi prema sebi i modi. Služe da tu primaju platu, a platu primaju zato da bi mogle što češće menjati šešire i toalete. Elem, najviše su one vikale i siktale na tu „nečuvenu drskost" da se jedan preživeli kaluđer dovodi za upravitelja jednog takvog modernog prosvetnog zavoda, da se među „duhovite i elegantne” dame sa „višom spremom i višim pojmovima o životu” dovede jedan čovek sa srednjevekovnom neotesanošću.

Pa šta mogu one s njim još razgovarati. No, to će tek biti lepo unterhaltovanje! Jednim slovom, bruka, i to nečuvena bruka!

———

Ustao svetitelj rano izjutra. Valja ići na dužnost, a on kao čovek starijeg kova pazi na tačnost, kao, pribogu, danas državni savetnici. Prvo kao pobožan čovek svrati u crkvicu sv. Natalije, da se Bogu pomoli, da odsluži službu, pa tek da uđe u školu. Mislio je da će tamo zateći nastavnice i učenice, radovao se unapred kako će čuti lepe crkvene pesme, kako će mu to duši goditi. Kad tamo, ali, nažalost, vide da se gorko prevario. Vrata na dvorištu zatvorena, nigde žive duše. Ulicom promakne samo pokoji izdrpan radnik ili prođu po dvoje-troje što posrću, vraćajući se s pijanke, prolaze pekari, duvaju u rog, i salebdžije, sa svojim debelim, jakim, monotonim glasom: „Saaaleeep! Vrije, vrije!” Dugo je svetac čekao, šetkao se tamo-amo pored vrata, prilazio s časa na čas vratima i probao jesu li možda već otvorena, al' ništa; razgovarao malo s jednim pekarom, popio od duga vremena malo salepa; i to mu vrlo dobro činilo od kašlja, al' vrata nikako da se otvore.

Najzad dođe jedan pekar s korpom hlebova, lupi dva-tri puta snažno na vrata, pritište dugme od zvonceta i zazvoni, a malo zatim pojavi se čupav dremljiv momak, koji zevaše glasno, te otvori. Uđe i Sava.

— Zar nikog od nastavnika? — upita momka.

— Nikog, rano je još.

— Kad dolaze?

— Tako oko četvrt do osam, u osam su tu.

— Kad počinje jutrenje?

— Danas?

— Danas!

Momak pogleda malo začuđeno.

— Pa danas je sreda!

— Jest, sreda.

— Pa šta će danas u crkvi, radni je dan. U crkvu dolaze nekad praznikom, i to samo koji su dežurni, ne svi.

Svetac se razočara. Beše mu teško u duši i reče momku da mu otvori crkvu. Ali momak mu htede otvoriti tek onda kad ga Sava uveri da je on novi upravitelj te škole, Rastko Sava Nemanjić.

Sava uđe pobožno u crkvu, isplaka se u jutarnjoj tišini da mu duši lakne, kleče na kolena, podiže oči nebu i uze se toplo moliti Bogu. Momak za to vreme provirivaše na vrata, pa se zasmeja videći šta ovaj radi po crkvi.

Čim počeše dolaziti nastavnice, on im odmah saopšti kako je još u zoru, pre pekara, došao novi upravitelj, kako je raspitivao kad nastavnici dolaze, kako je razbirao kad počinje danas jutrenje, i kako je otišao u crkvu na molitvu i kako je sad tamo.

— Plače u crkvi, kleči i čita neke molitve — završi momak.

— Kuku, grom ga spalio! — uzviknu jedna.

— No, još nam i taj treba! — dodade očajno druga.

— Dolazi sabajle kô testeraš! — veli treća.

— Gle, molim te, hteo bi on da ustajemo kao da idemo u fabriku na rad. A, to bogme nećeš, pa da si sto puta svetac! — ljuti se četvrta.

— Ja mu, bogami, ne dolazim do osam. Znam svoje predmete, svoje časove, svršim svoj posao, pa kući, a on, ako mu se dopada, neka se mlati kao lud po crkvi po svu noć i povazdan! — opet će prva.

— Ama, to je maltretiranje, za ime boga! To je ponižavanje naše naučne spreme. To je prosto koješta! — zaciča peta.

Dolazi nova koleginica, a ostale zagrajaše.

— Došao nam nov upravitelj!

— Istina, a gde je?

— U crkvi.

— U crkvi? Varate! Šta će danas u crkvi?

— Bogami u crkvi. Došao pre zore zajedno s pekarom.

— Ljuti se što i mi nismo bile.

— Gle, molim te! Ako se njemu starom ne spava, meni se spava. Pa šta radi tamo?

— Kaže momak: plače!

— Plače, šta mu je?!

Sve se zagledaše i udariše u grohotan smej.

— Hajde da ga vidimo! — predloži jedna.

— Primetiće.

— Neće, da se dve samo prikrademo.

I zbilja, dve se prikradoše do crkvenih vrata. Sava sklopio ruke, podigao oči nebu, pa šapuće molitve, klečeći na kolenima, a suze se kotrljaju niz svetačko lice i sjaje kao biser po sedoj, dugoj bradi.

— Kuku, bog mu sudio, istina plače! — šanu jedna onoj drugoj.

Podgurnuše se podrugljivo, prsnuše u smej i umakoše. U kancelariju banuše vrišteći, a sve im suze od smeja udarile na oči.

— Kleči i plače! — jedva izgovaraše od smeha.

Opet nastade urnebesan smeh, opet se dve digoše da to čudo vide rođenim očima. Tako se gotovo sve izređaše, a Sava, predat svom dušom svojom iskrenoj molitvi Bogu, nije ih ni primetio.

Kad se svetitelj dovoljno pomolio Bogu, ustade okrepljen molitvom i uputi se kancelariji.

— Pst! — prekide jedna naglo smeh i graju u kancelariji — evo upravitelja!

— Da neće i ovde da čita nekoliko očenaša?! — napravi jedna vic i sve se zagušiše od smeha.

Uđe svetitelj, tiho, krotko, diže desnu ruku, ukrsti tri prsta i blagoslovi vrle hrišćanke. One napraviše svaka, poklekujući, dva-tri „velika reveransa" kao otpozdrav na svečev blagoslov.

Sad priđoše jedna po jedna da se predstave novom upravitelju.

— Čast mi je predstaviti se — poče prva — ja se zovem *...*...* lisansijatkinja filozofskih, kameralnih i socijalnih nauka.

Svetitelj kao da se zbuni od te čudne titule i taman se uze prisećeti kud li mu odskače ta jedinstvena titula, dok utom prilazi druga.

— Ja sam svršena učenica ... univerziteta, vladam francuskim, nemačkim i engleskim jezikom, i zamislite da sam s platom izravnata s ovima nekima koje su samo ovde svršile Višu žensku školu. To nije pravo, to morate odmah popraviti.

Sava se još više zbuni, dok tek ciknu treća iz budžaka plačnim glasom:

— Molim gospodina upravitelja da ne dozvoljava nekima da se bar pred nama svađaju i da drsko vređaju, a mi znamo dobro njihovu spremu.

— Imaće malo razlike! — zaciktaše nekolike.

— Ima, ima, samo na vašu štetu! — viču druge.

— Oho! To je bar jasno kao dan!

— Samo mi nismo prale salatu sapunom! — opet će jedna.

— Molim, izjasnite se koga se tiče.

— Mi nismo kuvarice.

— Niste ni za to.

— A mi bar nemamo avantura!

— To je bezobrazluk!

— I od vas!

— Muka je to kad ko nema domaćeg vaspitanja.

— I vi ste nastavnice!

— To je žalosno!

— Žalosno, molićemo, ali od vas!

— Dosta, deco! — poče Sava. — To mi liči da se svađate, treba u ljubavi i u slozi...

— Al' ona je, molim, prva počela.

— Ona, ona, molim, ja se nikad ne svađam, to svi znaju!

— Ti se hraniš od svađe!

— Zna se ko ne govori s pola kolegije!

— S takvima...

— Lakše, deco!... — poče svetitelj.

Utom nastade još veća graja i prepirka, zaciktaše sve u jedan glas, uši da probiju.

Sava se povuče. Ode opet u crkvu, isplaka se i pomoli se za dušu svih onih zalutalih ovčica.

Kad se svetac gorko isplaka i ponovo okrepi toplom molitvom, uze brojanice i iziđe na čist vazduh da se i telesno osveži. Divno, sveže jutro, prijatno zelenilo u bašti dobro učiniše iznurenom svetitelju. Sede na jednu klupu i udisaše punim grudima čist jutarnji vazduh. Predavanja počela. Prozori na učionicama otvoreni, te do sveca dopre s vremena na vreme pokoja rečenica. Najednom ga glasovi što dolažahu iz najbliže učionice zainteresovaše, naročito zbog toga što nije mogao ništa razumeti, iako se srpski govorilo. Obrati veću pažnju, priđe i malo bliže. Sluša, priseća se, ali ništa da pojmi od sveg toga.

— Evo kako ćete najbolje razumeti ove muzičke znake: nespojena nota to vam je „devojka", spojena nota to je „udata", a znak razdvajanja to vam je „raspuštenica"; a za udovicu nema primera! — objašnjava neki krupan muški glas.

— A što je, molim, gospodine, to raspuštenica? — pita neka devojčica iz prvog razreda.

— Ne znate šta je raspuštenica?

— Ne znamo, gospodine!

— A znate li šta je devojka?

— Znamo!

— A znate li da se devojka udaje?

— Znamo!

— E, onda ćete lako razumeti. Kad se neka devojka uda, pa se posle venčanja ne slaže sa svojim mužem, pa dobije razvod braka i vrati se natrag kući, svome ocu, a ne živi zajedno s mužem, onda se to zove: raspuštenica. Tako, jeste li sad sve lepo razumeli?

— Jesmo!

— Vrlo dobro. Kaži mi sad ti, mala, šta je raspuštenica?

Dete lepo objasni. Ali, nastavnik, kao valjan i priliežan nastavnik, da bi znanje što bolje učvrstio kod učenica, propita još nekolicinu i zadovolji se uspehom svoga divnog objašnjenja.

„Ovo nikako ne razumem: tonovi, devojka, raspuštenica, udovica", pomisli svetac. Truđaše se da nađe kakve bilo veze, ali nikako. Utom prođe momak školski i Sava ga ustavi.

— Šta se radi ovde u ovoj sobi? — pita momka.

— Tu gospodin uči decu muzici i pevanju.

Sava se zadovolji odgovorom i očeknu da čuje kakvu lepu pesmu, ali pesme ni od korova. Opet se produžiše tako neka, za njega nepojmljiva objašnjenja. Mesto lepe crkvene pesme, koju Sava žudno očekivaše, čuo se ovakav razgovor:

— Iziđi ti, ti, ti, ti, ti, ti, i ti! Tako vas je sada sedam. E, lepo, ti si, Milice, najveća, ti stani tu, a ti Ružice stani odmah do nje, tako, pa sad stani ti Danice... — tako on rasporedi sve po rastu, redom, od najveće do najmanje. — Elem, pazite dobro. Vi sad predstavljate visinu glasa. Ti si Anice c, ti d, ti e, ti f, ti g, ti Ružice a, a ti Milice h. Sad dobro pazite. Vi se sad zovete po redu: c, d, e, f, g, a, h! Sad samo nemojte zaboraviti svoje ime i kad koju pitam šta je ona, onda neka mi kaže svoje ime. Pazite! Šta si ti? — pita prvu, onu najveću.

— Ja sam, molim, gospodine, učenica prvog razreda Više ženske škole — odgovori lepo i učtivo devojčica.

— Eto ti sad šta ona govori. Ko te to pita, jesi li ti pri sebi!? Kakva učenica, kakvi bakrači... Objasniš lepo, a ona opet lupa koješta. Reci mi kako se ti sad zoveš? — ljuti se nastavnik.

— Ja se zovem Milica...

— Ta ko te to pita, glupačo?! — dreknu fino i učtivo nastavnik, prekinuvši odgovor devojčici.

— Pa vi ste pitali, gospodine...

— Znam ja šta sam pitao i objašnjavao, ali nema ko da razume! — prekide je opet nastavnik ljutito. — Hajde, vere ti, ti reci šta si? — obrati se Ružici.

— Zovem se Ružica...

— Eto ti sad!... Kako se zoveš?

— Ja sam Ružica...

— Kakva Ružica, ludo?

— Ružica, gospodine! — odgovori devojče, a glas drhti, samo što ne zaplače.

— Sramota! Ne razumeti tako jasno objašnjenje! Dede ti kaži kako se sad, ali pazi dobro: sad kako se zoveš?

— Ja se sad zovem Danica.

— A kako si se zvala kod kuće, ludo jedna?

— Danica.

— Tiiiih, ovo je da čovek pobesni! Kakva Danica? Nisi ti sad Danica, nego ti si sad g! Ti si sada ge, razumeš li, ge, ge, ge, luda glavo, ti se zoveš prosto i jasno ge, a ne Danica! Ge, ge, ge, zapamti da si ge! — razvika se nastavnik kao van sebe i uze čupati svoju kosu.

— A vi pitate kako mi ime, a ja kažem da sam Danica... A, a, vi, vi... vi... — zajeca dete jedva izgovarajući reči kroz plač.

Nastavnik se primiri, Danica presta plakati, te se produži dalje.

— Dakle — produži nastavnik — pazite sad dobro kako se koja zove. Nemojte da posle bude opet vike i plača. Evo ću da vam ponovim opet. Ti si c, ti si d, ti si e, ti f, ti g, ti a, a ti h. Tako, sad pazite dobro kako se koja zove! Dede, Milice, kaži tvoje ime!

— Milica!

— Au, glupa stvora! Ta, tebi nije više ime Milica, nego ti je sad ime h. Ti se zoveš ha, glupačo jedna, a ne Milica!

Opet plač, opet goropadna vika.

— Idite bestraga! — ciknu nastavnik i izvede druge da objasni na njima. Utom izbi zvono i nastavnik uze svoj katalog i iziđe iz škole.

Svetitelju se namrči čelo.

„Zar oni sad ovo zovu pevanjem?", pomisli u sebi. „Kakvo im je sad ovo pevanje, bog im sudio? Pevalo se i u naše staro vreme, ali mi smo drugačije pevali, a ne ovako. Što se poradi od ovoga sveta; ko je čuo još i ovakvo pevanje? Vikaše, svađaše se, plakaše, čupaše se za kosu, zvoniše u neko zvonce, zatim nastade dreka i graja po sobama i hodnicima, i oni to sad zovu pevanjem."

Ako se čudio dobri svetac, i za nevolju mu je, za čudo i jeste. Mnogi i mnogi iz našeg modernog dvadesetog veka ne bi mogli shvatiti ovo savršenstvo.

Mnogima i od naših savremenika ne bi nikako moglo ići u glavu da se plač i čupanje za kosu zovu pevanjem, a kamoli da tako štogod pojmi i razume Sava, kao čovek iz srednjeg, prostog veka.

Šta ćete kad vremena ovako divno napreduju!

Deca za vreme odmora neka ostaše u razredima, a neka izjuriše u baštu.

Deca kao deca, šta da im čini čovek. Tu je vike, razgovora, smeja, trčanja, pa bogami i svađe, pa se desi malo i šaketanja. The, dečja posla.

Nastavnice, naravno, nisu deca. Njima, damama, naročito njima, studiozusima i dubokomislenima, razume se, i ne liči da rade to što i deca. Ko bi to još mogao zamisliti da izjure i one u baštu, da uzmu skakati, vikati i kikotati se jedna s drugom. Što ne ide, ne ide. One izilaze mirno i krotko, svaka iz svog razreda i, razume se, odmah idu u kancelariju. Tamo je već druga stvar. Tamo se malo i našale, malo i zavade, malo i izgrde, al' to ostaje tu među njima, to su kolegijalne, intimne grdnje; ne moraju učenice znati šta one čine. One rade ono što odraslima priliči, a deca ono što deci liči. Tu se, dakle, sem toga, u kancelariji, pije i kafa, a koja puši ona i zapali po jednu-dve, razume se, ako nije tu ta i ta s kojom ne govori i koja ogovara, ali ako nije tu ko od muških, jer muški su po njihovim teorijama „gadna i odvratna stvorenja". Elem, ako nisu prisutni gadni i odvratni.

Sava nije smeo ulaziti više u kancelariju. Bojao se opet kavge i belaja, a on se nije osećao moćan da može dževap dati kavgi. Svetac je, besmrtan je, al' tek, tek šta ga zna čovek, bolje je malo, ko veli, i popričuvati se. Ko je još sa ženskima mogao izići na kraj, a kamoli on, isposnik, smireni kaluđer, koji ne zna ćud žensku, niti način kako bi se s njima mogao boriti.

Povukao se u kraj bašte, prikrio se malo da ga ne primete i ne uznemire i čekao je tako mirno da opet učenice uđu u razred. Zazvoni zvono i sve učenice pojuriše u neredu učionicama. Kad uđoše i nastavnice i započe rad, Sava se uze smišljati šta da preduzme u ovom svome mučnom i teškom položaju. Nije to šala, nije to lako ni saveta tuna dati. Mislio, mislio i najzad smislio da ode do mitropolita Srbije, da se s njim sporazume i posavetuje šta se može preduzeti. A i kome bi se pre i mogao obratiti, već svome zameniku i fah-kolegi.

———

I Sava se uputi mitropoliji.

Dođe pred Mitropoliju, ali nije mogao dugo ući unutra. Velika masa seljaka beše zakrčila ulaz.

— Šta čekate tu, braćo? — upita svetitelj.

— Čekamo đavola! — odgovori jedan ljutito.

— Nemojte, ljudi, tako, ovo je Mitropolija.

— To je luda kuća! — viču seljaci.

Sava ih poče savetovati, ali seljaci mu zaglušiše glas svojom larmom.

— Pa što ste dolazili? — pita Sava.

— Kad je ovako, kao što je, došli smo džabe. Mi se žalimo na popa, a mitropolit ništa.

— A što vam je kriv pop?

— Za sve kriv! Pije i opija se, bije sa sa seljacima, nepošten je, živi nevenčano, ne smeš ga pustiti u kuću gde ima žensko čeljade. Eto, to nije za nas. Mitropolit nama uze te tolkuje nekakve kanone, kao da nam je to neka vajda. Veli: „Ja ću njega savetovati da se popravi, a vi idite svojim kućama i pozdravite svoje domaćice". Mi smo crkvu zaključali i odavde, velimo mi njemu, nećemo dok se god taj pop ne naČuri iz našeg sela.

— Pa šta veli mitropolit?

— Veli zlo. Trpite se, kaže, i gledajte da ste sa svojim popom lepo. Ja ga nemam gde na drugo mesto. „Mi ga nećemo nikako, ni živa ni mrtva". kažemo mi njemu, a on opet tolkuje neke stare knjige, sleže ramenima i veli: „Sad kako ste vešti!" E, pa kad je kako smo vešti, mi ćemo da uzmemo motku, pa nek gleda pop kuda će i kako će. Mi mu sad drugoga kusura ne znamo.

Sveca porazi ovaj razgovor. Beše mu krivo i što je zapitkivao o tome seljake, i slomljene duše htede u jedan mah da se vrati, ali opet pomisli da će bolje biti da se razgovori lično sa glavarom crkve, jer nije ništa nemogućno da je svet pokvaren, da seljaci osuđuju svoga pravednog i dobrog popu.

Progura se kroz gomilu seljaka i uđe unutra. Dade momku svoju vizitkartu: *Sava Rastko Nemanjić, upravitelj V. ž. škole*, da ga prijavi gospodinu sekretaru njegovog Visokopreosveštenstva.

Taj sekretar bio je čudan neki čovek. Vrlo ljubazan i vrlo razgovoran, ali je vrlo nerado primao ljude koji ne nose poklone. Sveti Sava se malo zbunio kad je video neke čudnovate, neobične stvari po hodniku, pred vratima moćnog sekretara, koji ima najviše upliva na Gospodina.

Bilo je tu nekoliko popova, ali niko praznih ruku. Jedan podrpan, siromašan pop, kaljav i jadan, bez sumnje sa neke zabačene parohije, drži neku kvočku. Kvočka dosadno kreči i leprša krilima. Drugi jedan zadrigao pop drži za dve zadnje noge prase, lepo belo sisanče. I prase skiči i otima se, ali popa stegao dobro, te ne dâ da mu protekcija utekne. Jednome bleji jagnje u naručju, jedan nosi ćurana. Jedan doterao debelog vepra na poklon sekretaru, pa mu lice sija od radosti. Češe vepra po trbuhu i oholo, s nekim zlobnim ponosom gleda prezrivo, preko ramena, onog popa s kvočkom, i kao da mu očima veli: „Mogao si, komotno, i ne dolaziti s tom kvočketinom!", a glasno se obrecnu na tog sirotog popa:

— Stegni tu kvočku za gušu da ne dreči tuda, ne može gospodin sekretar da radi od nje; prosto da zaboli glava čoveka. I ovaj sekretar dobar čovek, pa trpi. Ne bio ja sekretar, pa kad mi dođe neko s kvočkom, uzeo bih kvočku za noge, pa sve po glavi.

Služitelji svetog oltara udariše u smeh, a onaj se siromah pop zbuni i pocrvene. Šta će, grešnik? Nije imao šta bolje, pa se s pošom zdogovorio da ponese kvočku.

— A vi niste ništa doneli? — upita Savu onaj s prasetom.

— Pa nisam nikad ovde dolazio i nisam znao da je to ovde običaj.

— E, bogami, to je malo nezgodno! — dodade ponosno onaj što drži jagnje u naručju.

— Znate kako je: *Prinošahom dari svojija i poklanjajem sja. Jemu že čest jest, jemu že slava, slava* — veli ponosno ovaj što češka vepra. — Pa ne bi bilo zgoreg da odete čas na pijac, pa kupite neko lepo prasence. Bolje će ići, ili kupite jednu flašu dobrog konjaka za gospodina mitropolita. On vrlo rado pije francuski konjak. Evo vidite kako ja radim! — reče opet onaj što je doterao vepra i izvadi iz dubokog džepa od mantije jednu flašu konjaka od litra, a iz drugoga džepa izvadi toliku istu flašu pravog „jamajka" ruma.

Sava se zbuni. Nije znao šta će. Ali kad momak pozva pored sekretara prvo onog što je doterao vepra, Sava se diže i ode na pijac.

Posle jednog časa vrati se svetac s prasetom na leđima i punim džepovima flaša s francuskim konjakom i rumom. Jedva je siromah koračao pod teretom, ali što je red, red, a on nije došao da kvari lepe srpske običaje, od starine.

— Tako! Sad ide malo drugojačije! — reče onaj pop s prasetom, kad Sava uđe ponovo u hodnik noseći svoje prase i uze šacovati i merkati Savino prase poredeći ga sa svojim. — Biće ga četiri kila pečeno. Moje je malo veće. Šta ste ga platili? — upita Savu.

— Deset dinara.

— Skupo, al' je dobro!

Onaj siromašni pop gledaše tužno šćućuren u uglu hodnika, držeći svoju kvočku za gušu da krečanjem ne uznemirava gospodina sekretara.

Primanje je išlo svojim, strogo utvrđenim redom. Posle onoga s veprom primiše onog s jagnjetom (valjda gospodin mitropolit rado jede jagnjetinu), pa onda popa s prasetom, jer je njegovo prase dva-tri kila teže od Savinog praseta, pa onda pozvaše Savu. Sreća njegova što je kupio poklon, inače bi čekao i posle onog grešnika što je kvočku doneo.

Ali svetac je grdna dobričina. On nije pazio na to. On je blago i učtivo, čisto snebivajući se ponudio onog jadnika s kvočkom da on pre uđe i svrši svoj posao, ali onaj nije smeo primiti tu ponudu, bojao se da ga sekretar ne izjuri i ne drekne na njega: „Napolje ti, bre, s tom tvojom kvočketinom, pa čekaj dok ove druge ljude saslušam".

Uđe Sava. Sekretar ga primi ljubazno, ali ipak diplomatski važno, i ponudi mu stolicu. Sava predade jednom momku zasukanih rukava prase i sede na stolicu, kraj pisaćeg stola sekretarovog. Kad se obazre po sobi, imao je šta videti. Kao da je ušao u kakvu menažeriju. Svakojake životinje. Svinje, prasci, jaganjci, ćurke, guske, kvočke, plovke, i tu slobodno i mirno svaka životinja „prineta na žrtvu za trapezu arhipastirsku" slavi i hvali Gospoda svojim glasom: tu je groktanje, kvocanje, gakanje, kaukanje, blejanje, prosto divota u Boga. Momak pazi na njih, a sem toga tu je i drugih korisnih stvari:

kačice sa sirom i skorupom, poneko burence s vinom, ili prepečenicom, flaše s rumom i konjakom, svega i svačega.

Sekretar promeri očima Savino prase, primeti da mu iz svakog džepa strče flaše konjaka i ruma, pa se ljubazno nasmeši i zapita:

— Šta želi gospodin?

Sava mu lepo i opširno popriča svoju nevolju i reče mu da želi da se o svemu razgovori sa gospodinom mitropolitom.

— S gospodinom mitropolitom?... E, vidite, to ćemo... — poče sekretar zabrinuto. — On je, znate, u svađi s nekim nastavnicama Više ženske škole, jer one su mu se smejale kad im je pričao kako mu vrlo lepo stoji prema licu plav, atlasni jorgan. On je znate, vrlo osetljiv, a pod plavim jorganom zaista divno izgleda, kao kakav svetitelj... Uostalom... čekajte, koliko je to časova?... Deset, vrlo dobro! — reče sekretar raspoloživši se, a u sebi pomisli: „Deset časova, vrlo dobro! Gospodin još nije pijan, još se s njim može govoriti."

Sava pričeka dok sekretar ode gospodinu mitropolitu da ga prijavi.

Kada Sava uđe u salon za primanje njegovog visokopreosveštenstva, zateče preosveštenstvo gde sedi smireno na fotelji prevučenoj, razume se, plavom svilom, u punom ornatu i s mitrom na glavi. Sava se smireno, duboko pokloni pred vladarom crkve, a mitropolit ukrsti, kako već treba, prste desne ruke i blagoslovi svetitelja Savu. Sava se opet smireno pokloni i stade u jedan kraj sale.

— Sedite! — reče mu iznemoglim, slabim i nešto promuklim glasom mitropolit.

Sava sede.

— Pa kako ste vi? Kako na onom svetu?... Šta radi Gospod Savaot, je li zdravo?... Kako Bog sin?... Šta čini brat u Hristu Petar, kako Luka, Ilija i drugi dobri prijatelji?

— Pa dobro su. Bog je malo oboleo od influence, valjda nazebao, a i star je, godine su, ali sad je dobro. Petra i Luku znate već, onako po starome, Ilija, i on tako puca, tera kola. Pametno radi, šta bi drugo? Ostali svi dobro i mnogo vas pozdravili. Onomad sam od Luke dobio jednu anzis-kartu s Merkura, ne znam šta će tamo, sem ako nije u kakvoj komisiji, pa baš piše, veli: „Pozdravi mi mnogo mitropolita i kad se vraćaš ponesi jednu flašu konjaka, on to ima uvek".

— E, he, baš mu hvala... Obešenjak, a mi se sve tako šalimo: E, he, he... konjak, đavo neki svetac! — veli mitropolit.

— Kako ste vi, preosveštenstvo, kako zdravlje?

— The, prilično. Nos mi nešto otekao, pa ga mažem nekom mašću i to mi dobro čini, ali patim od zatvora. Ovo dana sam imao vrlo neurednu stolicu. Od jutros je, bogu hvala, dobro, ali neka samo ovako podrži. Međutim, imao sam jedan grdan maler. Ovi moji mamlazi nisu pazili, pa mi znate, prsla cev u nužniku. Manite, molim vas, vrlo neprijatno. Grdno sam se naljutio i preko običaja sam im psovao sve na svetu, i miša u duvaru, što se veli, nisam ostavio. A kod mene je engleski nužnik, ja na to pazim; to sam još u Rusiji naučio, a ja volim da korisne stvari i ustanove preselim i kod nas. Čim sam postao glavar crkve, ja sam odmah uveo reformu i ustanovio engleski nužnik! — pričaše s neobičnim zadovoljstvom preosveštenstvo.

Sava još dvoumljaše šta mu na sve ovo može reći, i mitropolit promeni temu razgovora:

— Kako vam se čini postava na ovome?

— Vrlo lepa.

— I skupa je... Je li po volji jedan konjak?... Simo, donesi dva konjaka... A znate li koliko imam džubića... Ne znate?

— Ne.

— Vrlo interesantno!

— Bez sumnje.

— Zamislite... A, tako, spusti tu taj konjak, pa donesi ono džube, znaš ono što sam ga pravio u Moskvi, da pokažem gospodinu... Zamislite, imam nekih dvadeset i dva džubeta. Sumnjam da i sam patrijarh i petrogradski mitropolit imaju toliko. Tu sam prvi... Dobar konjak... Je li po volji još jedan?

— Hvala, ne mogu.

— Čudnovato! A ja mogu. Pijem tako zbog stomaka... Spusti tu to džube... Evo, vidite, ovo je vrlo fina koža. Sama postava košta 2.000 dinara. Ali je i postojana, to traje, takoreći, večito. Ja uživam u džubićima. Moj sin me slikao baš u tom džubetu... Simo, donesi onu moju sliku, znaš sa onim džubetom... Malo sam, znate... i konjaka, Simo... malo sam, znate, zavrnuo jedan kraj, te mi naslikao i postavu...

Posle dugog, ovako prijatnog razgovora, jedva Sava uluči priliku da skrene razgovor na Višu žensku školu i na svoju nevolju.

— Ja sam s njima malo pobrkao. Vele, ne stoji mi lepo plavi jorgan prema licu, i smeju se kad sam i o tome lepo i opširno pričao. A i šta će škola ženskima. Ja sam tome protivan. Simo, donesi konjaka! Neću, gospodine, da se sekiram. Nije mi to nužda. Ja lepo primam svoju platu i gledam svoju kuću. Šta se mene tiče Viša ženska škola. U crkvu odem ponegda kad me ne mrzi, ali ja u školi nemam posla.

Pri polasku kad se pozdraviše, reče mitropolit:

— Pa svratite počešće. Ja volim tako da s ponekim pretresem pokoje stručno, crkveno pitanje.

Zahvali se svetac i ode skrušena srca.

Odmah posle odlaska Savina iz Mitropolije, zovne mitropolit sekretara, razbere detaljno o poklonima koje su tog dana dobili, i odmah mu izda nalog da napiše preko listova o pohodi Savinoj. Sekretaru to nije prvina. Raspita preosveštenstvo o čemu su razgovarali i napiše beleške ove sadržine:

Danas je pre podne Sava Rastko Nemanjić, naš svetitelj i prosvetitelj, posetio njegovo preosveštenstvo gospodina mitropolita Srbije da bi se obavestio o nekim crkvenim pitanjima. Njegovo preosveštenstvo gospodin mitropolit je sa retkom stručnošću, sa velikim poznavanjem crkvenih pitanja objasnio svetitelju sve što on nije razumevao. Sava je poneo vrlo jake utiske posle ove posete i, kako čujemo, oduševljen spremom, ponašanjem i talentom mitropolitovim, bolno je uzviknuo: „Ah, Bože, da sam imao ovakve spreme i talenta šta bih tek onda uradio kad sam radio na prosvećivanju svoga roda. Ali što nisam ja uradio, to će sadašnji mitropolit učiniti. Ja sam bio samo preteča ovog velikog čoveka. Neka ga Bog poživi na slavu roda svoga!"

Eto kakva je uspeha učinio ovaj vladar crkve i pored toga što mu je prsla cev na nužniku! A šta mislite tek šta bi on učinio za veru pravoslavnu da mu se taj maler nije desio?! Kud bi tek onda bio njegov kraj?!

——

Sava je bio skrušen, utučen i ubijen posle ove posete kod preosveštenstva, upravo visokopreosveštenstva. Da bi se koliko-toliko ohrabrio, dobio svežine duše, svrati u Sabornu crkvu da se Bogu pomoli. Stade u jedan ugao i stade se toplo Bogu moliti. Taman on da pođe osvežen molitvom, dok otvoriše se vrata i uđe mitropolit, a pored njega dva popa. Ne spaziše Savu, koji je bio iza pevnice u uglu, i uđoše u oltar. Malo posle iz oltara dopre miris pržena mesa, a onda se ču zveket čaša, a zatim zapeva neko: *U mog lole čizmice na bore!*

Čudi se Sava šta je sve ovo, dok malo postaja, a diže se graja, čuju se udarci, lom čitav. Promoli Sava glavu da vidi šta se tamo čini, kad ima šta i videti. Dva se popa čupaju i tuku ripidama, zbog nekih novaca što su pali na tas, a mitropolit gleda blago, očinski, i pijucka vino iz putira.

— Šta vam je, stoko? — viknu najednom svetačkim tonom, a jedan prisutni arhimandrit ponovi rečenicu, koju je prota Aleksa štampao u „Hrišćanskom vesniku", i to takođe blagim očinskim glasom:

— Za njih je oplavak, visokopreosveštenstvo!

Sava zaplaka, steže mu se grlo od bola, okrete se i pobeže iz božjega hrama, jer mitropolit, da bi primirio svađu u oltaru, skresa im arhipastirski „nebo kalajisano" i poteže putirom, te jednog popa tresnu po glavi, i reče svetački:

— Napolje, bre, bube popovske!

„Kakva je ovo vera, ako ko Boga zna!", mišljaše Sava idući Višoj ženskoj školi, smišljajući da napiše Bogu ostavku i da se vrati u raj.

— Šta sam ti, Bože, skrivio, te me baci iz raja u ovaj pakao?! — šaputao je očajni svetac usput.

Dođe u školu i, hladna srca, sa zebnjom da se i ovde što zlo ne desi, stupi u kancelariju.

Tri nastavnice sede pušeći cigarete, a pred njima po čašica konjaka.

Pozdraviše se i jedna započe razgovor:

— Jeste li bili u Švajcarskoj, gospodine upravitelju?

— Nisam nikako! — reče svetac.

— Ah, bože, kako ste ludo proveli svoj vek. To zaista ne razumem. Živeti toliko, a ne videti tu prosvećenu, kulturnu zemlju!

— Pa ja sam, znate, imao posla ovde u Srbiji, dizao sam manastire, utvrđivao u narodu veru pravoslavnu i širio prosvetu! — brani se svetac.

— Ništa to, sve su to trice, gospodine moj, trice, kažem vam. Švajcarska, pa oni predeli, pa ona uglađenost i kultura, to vredi, to i ništa više. Meni je ovde dosadno i teško, sve mi je mrsko. Zamislite posle onog društva pasti u ovaj brlog. Strašno, strašno je to. Niko me ne razume, nema čoveka s kim da izmenjam misli. Tako me neka tuga uzme, pa mi se savije bol na srcu, pa mi same suze teku. Švajcarska, pa Švajcarska! — veli učevna dama.

— Radite u školi! — primeti svetac.

— Ne radi mi se, a i nemate za koga. Ovo radim ne iz nužde, već da se razonodim. Ali mi je srce i duša tamo u onim brdima švajcarskim, u onom pametnom društvu. Ne razumete me, za ime boga, ne možete vi mene nikad razumeti. Mogao bi me razumeti čovek s višim, evropskim pogledima na svet, ali vi, nažalost, ne.

— Da mi nju udamo, gospodine upravitelju, pa će malo drukčije da se oseća! — primeti jedna koleginica i gurnu onu drugu.

— Ah, kako me malo poznajete! Nikad, nikada to nećete dočekati. Ja da se udam? O, bože me sačuvaj! Ja više od svega cenim svoju slobodu. A čoveka onakvog kakvog ja zamišljam da treba da bude, nikad u ovom društvu ne mogu naći. Zar ja da pođem za nekog običnog činovnika, za prostaka? Nikada! Ja hoću da živim u svojim idealima, da uživam svoju slobodu.

Sveca zbuniše ovi novi, moderni rezoni srpske devojke, osećao je potrebu da nešto kaže, ali nije znao, nije umeo izmisliti ništa što bi trebalo reći u ovakvoj prilici. Najzad, poče starinski, pa šta bilo, bilo:

— E, to tako nije lepo!

— Ha, ha, ha, ha! — zasmeja se na silu, podrugljivo, učevna devojka.

— Nije lepo! — ponovi svetac.

— Vi kao da malo vodite računa o kavaljerstvu. Suviše ste ungalantni prema jednoj obrazovanoj dami. Eto što ti je Srbija! I sad moraš tu živeti. Ah, bože, ala je to užasno, grozno, prosto strašno! Švajcarska, pa Švajcarska! — dodade podrugljivo, brzo i oštro izgovarajući reči, učevna ženska.

Svetac se zbuni.

— Ne možete vi s njom izići na kraj! — reče jedna od koleginica pakosno.

— Ja sam samo hteo da kažem koju o zadatku domaćice, majke i Srpkinje! — reče svetac smireno.

— To vi pričajte vašem pokojnom ocu, a ne meni! To su, gospodine upravitelju, pričice za malu decu, a ne za emancipovanu damu! — primeti ona iz Švajcarske.

— Ja mislim da vi grešite!

— Oho! Taaako, e to vam je najlepše. Ja grešim, a vi imate pravo?! A, ha, ha, ha!... Imate vi pravo! Lepa parada, a vi, molim vas, imate takve pojmove da prosto niste za ovo mesto. Zadatak domaćice! Vi mislite srednjevekovnim mozgom. Tada je bila uloga žene ograničena na samu kuću, ali danas, znate, to ide drugojačije. Danas je uloga ženina kao i čovekova. Žena treba da ima učešća u svima javnim poslovima; u svima, razumete li? Isto kao čovek. Lepo, bogami? Ja treba da kupam dečurliju i da kuvam ručak, a vi da vodite politiku, da glasate, da pišete knjige, da zauzimate položaje u državnoj službi, da idete po lovu, da jašite konje, da idete u kafane! To biste vi hteli! U čemu se razlikujem, molićemo, ja od muškaraca? Držim svoje časove, pretresam političke teme. Što muškarci mogu da puše, a mi kao ne? Po kome to morskom pravilu?! Ja, bogami, to ne razumem. Ne pušim zato što mi se ne puši, a da mi se puši, mnogo bih ja zarezivala šta ko misli. Kultura je od mene napravila muža! Nisam ja zatucana seljanka što pere šerpe — govori učena devojka oštro, brzo, dajući izgovoru reči takt rukom.

— Imaš pravo — dodade druga.

— Sasvim tako, tu se i ja slažem! — potvrdi i treća.

— Ah, Švajcarska, pa Švajcarska!

———

Kako se mučio i teško osećao svetac u svom novom položaju, najbolje se vidi iz njegovog pisma, koje je uputio sv. Petru u raj. Međutim, pismo nije ni došlo u ruke adresantu, jer poštari, kao naši poštari, kud bi i znali gde je Raj? Oni nekad ne znaju ni gde je Obrenovac, a kamoli mesta van kugle Zemljine. Elem, oni napišu: *Natrag, adresant ovde nepoznat.* Čudio se sveti Sava kako to da je u raju nepoznat sveti Petar, kad je on ključar rajski.

Najzad, šta ga zna. Možda je i fuzionašima smetao nešto prilikom izbora, pa ga Bog penzionisao, te se on s malom penzijom morao skloniti u kakvo jeftino mestašce. Blagodareći tom slučaju, pismo je došlo do naših ruku, te ga možemo doneti u listu u celosti. Evo tog pisma:

Dragi Pero,

Ja ti mučim muke kakve nijedan ni živi ni mrtvi čovek nije mučio. Ovo je čudna neka zemlja. Da nisam Srbin, ja bih se slatko smejao ovim ludostima, ali ovako samo me srce boli. Ne znaš šta je luđe u ovoj zemlji, a mitropolit zagrdio. Da ga samo vidiš, pa da se zaplačeš. Glup je kao niko drugi u ovoj zemlji! Istina, ja se čudim šta je to našem Bogu? Što tera sprdnju s ovim narodom i s ovom zemljom? Sad se opet zavrzli oko nekakvih ćoravih topova, pa da te muka uhvati. Prosto mi došlo da pobegnem, pa makar me Bog kaznio sa pedeset batina. A ženski svet prava nakarada. Sramota me da iziđem na ulicu. Odeš na Kalemegdan, vajno na čist vazduh, pa moraš da držiš nos u rukama od nekih odvratnih mirisa. Sve se to odenulo bogato i raskošno, a sve to grca u dugu. Ne znaš koja je koga staleža. Zadižu suknje i vrckaju se kad idu kao ona Rahila što je imala s Lukom onu malu aferu. Šta li je s njom, zbilja? Dirni malo Luku.

Ništa one ne misle, kao da nisu Srpkinje. Pa hajde da ove druge što nemaju drugih dužnosti do u svojoj kući kao domaćice i kao majke, ali da vidiš kako govore i rade nastavnice Više ženske škole, pa da gorko plačeš. Malo je koja među njima koja pojmi svoju dužnost. Ništa ja s njima ne mogu učiniti. Danas sam poslao Bogu opširan izveštaj o svemu i podneo sam molbu da me stavi u penziju, ili na raspoloženje, pa da se vratim natrag, jer ovde u Beogradu, pored svih ludosti i nezgoda, takva je skupoća da se ne može živeti. Lepo gladujem, ako Bogu veruješ; ako ovako potraje, moraću se zadužiti na menicu.

Čudne neke ženske. One se čude mojim pojmovima, a ja njihovim. Mnoge od njih su toliko razdražljive, da se s njima ne može razgovarati. Onomad mi jedna umalo oči nije iskopala. I to zašto. Ni za što, brate, ni za što! Ja govorim o tome kako učenice treba navikavati redu, a tek jedna đipi pa pred mene:

— No, to je lep rezon!

— Rad, rad, pa da ume skuvati i iskrpiti, i sašiti i plesti, sve što je potrebno jednoj domaćici, a ne da prekrsti nogu preko noge... — počeh ja, ali one zaciktaše i skočiše kao osice:

— Zar mi da spremamo štumadle i kuvarice, a ne obrazovane devojke, to je bezobrazluk! — viknuše one.

— O, rđo matora! — viknu mi jedna. — Gle ti njega; on misli: mi smo neke sudopere — pa mi skoči za oči. Umalo oči da iskopa. Jedva se odbranih štapom. Nisam nikad nikog udario, ali, brate, mora se. Bog će oprostiti.

Eto, dragi Pero (žali se dalje svetitelj Sava) kakve muke ja ovamo mučim. Ako mi Bog ne usliši molbu, ja ću uteći. Otidi, vere ti, Njemu, pa mu pokaži ovo moje pismo i objasni mu sve kako ti već umeš, pa ga zamoli i od tvoje strane da mi ovu molbu ispuni. Ako me hteo kazniti, ja mislim da veću kaznu nije mogao izmisliti. Neka pošalje ovamo Paraskevu ili Magdalenu, koga zna, samo da se ja jednom kurtališem bede i napasti. Kad pođem u kancelariju, strahujem kao da idem na vešala. Svaki čas strepiš da ti neka nastavnica ne skoči za oči, da te izgrebe kao mačka.

Eto tako se u svom pismu žali i jada sveti Sava svome prijatelju sv. Petru, a već na nekoliko dana posle toga je utekao.

———

Sveti Petar ustac rano, pa šeta po Raju sa Lukom i razgovaraju o Savi, dok tek čuše neki jauk pred rajskim vratima, a zatim potmulo stenjanje.

— Ko je tamo? — pita Petar.

— A, jaoj!

— Ko je to?

Opet jauk.

Petar otvori vrata kad, al' ima šta videti: pred vratima leži Sava.

Bedan izgleda, iznuren, malaksao. Glava mu uvijena vatom, brada počupana, levo oko vezano nekom crnom maramom, lice izgrebano, vide se tragovi od noktiju, ispod desnog oka velika modrica od udarca.

Petar se prenerazi, a Sava leži pred vratima i stenje.

— Šta je, pobogu?

— Eto, zlo!

— Ko te takvog načini, ako ko boga zna?!

— One, brate, one!

— Koje one, gde?

— One dole iz Više ženske škole!

— Pa tako počupaše i izgrebaše?!

— Eto, tako, a jaoj!

— Pa sav si pocepan.

— Sav, jaoj!

Zaista sav pocepan.

— Pa i štap ti slomljen!

— I štap, branio sam se, ali nadvladaše.

— O, Gospode, čudne napasti?

— Ni đavo ne može s njima izići na kraj, a kamoli svetac. Utekao bi i đavo i sav bi bio izgreban kao i ja.

— Moram izvestiti Boga.

Luka ostade sa Savom, a Petar ode da javi Bogu šta se desilo.

— Kako je smeo uteći? — ljuti se Bog. — Moram ga kazniti.

— Kuda ćeš gore, eno ga, leži sav krvav.

— Krvav?

— Izgrebale ga i počupale nastavnice, eno ga, leži.

Bog iziđe da vidi Savu, pa kad ga vide onako izgrebana, pocepana i krvava, udari u smeh, pa se lepo dobri Bog uhvati za trbuh od smeja:

— O kakav si, u san te ne snio! — jedva Bog govori kroza smeh.

— Eto! — veli Sava stenjući.

— O kakvog te načiniše! — veli Bog, pa se lepo iskrivio od smeja. — Dede, operite ga i previjte! — opet će Bog, pa opet udari u smeh.

— Oprosti, Bože! — veli Sava.

— Praštam, čedo moje. O kako te nesrećnice nagrdiše! A ti se još, veselnik, oduševio da prosvetiš svoj narod. O Savo, Savo, kakav si!

I dobri Bog opet udari u grohotan smeh i odjeknuše od tog smeha sedmora nebesa.

———

ISPRAVKA

Od jedne učenice V. ženske škole dobio sam ispravku, koju sam po dužnosti morao štampati. Ispravka glasi:

Poštovani gospodine!

Vi ste u Vašem listu doneli izveštaj sa jednog časa pevanja u Višoj ženskoj školi i saopštili ste kako nam gospodin nastavnik objašnjava muzičke znake. Tu ste propustili da donesete ono što je najglavnije, a to je kako nam gospodin prosto i jednostavno donese skale, i ma koju učenicu i u snu da zapitate: „Kaži ti šta su skale?", ona će Vam odmah umeti da lepo i razgovetno objasni od reči do reči onako kako nam je to naš dobri učitelj ispričao. Evo kako mi odgovaramo na pitanje: „Šta su to skale?":

— Skale su kad me mama pošlje na tavan da donesem grožđa, pa se penjem po basamacima i brojim: jedan, dva, tri, i onda stanem na četvrti basamak, koga nema, pa opet brojim dalje, dalje: pet, šest, sedam, i onda opet stanem na osmi basamak, koga nema, i tako produžim dalje. Onda uzmem grožđa, ponesem mami, pa kad se skidam, ja opet brojim onako isto kao i kad sam se pela.

Upitajte drugu učenicu, pa će vam i ona tako od reči do reči ponoviti od početka do kraja.

„Skale su kad me mama pošlje na tavan da donesem grožđa...!"

I tako će redom ispričati sve do kraja. Niti će šta dodati, niti šta izostaviti. A nastavnik je zadovoljan našim uspehom u znanju i svojom veštinom da nam stvar objasni, pa se smeška i klima glavom u znak odobravanja.

Sve nam on tako lepo objasni.

Jedna je jednom pogrešila pa kaže:

— Skale su kad me tata pošlje na tavan da donesem šljiva!...

— Ne valja, dede ti joj to lepše kaži — reče meni, videći da dižem ruku, a ja odmah ispravim, pa kažem:

— Nije, molim, nego kad me mama pošlje na tavan da donesem grožđa!

— Tako je, vrlo dobro! — veli nastavnik zadovoljan.

Tako je to bilo u početku pa neka u početku pogreši te mesto „mama" kaže „tata", a mesto „grožđa" kaže „šljive" ili „orahe", ali sada ne greši nijedna, sad sve znamo tačno.

Molim Vas, Gospodine Uredniče, da u prvom idućem broju Vašeg lista štampate ovu ispravku na osnovu Zakona o štampi, i da primite uverenja moga odličnog poštovanja.

(Mesto i datum)

(Svojer. potpis)

BELEŠKA O PISCU I DELU

Radoje Domanović, najveći srpski satiričar, rođen je 1873. godine u selu Ovsište kod Kragujevca u porodici seoskog učitelja. Detinjstvo provodi u obližnjem selu Gornje Jarušice, u koje se porodica vratila ubrzo po Radojevom rođenju jer je ono, zapravo, bilo rodno mesto njegovog oca Miloša.

U ovom pitoresknom šumadijskom selu Domanović pohađa i završava osnovnu školu, a gimnaziju upisuje u Kragujevcu. Tokom gimnazijskog školovanja pokazuje sklonost ka likovnoj umetnosti. Pošto mu otac ne dozvoljava da studira slikarstvo, 1890. upisuje Filološko-istorijski odsek Filozofskog fakulteta na Velikoj školi u Beogradu.

Svoje prvo radno mesto dobija januara 1895. u pirotskoj gimnaziji gde radi kao profesor srpskog jezika. U Pirotu upoznaje Jašu Prodanovića, srpskog političara, naučnika i književnog kritičara koji je kasnije, 1901. godine, pomogao u osnivanju Samostalne radikalne stranke i koji je imao značajnu ulogu u formiranju Domanovićevih političkih ideja. Priključivši se opozicionoj Narodnoj radikalskoj stranci, dolazi u direktan sukob s reakcionarnim režimom Obrenovića, i već u oktobru 1895. godine, samo zbog partijske pripadnosti, biva premešten službom u Vranje.

U Vranju, tek oženjen učiteljicom Natalijom Raketić sa kojom će kasnije imati troje dece, u gimnaziji predaje srpski jezik i književnost. Nakon samo godinu dana, u novembru 1896, ponovo zbog aktivnog sudelovanja u podržavanju doktrine republikanizma u vreme monarhije, premešten je u Leskovac gde će predavati srpski i vršiti dužnost bibliotekara. Posle kritičkog govora o položaju prosvetnih radnika, jula 1898. godine, otpušten je i sa dužnosti u Leskovcu, čime se i završava njegova profesorska karijera.

Na nagovor prijatelja, sa porodicom se seli u Beograd. Godine 1900. dobija dobro plaćeni državni posao kao pisar prve klase u Državnoj arhivi. Već marta 1901. postavljen je za pisara prve klase u Ministarstvu prosvete i crkvenih dela. Pošto se Domanovićev nepomirljivi opozicioni stav nije ublažio, već naprotiv, postao izraženiji, u leto 1902. dobija premeštaj u pirotsku gimnaziju. Novo nameštenje odbija i tako ponovo ostaje bez službe.

Nakon Majskog prevrata 1903. godine, vraćen je na mesto pisara pri Ministarstvu prosvete i crkvenih dela, a avgusta 1903. odobreno mu je jednogodišnje plaćeno odsustvo radi usavršavanja iz oblasti književnosti u Nemačkoj. Sa porodicom se seli u Minhen gde se povremeno druži i sa slikarima i posećuje slikarske izložbe.

U Beograd se vraća u avgustu 1904. Suočen sa ogromnim razočaranjem što uprkos izuzetnoj energiji koja je uložena u borbu protiv reakcionarnog režima kralja Aleksandra Obrenovića u državi nije došlo do suštinskih promena, nemajući pred sobom novi politički program niti ljude koji bi se bezrezervno borili protiv kontinuirane nepravde, Domanović se u svom radu javno ograđuje od svih političkih stranaka i borbu nastavlja sam.

Krajem 1904. pokreće list „Stradija" u kojem pokušava da se bori protiv mana novog državnog sistema. Ovaj časopis izlazio je do maja 1905. i doživeo 37 izdanja. U avgustu 1905. godine daje ostavku na položaj pisara pri Ministarstvu prosvete i crkvenih dela, a u oktobru iste godine biva postavljen na mesto korektora Državne štamparije, gde će ostati sve do smrti.

Razočaran stanjem u društvu, sve više se odaje boemskom životu. Živi u nesređenim životnim uslovima, često i mnogo pije, usamljen je, ogorčen, siromašan i napušten.

Preminuo je 1908. godine od posledica tuberkuloze u Beogradu. Sahranjen je na beogradskom Novom groblju.

Rukopise koji su ostali iza njega, kao i slikarske radove, uništili su Austrijanci tokom Prvog svetskog rata.

Vrhunac svog umetničkog stvaralaštva, Radoje Domanović, jedan od najznačajnijih predstavnika realizma u srpskoj književnosti, postigao je kroz satirične pripovetke. U njima je, oštro i duhovito, kritikovao društvene mane i nepravde, prikazujući ogrezlost pojedinaca i društva u licemerju, obmanama i lažima. Domanović je, kroz alegorijske slike i ironične opaske, pokazao pesimističnu viziju stvarnosti, nezadovoljan apsolutističkom vlašću Obrenovića, ali i onom koja je usledila posle Majskog prevrata. Njegove satire govore o univerzalnim temama, kao što su korupcija, nasilje, nepravda, čak i ropska poslušnost građanstva, čime je zasluženo stekao status jednog od nezaobilaznih domaćih književnih klasika. Iako se u svojim satirama bavio specifičnim društvenim okolnostima svog vremena, one i danas, u savremenim uslovima, zadržavaju svoju aktuelnost i snagu.

U ovom izdanju predstavljeno je jedanaest satira sa kojima je Domanović ostvario najveći stepen kritičkog realizma u srpskoj književnosti: *Ukidanje strasti*, *Demon*, *Ne razumem*, *Danga*, *Vođa*, *Kraljević Marko po drugi put među Srbima*, *Mrtvo more*, *Razmišljanje jednog običnog srpskog vola*, *Stradija*, *Moderni ustanak*, *Kako se proveo sveti Sava u Višoj ženskoj školi*.

Radoje Domanović
SATIRE
London, 2025

Izdavač
Globland Books
27 Old Gloucester Street
London, WC1N 3AX
United Kingdom
www.globlandbooks.com
info@globlandbooks.com

Naslovna fotografija
Vaibhav Sanghavi
(https://unsplash.com/photos/
persons-hand-on-white-window-curtain-ISwt4yUHAKk)